rororo

Juli 2018

ANDREAS BAUM, Jahrgang 1967, ist in Nairobi und Nordhessen aufgewachsen. Er hat in Berlin und Mexiko Publizistik und Lateinamerikanistik studiert und als Journalist für zahlreiche überregionale Zeitungen und für den Deutschlandfunk gearbeitet. Seit 2013 ist er Kulturredakteur und Autor bei Deutschlandfunk Kultur. Dies ist sein Romandebüt.

«Nach Sven Regeners ‹Herr Lehmann› und Richard David Prechts ‹Die Kosmonauten› ist Andreas Baums ‹Wir waren die neue Zeit› der nächste etwas größere deutsche Wenderoman, der endlich wieder einmal nicht davon erzählt, dass 1989/90 eine innere Angelegenheit des Ostens war.» DIE WELT

«Mit viel Witz geschrieben ... sehr lebensnah und realistisch.» DEUTSCHE WELLE

«Genau darum geht es auf den unterhaltsamen 280 Seiten von Andreas Baums wunderbarem Debütroman ‹Wir waren die neue Zeit›. Er lotet aus, was überhaupt ein Besetzer ist und wie sich ein ordentlicher Linker verhält: Wo sind die Grenzen der freien Liebe, der offenen Türen und des improvisierten Glücks? In sieben Kapiteln und damit sieben abgeschlossenen Geschichten stellt Baum anhand immer wiederkehrender Personen genau diese Fragen, und manche von ihnen beantwortet er.» BERLINER MORGENPOST

«Atmosphärisch stark und detailreich.» GENERAL-ANZEIGER

«Eine unterhaltsame, auch verstörende und historisch interessante Lektüre.» TIP

«Andreas Baum ist es gelungen, einen Roman über die deutsche Wendezeit zu schreiben, der die Stimmung des Moments genau einfängt. Er hat dafür eine Sprache gefunden, die so klingt, als wäre der Leser mittendrin im besetzten Haus.» WDR 5

ANDREAS BAUM

WIR WAREN DIE NEUE ZEIT

ROMAN

Rowohlt Taschenbuch Verlag

Veröffentlicht im Rowohlt Taschenbuch Verlag,
Reinbek bei Hamburg, Oktober 2017

Umschlaggestaltung any.way, Barbara Hanke / Cordula Schmidt,
nach einem Entwurf von Tim Dinter
Umschlagabbildung Tim Dinter / 2 agenten
Satz aus der FF Franziska, InDesign
Gesamtherstellung CPI books GmbH, Leck, Germany
ISBN 978 3 499 27296 7

Wir waren die neue Zeit

EINS

Ich weiß auch nicht, wo Martin eigentlich herkam. Er wird wohl zum weiteren Kreis der Leute aus der Vier gehört haben. Technikfreaks, TU-Studenten, Schwarzfunker. Die haben uns während der Mainzer-Straße-Räumung das alte Ost-Röhrenradio so eingestellt, dass wir den Polizeifunk abhören konnten. Später sollen sie bei denen allerlei Zeug gefunden haben, Kabel, Chemikalien, alte Autobatterien. Hieß es. Aber ich halte das für Quatsch. Schon möglich, dass sie das im Haus hatten. Aber sicher nicht zum Bombenbauen. Das wäre viel zu unsubtil gewesen für die Leute aus der Vier, die auf dem Plenum immer so geprahlt haben mit ihrer technischen Intelligenz und dass man damit weiter kommt als wir Studenten mit unserer Hirnwichserei. *Ihr labert hier ewig über Gramsci und Foucault, und draußen stehen die Faschos mit Brandbomben vor der Tür.*

Das waren die einzigen unter den Hausbesetzern, die wirklich mit Technik umgehen konnten und die das auch getan haben. Die Lichtschranke an der ersten Tordurchfahrt, als Alarmanlage wegen der ständigen Angriffe der Hooligans. Die Sprechverbindung mit dem

Querhaus, die Kabel quer durch den Hof, das haben alles die Leute aus der Vier konstruiert, und für so was hatten die immer jede Menge Material im Haus.

Ich gebe zu, dass ich zumindest die beiden Wortführer von denen am Anfang für Spitzel gehalten habe. So wie die mich unter Garantie auch unter Verdacht hatten. Später habe ich meine Meinung geändert und angefangen, sie zu mögen. Ein bisschen elitär waren sie, wie wir alle eben. Heute, nach all den Jahren und nach allem, was passiert ist, würde ich dagegen wieder sagen, dass einer von denen der V-Mann gewesen ist. Oder die V-Frau. Dass mindestens einer nicht nur mal gepetzt hat, unter Verhördruck, bei einer von den ED-Behandlungen nach der Mainzer-Straße-Räumung, das hätten ja alle verstanden, sondern wirklich eng mit den Bullen zusammengearbeitet hat.

Aber Martin war das sicher nicht. Dazu war er viel zu auffällig. Gerade weil er sich so anders anzog als die anderen, er hatte keine gefärbten Haare und zerrissenen Klamotten und auch kein Metall im Gesicht. Kam insgesamt ziemlich bürgerlich daher. Ein Spitzel sieht niemals aus wie ein Spitzel. So viel hatten wir verstanden.

Er war kein Student, wie wir im Hinterhaus, und er tat auch nicht so, als wäre er Künstler, wie die im Querhaus. Er arbeitete in einer Spedition. Ausbildung zum Speditionskaufmann. «Im Prinzip können wir alles transportieren», hat er immer gesagt, «überallhin.» Theo war in Kuba aus dem Fenster gefallen und lag im Koma, und alle hingen in den schweren Sesseln in der großen Küche und diskutierten und stritten, was nun zu tun war, denn einerseits war klar, nach den kryptischen Botschaften, die von Danuta gekommen waren, dass er eine bestimmte Medizin für sein Gehirn brauchte oder ein effektives Kontrastmittel oder beides, damit die kubanischen Ärzte den genauen Grad seiner Verletzung feststellen konnten. Andererseits hätte das bedeutet, dass wir den kubanischen Ärzten nicht vertrauten, und das hätte nicht weniger als einen Glaubenskrieg hervorgerufen, galt doch im Haus der Grundsatz, dass Kuba, bei aller Kritik, ein vorbildliches Gesundheitssystem hatte.

Dann wiederum, und ich glaube, es war Rachel, die das eingeworfen hatte, war es ja auch möglich, dass das besagte Kontrastmittel in Havanna nur deshalb nicht zur Verfügung stand, weil es wegen des Embargos der Vereinigten Staaten nicht hergestellt werden konnte. «Ein Embargo, das die Insel seit fast dreißig Jahren in Fesseln bindet und ihr die Lebensenergie abschnürt», rief sie, woraufhin Martin aufstand und sagte: «Ich kann euch das Mittel da hinschicken.» Mit leiser Stimme, aber in dem bestimmten, begründet stolzen Ton eines Menschen, der aus tiefer Überzeugung weiß, was er tut, und tut, was er sagt.

Martin sprach sonst nicht im Plenum. Noch weniger als ich. Und dazu gehörte einiges, denn ich bekam die Zähne nie auseinander, wenn im Gemeinschaftsraum das große Wort geführt wurde. Martin schwieg, war aber trotzdem bei jeder noch so kleinen Zusammenkunft dabei, es war ihm offenbar wichtig, alles mitzukriegen.

Jetzt hatte er aber ausnahmsweise mal was gesagt, und niemand widersprach ihm. Nicht einmal Tobias, der

Arzt im Praktikum, der es verstand, jede Diskussion zu seinen Gunsten zu lenken, vielleicht weil er, zusätzlich zu seinen medizinischen Studien, den Kapitalkurs belegt hatte, in dem fächerübergreifend Marx gelesen wurde.

Selbst Tobias jedenfalls, der immer einen Einwand hatte und am liebsten über die linke Flanke spielte, wollte Martin nicht widerlegen, obwohl er bestimmt Gründe genug gefunden hätte. «Wir müssen die Sache dialektisch angehen», das war sein Standardspruch, den er nur dann nicht anbrachte, wenn die Handwerker aus dem Querhaus mit am Tisch saßen, die einfach wussten, wie man einen Wanddurchbruch machte oder wie man ein mit gefrorener Scheiße verstopftes Fallrohr wieder frei bekam, und die ihm einmal, als er wieder anfangen wollte, die Sache dialektisch zu sehen, kurz und bündig das Wort abschnitten und sagten: «Halt einfach's Maul, Tobias.»

Genau wie damals schwieg Tobias auch jetzt, weil er eins im Haus gelernt hatte, was ihm dort, wo er herkam, niemand hatte beibringen können: dass der Stolz eines Handwerkers unantastbar ist.

Das stand nicht bei Karl Marx. Aber Tobias hatte es nach und nach verstanden und war deshalb vorsichtig geworden. Er nickte nur, woraufhin auch die anderen aus dem Seitenflügel nickten, und damit war die Sache beschlossen. Martin war also vom Plenum beauftragt, ein Päckchen mit Kontrastmittel in ein Krankenhaus nach Havanna zu transportieren, über die Meere hinweg, wo Theo unter Palmen ganz langsam erwachte und bald erste Worte sprach, wie ein Kind. Da blickten die

Frauen zum ersten Mal bewundernd auf Martin, und die wortgewandten Autonomen ließen ihn gewähren, ihn, den kleinen Lehrling aus Ludwigsburg oder Backnang.

Das erste Mal, als er in der Tür stand, war ich mir sicher, dass er sich mit der Adresse geirrt hatte oder nur was abgeben wollte, denn so bieder und durchschnittlich, wie der daherkam, konnte er keiner von uns sein. «Ich bin der Freund von Marlene», sagte er, als wäre das die Eintrittskarte, und das war sie auch. Bei anderen, insbesondere wenn jüngere Frauen bei uns wohnen wollten, wurden Hürden und Hindernisse aufgebaut: Erst mal müsst ihr beweisen, ob ihr politisch auch ein Bewusstsein habt, das kann man nicht einfach behaupten, man muss es gemeinsam erfahren, mit den anderen, bis dahin seid ihr auf Probe hier, sechs Wochen, oder sagen wir zwölf, und danach werdet ihr vom Plenum geprüft.

Mir wäre es ja egal gewesen, aber die Frauen wollten es so. Bei Martin jedenfalls gab es keine Gewissensprüfung und keine Probezeit.

Bei Marlene, seiner Freundin, war das noch völlig anders gewesen: Als sie nach der Probezeit vors Plenum musste, um zu hören, ob sie würdig war zu bleiben, zitterte sie vor Aufregung, obwohl erst mal keiner Einwände gegen sie hatte. Bis dann Wenzel dran war, der allerdings immer an allem herumnörgelte und der sich als Einziger zu sagen traute, was die meisten Männer dachten. «Ich finde Marlene langweilig», sagte er, und ich bewunderte ihn für seinen Todesmut. Wenzel Neumann, der mein Freund war, bis ich ihn für immer verlor.

«Ich will nicht, dass du das sagst», schrie Nele sofort,

die nach einem Intermezzo als politische Lesbe seit einigen Monaten mit Wenzel zusammen war. Die beiden hatten sich, notorisch schlaflos, frühmorgens in der unteren Küche näher kennengelernt und ihre Beziehung anfangs geheim gehalten, bis Nele das Versteckspiel zu viel wurde und sie den Status als politische Lesbe aufgab. Gegen Wenzel war einiges einzuwenden, ein Macho aber war er beim besten Willen nicht, außerdem hatte Nele ihn im Griff, nicht nur körperlich, sie war einen Kopf größer als er, sondern auch diskursiv, sie fuhr ihm über den Mund, wenn er rumprovozieren wollte, so wie jetzt. Kerstin dagegen, streng und unbeugsam wie immer, hatte nach Wenzels Bemerkung das Plenum verlassen, demonstrativ, gewalttätig fast.

Und Rachel und ich versuchten, den Streit der anderen zu schlichten. Dabei taten wir so, als wäre nichts zwischen uns. Dass wir uns in den Diskussionen so oft einig waren, muss aber doch aufgefallen sein.

Ich redete auf die Leute ein und versuchte zu verhindern, dass noch mehr von ihnen aus Protest rausrannten, und Rachel tat dasselbe. Mit dem Tumult jedenfalls, der jetzt entstand, war Marlene angenommen, ohne dass über die Argumente gegen sie noch diskutiert worden wäre. Sie hatte von nun an sogar einen Bonus und konnte ihren Freund Martin, den sie irgendwann bei den Leuten in der Vier kennengelernt hatte, ohne weitere Debatte aus Süddeutschland nach Berlin holen.

Bei seinem Einzug habe ich die Kisten getragen. Richtige Umzugskisten, sorgfältig zusammengefalzt und beschriftet. Lieferwagen von Robben & Wientjes in den

Hinterhof, dann vier, fünf Leute, Kette bilden. Danuta stand an der Treppe und rauchte und schimpfte: «Was du da alles mit dir rumschleppst.» Martin schwieg, wie meistens, und achtete darauf, dass die Kette im Treppenhaus eng genug war. Dass keine seiner Umzugskisten in den Dreck fiel und sie immer so angefasst wurden, dass ‹oben› oben blieb. Dass sie in seinem Zimmer, das er vorher sorgfältig mit einem ätzenden Reiniger ausgewischt hatte, in der richtigen Ordnung, die nur er kannte, aufgestapelt wurden.

Danuta dagegen hatte außer dem Bett nur einen einzigen Einrichtungsgegenstand in ihrem Zimmer: ein blau kariertes Hemd, das an einem Bügel an der Wand hing, aus grobem Zwirn und groß genug für sie. Ihre Zigarettenasche ließ sie immer auf den Boden fallen, nicht nur in ihrem Zimmer, sondern auch in der Küche und an jedem anderen Ort auf der Welt. «Nichts ist so sauber wie Asche», das war ihr Standardspruch, wenn jemand auch nur versuchte, etwas dagegen zu sagen. Umso komischer, dass sie Martin später verteidigt hat, als herauskam, was er getan hatte. Anfangs jedenfalls war sie immer gegen ihn gewesen: Spießer, Contra, wenn ich den schon sehe. *Spacko.*

Ich habe damals zwölf Umzugskisten gezählt, Wenzel sogar vierzehn. Martins Klamotten dürften in eine einzige Kiste gepasst haben, er trug sowieso immer das Gleiche: Schwarze Jeans, bunter Pulli, im Sommer ein Poloshirt, und wenn die anderen über ihn spotteten im Hinterhof, hörte Martin einfach weg. In einer weiteren Kiste waren seine Bücher, vor allem Bauanleitungen und

Fachzeitschriften. Alle anderen Kisten waren gefüllt mit dem einen Gut, für das Martin alles geopfert hätte: seine mehrere tausend Stück umfassende Sammlung alter und neuer Wiking-Autos, seine eigentliche Liebe.

Angeblich ist sie einmal die größte ihrer Art in Baden-Württemberg gewesen, worauf er ziemlich stolz war. Er redete aber nur in Ausnahmefällen über seine Autos, und nur, wenn wir beide unter uns waren, weil ihn die Punks aus dem Querhaus, die ihn sowieso gern grölend auslachten, sonst noch weniger respektiert hätten.

Gleich am Tag seines Einzugs baute er die Glasregale auf und füllte sie mit den streichholzschachtelgroßen Plastikautos. Seine liebsten Modelle wurden auf dem Schreibtisch platziert: der Mercedes-Benz LP 1317 Koffer LKW, Maßstab 1:87, die Borgward Isabella als Polizeiauto, und natürlich, auf dem Ehrenplatz an der Kopfseite seines Schreibtisches, der VW Käfer 1200. Als ich mir seine Sammlung zum ersten Mal ansah, zeigte er mir eines seiner ganz besonders seltenen Stücke: den Mercedes L 1113 Polizei-Wasserwerfer, noch in Blau statt in Grün.

Martin und Marlene wurden das Vorzeige-Liebespaar im Haus. Hätten wir eine Hochglanzbroschüre von unserem Leben machen wollen, um unsere verängstigten Nachbarn zu beruhigen, oder hätten wir nach einem faschistischen Putsch, mit dem wir ja alle irgendwie rechneten, eine neu geschaffene Sittenpolizei davon überzeugen müssen, dass wir auf dem besten Wege in die neue Bürgerlichkeit waren, wären die beiden ein gutes Beispiel gewesen.

Wenn er sich morgens fertig machte, so früh, dass die Punks im Querhaus noch wach waren, ihren letzten Joint am Fenster rauchten oder mit den Schwulen aus dem Tuntenhaus rumhingen, stand sie mit ihm auf und setzte ihm seinen Kaffee auf: Konstantin will sogar beobachtet haben, wie sie ihm Brote schmierte, für die Mittagspause. Martin arbeitete in einer Spedition in Reinickendorf, mit der U-Bahn vom Rosenthaler Platz keine zwanzig Minuten, sieben Uhr Arbeitsbeginn, neun Uhr Frühstückspause, zwölf Uhr Mittagspause, sechzig Minuten, nicht länger, und er aß seine Brote am Schreibtisch, vor sich den neuesten Wiking-Katalog. So ähnlich stellte ich mir das vor.

Wenn Martin gegen halb fünf Uhr nachmittags nach Hause kam, wartete Marlene schon im großen Gemeinschaftsraum, der aus zwei durchgebrochenen Wohnungen im ersten Stock bestand. Und sie hatte ihm sein zweites Mittagessen zubereitet: immer vegetarisch und offiziell für alle, und wenn eine der Frauen aus dem Hinterhaus gerade eine Abtreibung hinter sich hatte, achtete Marlene darauf, dass die Eintöpfe eisenhaltig waren: Linsen, Spinat und rote Beete, aber niemals Fleisch.

Konstantin kam um die gleiche Zeit aus der Fabrik, und seit Marlene kochte, lief er immer direkt nach Hause und hing nicht noch stundenlang im Querhaus herum. «Das Einzige, was fehlt, ist Fleisch», war Konstantins Standardkommentar zu Marlenes Küche, und das war von ihm, der seine Mahlzeiten nie ohne Motzen aß, als Lob zu verstehen.

An den Abenden hing Martin auf seinem Zimmer herum. Von der Remise aus konnten wir ihn sehen, wenn wir Wache schoben, um früh genug die Faschos zu bemerken, falls sie es doch gewagt hätten, den mit siebzig Linken voll besetzten Komplex zu stürmen. Martin saß oft bis Mitternacht da und klebte seine Autos zusammen. In den wenigen Monaten seiner Zeit bei uns wuchs seine Sammlung um mehrere Dutzend Stücke. Die Routine schien ihm zu behagen. Marlene bekochte ihn, tagsüber ging er arbeiten, und abends bastelte er an den Wiking-Autos. Der Geruch des Plastikklebers stand nun jeden Abend im Treppenhaus, im Winter mischte er sich mit dem miefigen Essensgeruch und dem Zigarettenrauch und den übleren Aromen, wenn mal wieder das Fallrohr geplatzt war.

Von ihm aus hätte wohl alles so bleiben können. Dann aber kam dieser Donnerstag im März, der alles änderte.

Die Tage waren wieder lang geworden, einige hatten schon aufgehört zu heizen. Die Braunkohle hing zwar noch in den Klamotten und in den tiefen dunklen Sesseln, der säuerliche Geruch der rotbraunen Ofenasche war aber nur noch in den unteren Stockwerken zu riechen, ganz oben wurde bei Sonne immer öfter das Fenster aufgemacht, und frühlingshaft weiche Luft strömte ins Haus. Ich hatte wieder den ganzen Tag am Hackeschen Markt im Café gesessen, um zu lesen, und weil mich eine unerledigte Seminararbeit nicht schlafen ließ, war ich früh dort hingegangen, gegen elf, im Haus konnte ich mich schon seit längerem nicht mehr konzentrieren. Außerdem hatte ich Literatur dabei, die unter Verdacht stand, Derrida vor allem und auch Bourdieu, den Heidegger versteckte ich in der Regel unter der Matratze. Es war sicherer, die Bücher außer Haus zu lesen, ich wollte nicht riskieren, zum Beispiel von Tobias damit erwischt zu werden, der etwas davon verstand.

Als ich zurückkam, war die Küche voll mit Leuten. Nicht alle gehörten ins Hinterhaus, auch die anderen Flügel hatten Delegationen geschickt oder waren gleich vollständig gekommen: spontanes Gesamtplenum.

In der Mitte des dicken Sofas, eingezwängt von Frauen, saß Daniela aus der Vier, kreidebleich.

«Daniela ist schwanger», sagte Kerstin, als ich reinkam und sie meine fragenden Augen sah.

«Weiß ich doch», sagte ich. Daniela lief schon seit einigen Wochen mit diesem verklärten Blick herum, der Termin für die Abtreibung war fest angesetzt, zwei Frauen aus dem Querhaus sollten sie begleiten, Marlene hatte bei den Türken am Gesundbrunnen frischen Spinat und mehrere Dosen Kichererbsen besorgt, und Daniela, die ja erst siebzehn war, war sichtlich stolz darauf gewesen, dass sie nun mit den älteren Frauen zumindest in einem Punkt gleichauf lag.

«Daniela will nicht mehr abtreiben», sagte Kerstin, leise und mit verhaltener Wut. Daniela war vom vielen Heulen ganz schwach, offenbar hatte sie sich ausgerechnet Kerstin für ihre Beichte ausgesucht. Jetzt sollte sie damit vor dem ganzen Haus heraus, und sie zögerte.

«Sie liebt den Typen, der ihr das Kind gemacht hat. Sagt sie.»

Aber auch das konnte nicht der alleinige Grund dafür sein, dass alle Besetzer in unsere Küche zitiert worden waren. Dann knallten die Türen, und Marlene rannte mit versteinertem Gesicht durch den Raum, hinauf in ihr Zimmer. Da wurde mir und den anderen sofort klar, was los war.

Martin und Daniela hatten miteinander gevögelt, nicht nur einmal, sondern ständig, notorisch, geplant, immer wieder. Heftig schluchzend stieß Daniela die Wahrheit in kurzen Sätzen heraus, Kerstin wiederholte laut, was sie zu sagen hatte. Zweimal pro Woche, wenn er sicher sein konnte, dass Marlene ihm nicht auf dem Weg in die Vier begegnete, war er in der Mittagspause aus seinem Büro weg, hatte sich in die U-Bahn gesetzt, zwanzig Minuten zum Rosenthaler Platz, in einem unbemerkten Augenblick rein ins Haus, die Treppen hoch, zu Daniela ins Bett, Sex, nie länger als zwanzig Minuten, dann schnell wieder rein in die Klamotten, zurück zur U-Bahn, um Punkt dreizehn Uhr wieder pünktlich am Schreibtisch zu sitzen. Montag und Donnerstag, das waren die Tage, und wenn sich die beiden sonst im Haus trafen, taten sie, als wäre nichts.

Bei aller Hast hatte die Aufteilung, Montag und Donnerstag, zwanzig zu zwanzig zu zwanzig, auch eine gewisse ebenmäßige Schönheit, sie passte zu Martin. Einmal hatte er mir erklärt, woran man erkannte, dass der Speditionsweg einer Ware von, sagen wir, Hannover nach Toulouse oder von Oslo in die Tschechoslowakei, richtig geplant war, denn es gab viele Wege von A nach B. «Man erkennt die richtige Planung an ihrer Ästhetik», sagte Martin. «Ein Fahrplan, ein Warenweg, der genaue Ablauf eines Transports, das hat immer eine gewisse innere Balance, ein Gleichgewicht von Zeit und Raum. Du siehst sofort, wenn alles stimmt. Was passt, ist einfach schöner.»

Deshalb war nicht auszuschließen, dass er seine Mittagspausenaffäre - und wir Männer fragten uns feixend, ob und wann er seine Pausenbrote aß, und insgeheim bewunderten wir ihn für seinen Coup - so lange aufrechterhalten hatte, weil es eine derart elegante Lösung war. Dabei hatte er aber offensichtlich einiges doch falsch eingeschätzt. Beispielsweise, dass Frauen sich nicht sicher verplanen lassen, schon gar nicht, wenn man mit mehreren von ihnen zu tun hat. Und was es heißt, wenn ein siebzehnjähriges Ausreißermädchen wie Daniela behauptet, nicht verliebt zu sein. Das nämlich soll, wie wir später erfuhren, die Bedingung gewesen sein: nur Sex, keine Liebe, andernfalls sofortiger Affärenabbruch. Martin hatte kein Problem, sich an seinen Teil der Abmachung zu halten. Daniela dagegen war nicht nur verknallt, sondern begann dann auch noch, falsch zu rechnen, ob mit Absicht oder ohne, ließ sich nicht mehr feststellen, und die Schwangerschaft allein wäre kein Grund gewesen, die Tarnung auffliegen zu lassen. Dass aber Daniela dann plötzlich den angesetzten Abtreibungstermin platzenließ und ausgerechnet Marlene völlig umsonst den Eintopf mit der eisenreichen Kost aufzusetzen im Begriff war, vergrößerte den Druck auf Daniela so sehr, dass sie gestehen musste.

Seltsam nur, dass Marlene kein bisschen überrascht war, im Gegenteil, sie schien erleichtert, denn die mit zitternder Stimme vorgetragene, von Heulkrämpfen unterbrochene Nachricht, dass es nicht irgendein Typ aus der Auguststraße war, sondern ihr Freund Martin, der Daniela geschwängert hatte, klang zumindest plausibel. Für mich hatte Danielas Story vom schnellen Fick am Bauholzfeuer im Hof des Hauses in der Auguststraße, nach einer der Galerieeröffnungen mitten im Winter, die in der Regel schnell in Becksbierorgien mündeten, ohnehin etwas konstruiert geklungen. Die Frauen hatten vermutet, dass es irgendein Typ aus Friedrichshain gewesen war oder einer von Danielas Leipziger Schulfreunden, nicht jedoch einer aus dem Haus und schon gar nicht der. So konnten wir uns jetzt zumindest erklären, warum Martin und Daniela in letzter Zeit nie gemeinsam in einem Raum gesehen worden waren: Sobald er kam, ging sie und umgekehrt, ein eigentlich höchst auffälliges Verhalten. Jetzt aber war die Zeit des Lügens vorbei, und plötzlich ergab alles wieder Sinn, in dieser knallhaften Klarheit lag für ein paar Minuten, solange der Schock anhielt, etwas Tröstendes, ein ozeanisches Gefühl breitete sich aus, das Wissen, das alles eine Ordnung hat, die Muskeln entspannen sich, der Geist ist still und konzentriert.

Was jetzt geschah, ist danach so oft im Haus erzählt worden, dass ich es bis heute bildhaft vor mir habe, und die anderen sicher auch. Mit der Ruhe einer Frau, die einen Entschluss gefasst hat, ging Marlene hinüber in den Nordflügel des Hinterhauses. Dabei kroch sie nicht durch den Durchbruch in Theos Zimmer im Vierten, sondern nahm den offiziellen Weg durch den Gemeinschaftsraum. Sie schritt geradezu majestätisch die geländerlose Treppe im Hinterhaus hinauf, kickte die blau lackierte Wohnungstür auf, die, wie alle Türen im Haus, unverschlossen war, und setzte sich in Martins Zimmer. Es war genau vierzehn Uhr, und ihr blieben noch gut zwei Stunden. Sie handelte gefasst und ohne Eile, es gab für sie jetzt keine Zeit mehr, sondern nur noch die Tat, und die war gerecht.

Da sie Martins Zimmer gut kannte, wusste sie, wo die olivgrüne, etwas fettige Werkzeugtasche lag, die sich zu einem Bündel zusammenschnüren ließ. Hier hob der Pedant alles auf, was nötig war, um seine kleinen Plastikautos zusammenzukleben: Pinzetten, kleine Hebel, Stechbeitel und Feilen, eine Zange, einen Mini-Lötkolben, eine Öllampe, eine Plastiksäge und einen kleinen Hammer, den Martin nur selten brauchte. Wenn, was die Ausnahme war, Metallteile aneinandergenietet werden mussten, konnte dies nur mit dem Hammer geschehen, meist bei Modellen von Arbeitsgeräten und Fahrzeugen aus der Landwirtschaft. So hatte Martin einen kompletten Handpflug im Maßstab 1:32 zusammengenietet, dessen Original bis in die siebziger Jahre hinein von Bauern im schweizerischen Jura benutzt worden war.

Marlene nahm den kleinen Hammer aus der Werkzeugtasche und legte zuerst eines der unwichtigeren Modelle auf den Schreibtisch, die verkratzte, aber sauber abgewischte Arbeitsfläche sollte ihr als Amboss dienen.

Die Firma Wiking hat es sich seit jeher zur Aufgabe gemacht, diejenigen Autos als Plastikmodelle herauszubringen, die besonders gut vom Lebensgefühl einer Epoche erzählen. So gibt es bei den von jungen Familien in den siebziger Jahren bevorzugten Wagentypen von Ford, Volkswagen und Opel eine starke, von der Mode beeinflusste Tendenz hin zu leuchtenden Farben, Apfelgrün, Mint, Himmelblau und natürlich Feuerwehrrot. Aber auch erdige Braun- und Ockertöne waren damals populär. Marlene begann mit einem Ford Escort, Baujahr 76, Maßstab 1:87, in leuchtendem Orange, setzte ihn auf Martins Schreibtisch und zerschlug ihn mit dem Nietenhämmerchen, bis sich große Teile des Wagens in Plastikmehl verwandelt hatten. Die Räder blieben intakt. Dann nahm sie die Reste, wischte sie mit den Handflächen zusammen und legte sie an die passende Stelle im Glasregal. Dabei ging sie sorgfältig und genau vor, ihr Zerstörungswerk sollte nicht als von Wut oder Kontrollverlust gesteuert erscheinen, der Eindruck, dass hier jemand ausgeflippt war, sollte vermieden werden. So achtete sie peinlich genau darauf, dass sich die zermahlenen Plastikteile nicht miteinander vermischten, jedes Häufchen bestand nur aus den Resten genau eines Modells. Und sie arbeitete sich systematisch durch die Sammlung. Nach den Mittelklassewagen der siebziger und achtziger Jahre ging es zu den etwas wertvolleren Kultfahrzeugen der Fünfziger und Sechziger, der Opel Admiral war ebenso darunter wie die frühen Mercedes Trapezwagen, der VW-Käfer kam gleich in mehreren Ausführungen unter den Hammer, den Opel Kapitän hatte Martin sogar in zwei Größen nebeneinanderstehen. Mit dem frühesten der Käfer, dem Typ 87, der noch für die Wehrmacht konzipiert worden war, begab sich ihr Pulverisierungskreuzzug in den Raum der historischen Fahrzeuge. Hier war die Sammlung besonders stark, insbesondere bei den frühen massentauglichen Automobilen, den Ford-Modellen T und A. Ihretwegen war Martin bei der süddeutschen Modellbaumeisterschaft mehrfach bis zum Schluss als Favorit gehandelt worden. Sie alle wurden unter Marlenes wohlkalkulierter Wut zu Staub.

Weniger Arbeit machte sie sich mit den großen, teils aus Blech bestehenden Kopien von Lastkraftwagen, Motorkutschen, Droschken mit Lenkstange, Baggern, Raupen und den verschiedenen Militärfahrzeugen, Panzern, Jeeps, Motorrädern mit Beiwagen und Abschussrampen, mit den Amphibienfahrzeugen und Truppentransportern. Sie wusste, dass sie nur einen Randbestand der Sammlung darstellten, meist waren sie Beifang gewesen, wenn Martin bei Versteigerungen große Lose erstanden oder ungeöffnete Kisten von Haushaltsauflösungen gekauft hatte. Deswegen zerbeulte sie nur hier und da ein Exemplar und hielt sich sonst nicht weiter mit ihnen auf. Aber auch bei ihnen verfuhr sie wie bei den anderen Formaten: Nach der Zerstörung stellte sie sie sorgsam wieder an ihren Platz im Glasregal.

Irgendwann stand Danuta im Türrahmen, die qualmende Zigarette im Mundwinkel. Sie war Marlene gefolgt, nicht um Martins Sammlung zu retten, sondern Marlene vor sich selbst, jedenfalls hat sie das behauptet, als alles vorbei war und wieder mal keiner schuld sein wollte.

«Vergiss die Glasvitrinen nicht», sagte sie.

Marlene, wie aus einer tiefen Trance erwacht, schüttelte den Kopf und vertiefte sich wieder in ihre Arbeit.

«Die Glasvitrinen lass ich ganz. Die sind doch noch gut.»

Danuta ließ die Asche auf ihrer Kippe mit einem lässigen Zucken in den Flur fallen. Sie ging zwei Schritte auf Marlene zu und sagte: «Sie gehören doch auch ihm. Warum machst du sie nicht kaputt?»

Marlene schien einen Augenblick lang zu überlegen, dann schüttelte sie wieder den Kopf.

«Nee, die kann ja einer von euch noch gebrauchen.»

Da verstand Danuta, was hier gespielt wurde, dass dies nicht nur der gerechte Furor einer Betrogenen war, sondern der Anfang einer Austreibung, und als sie sah, wie planvoll und gefasst Marlene vorging, war ihr erster Impuls, sofort hinunterzulaufen, um uns anderen davon zu erzählen, möglichst bevor Martin nach Hause kam. Aber sie tat es nicht. Sie blieb bei Marlene. In der unteren Küche sammelten sich unterdessen die Neugierigen, Spontan-Plenum, das Hinterhaus beruft die anderen zum Ratschlag ein, Gerüchte machten die Runde, im Frauenhaus würden schon Plakate gemalt, um ein Zeichen zu setzen gegen Sexismus im Haus, erst mal nur die Frauen, raunten die einen, nein, gerade für die Männer ist das Gesamtplenum heute Pflicht, sagten die anderen, ist doch einer von ihnen gewesen, hoffentlich hat ihn keiner gewarnt, plumpe Männerkumpanei wäre das, und ohnehin gibt es da einiges zu besprechen, selbst wenn sich der Sexist nicht mehr ins Haus traut. Immer mehr Hausbesetzer schlurften durchs Treppenhaus und ließen sich in die schweren Plüschsessel fallen, guckten nach Essbarem im Kühlschrank, öffneten mitgebrachte Bierflaschen, drehten sich Zigaretten; seit klar war, dass die Bullen alles mitbekamen, was im Haus passierte, dass sie nicht nur die einzige Telefonleitung ins Haus abhörten, sondern vielleicht sogar den toten Anschluss, der sich eines Tages im Gemeinschaftsraum hinter einer Fußleiste fand, aktiviert hatten, um die Gespräche dort mitschneiden zu können, seit also klar war, dass die Bullen einen Spitzel im Haus haben mussten, durfte beim Plenum nicht mehr gekifft werden. «Sollen sie uns wegen ein paar antifaschistischen Aktionen drankriegen», sagte Nele immer, «aber wegen einem Joint? Das wäre zu blöd. Die nehmen ja, was sie nur finden können.»

Danuta, in Martins Zimmer, redete ruhig, aber mit fester Stimme weiter auf Marlene ein. «Du willst mir doch jetzt nicht erzählen, dass du nichts gemerkt hast», sagte sie.

Marlene hörte nicht mal mit dem Klopfen auf. «Klar habe ich's gemerkt.»

Einen ganz besonderen Wert in jeder Sammlung von Wiking-Autos haben die Miniaturen, 1:160. In der Regel sind das Kopien von Design-Klassikern aus den Jahrzehnten nach dem Zweiten Weltkrieg. Martin hatte die wichtigsten im Regal stehen: den Opel Admiral als schwarzes Taxi, einen postgelben Golf I, zwei alte Ford-Modelle in Türkis und Himmelblau, die jeweils einen Wohnwagen zogen. Wer genau hinsah, konnte erkennen, dass die Gespanne niederländische Nummernschilder hatten. Die 160er Miniaturen waren nicht etwa wertvoll, weil sie selten gewesen wären oder besonders alt, ganz im Gegenteil, es gab sie erst seit ein paar Jahrzehnten. Sie waren begehrt, weil sie bis ins kleinste Detail originalgetreu zusammengeklebt und bepinselt waren. In der Regel arbeiteten die Sammler die Bausätze individuell nach, und auch die Inneneinrichtungen der Mini-Autos waren komplett und nach der Wirklichkeit geformt, auch zum Beispiel im Kofferraum oder im Inneren der Wohnwagen. Ein ganzes Universum im Stecknadelkopfformat, das nie wieder jemand sehen würde, ähnlich wie die Kabinen der Titanic, die nachweislich nicht voll Wasser laufen konnten und in denen die Sekunde des Untergangs festgefroren ist, im Dunklen, in der Kälte, nie wieder wird sie je ein menschliches Auge zu Gesicht bekommen, und doch wissen alle, dass sie da sind.

«Ich hab's gerochen. Und gesehen. Und er war so fröhlich, plötzlich.»

«Seit wann weißt du es?»

«Is doch egal. Paar Wochen.»

«Und er? Hat er gewusst, dass du es weißt?»

«Ich glaube ja.»

«Warum hast du nichts gesagt? Bevor es alle mitkriegen?»

«Das verstehst du nicht. Du hättest seine Augen sehen sollen.»

Für die Miniaturen hatte Marlene sich ein besonderes Verfahren überlegt. Sie zu zermalmen wie den Rest der Sammlung, das wäre nicht eindrucksvoll genug gewesen. Für den Kern der Kollektion hatte sie sich eine Methode ausgesucht, die von Profikillern angewandt wird, die darauf angewiesen sind, dass ihre Opfer nach erledigter Arbeit noch zu erkennen sind, und die ihnen deshalb nicht direkt ins Gesicht schießen. Marlene nahm das Benzinfeuerzeug, das sich in Martins Werkzeugtasche fand und dazu da war, Lacke vor dem Auftragen anzuwärmen. Mit der Flamme schmolz sie von außen die Plastikoberflächen der Mini-Autos, aber so sparsam, dass jeder, der sich auskannte, sah, welches Modell hier zerstört worden war und welch unermesslich großen Verlust der Besitzer erlitten hatte.

Marlene hat nie wieder über diesen Tag und das gesprochen, wohl aber Danuta, wenn auch nicht mit mir, sondern nur mit Nele, die allerdings sprach dann mit Wenzel, und der, unter dem Siegel höchster Verschwiegenheit, mit mir.

Erst als Danuta Marlene beim Sprechen sanft die Handfläche in den Nacken legte, legte die das Feuerzeug zur Seite.

«Weiß er das mit uns?»

«Ich hab's ihm gesagt.»

«Und?»

«Er fand's okay. Es war ihm egal.»

«Warum dann jetzt das ganze Theater? Nur weil Kerstin es mitgekriegt hat?»

«Alle wissen es. Nicht nur Kerstin.»

«Sie werden ihn komplett fertigmachen.»

«Meinetwegen.»

Danuta schlang ihren Arm um Marlenes Hals und vergrub das Gesicht in ihren schweißnassen Haaren. Sie sog ihren Geruch ein.

«Wütend riechst du nicht. Sie werden ihn rausschmeißen. Heute noch.»

«Na und.»

«Vielleicht tut er sich was an.»

«Glaub ich nicht.»

«Dann sag ich es ihnen.»

Marlene wand sich aus Danutas Griff. «Tu das nicht. Bitte.»

Als Danuta schweigend in die Küche kam, hatten sich dort schon 25 Leute versammelt. Und es wurden immer mehr. Das Plenum hatte begonnen.

Alle merkten, dass dies ein großer, ein besonderer Moment war. Die Frauen hatten ihre Haare hochgesteckt, die blonden, geschickt verfilzten Dreadlocks auf ihren Köpfen zu Türmen aufgebaut, und auch die Punks hatten ihre Iros mit Zuckerwasser und klebrigem Ost-Haarspray aufgestellt und die Schläfen frisch ausrasiert, so saßen sie auf den Sofas und Sesseln, auf leeren Bierkästen und dem alten Zahnarztstuhl, hinter- oder übereinander oder zwischen den Beinen der oberen, ein paar auf dem Boden, Bierflaschen in der Hand und Kaffeetassen, es wurde weniger geraucht als sonst, die Kinder waren auf ihre Zimmer geschickt worden, die Fenster standen weit offen. Die Mädchen aus dem Quergebäude trugen an den Achseln und am Hals schräg ausgeschnittene Frotteepullover und bläuliche Armeeunterwäsche, schwarz und lila eingefärbte Männerunterhemden, klimpernde Armreifen und Plastikschmuck in den Haaren. Die Autonomen aus dem Hinterhaus hatten trotz des schönen Wetters schwere Springerstiefel an den Füßen, Ketten hingen ihnen um die Hüften, bunte Federn an den Ohrringen, die Männer hatten die Ärmel der ausgewaschenen Sweatshirts nach oben gerollt, sodass die Oberarme zu sehen waren. Die beiden kläffenden Hunde waren ins kleine Bad im Zweiten gesperrt worden, und Nele und Rachel hatten dafür gesorgt, dass die polnischen Musiker aus dem F-Flügel draußen blieben, sie kannten die Regeln nicht und verstanden sie auch nicht, wenn man sie ihnen erklärte.

Am frühen Nachmittag hatte es noch gewitterartig geregnet, auf der Teerpappe der Remise im Hof waren kleine Pfützen entstanden, jetzt aber wurde der Himmel wieder hell, die Wolken schoben sich beiseite, und die Sonne schien zum ersten Mal in diesem Jahr in die Gemeinschaftsräume, deren Fenster im ersten Stock nach Nordwesten zeigten. Die Jugendlichen aus dem Wedding waren gebeten worden, heute nicht mehr Basketball zu spielen, im ganzen Raum war ein Flirren und ein Sirren spürbar, es wurde geflüstert und getuschelt, das Gerücht machte die Runde, Martin sei direkt von der Arbeit nach Süddeutschland gefahren, um sich Urteil und Strafe zu entziehen.

Gegen sechzehn Uhr dreißig stürmte Kerstin rein, die oben gewartet hatte, um vom Fenster aus die Toreinfahrt im Blick zu behalten. In der Mitte der Menschenhaufen saß Daniela auf einem Sofa, heulend, zwischen vollgeschnupften Taschentüchern, umgeben von Mädchen aus dem E-Flügel, die versuchten, sie zu trösten.

Kerstin fuhr in den Raum, voller Wut knallte sie mit ihren weißen Turnschuhen auf den stierblutroten Holzboden. Als sie sah, dass Danuta sich ruhig in eine Ecke gesetzt hatte, um zu beobachten, was nun geschehen würde, um vielleicht sogar einzugreifen, zu widersprechen, Martin gar in Schutz zu nehmen, wusste sie, dass es höchste Zeit war, wenn ihr die Sache nicht entgleiten sollte. Mit gespreizten Beinen, die Hände in die Hüften geklemmt, stellte sie sich vor die Menge, den Gasherd, auf dem der Wasserkessel rauschte, im Rücken. Sie streckte die Brust heraus und begann ihre Ansprache, ihr Vorab-Plädoyer, denn der Angeklagte war ja noch gar nicht erschienen.

«Ich finde, das Allerwichtigste ist, dass wir Frauen uns jetzt auf keinen Fall auseinanderdividieren lassen!»

Die Hausbesetzer murmelten, und die Frauen raunten sich was zu: Schon klar. Die letzten polnischen Musiker standen auf und verließen den Raum, weil sie sahen, dass sie dies hier nichts anging und es auch nicht mehr interessanter würde. Daniela wurde plötzlich von einem heftigen Heulkrampf geschüttelt.

«Es ist eine typische Strategie von Männern», sagte Kerstin, «zu versuchen, einen Keil zwischen uns zu treiben und so die Solidarität zwischen Frauen zu untergraben. Das ist über Generationen erlerntes patriarchales Verhalten, das tun Männer, ohne darüber nachzudenken.»

Konstantin feixte leise, aber für alle hörbar, «Keil zwischen uns treiben, das trifft es ja irgendwie», er war der Einzige, der sich das leisten konnte, weil ihn keiner richtig ernst nahm. Die anderen Männer wurden plötzlich still. Daniela wimmerte noch etwas, als Kerstin tief Luft holte und in beeindruckender Lautstärke zu schreien begann: «Ich will nicht, dass eine von euch den Täter in Schutz nimmt! Wir ziehen das jetzt durch, und ich will kein Wort von den Männern hören!»

Jetzt kam auch Marlene zurück in den großen Raum.

«Na, alles kaputt», fragte Danuta.

Kerstin, die mit ihrem J'accuse noch nicht einmal angefangen hatte, ließ sich nur kurz aus dem Konzept bringen und fand dann den Faden wieder.

«Wenn der Typ jetzt gleich kommt, will ich, dass die Frauen im Haus mit einer Stimme sprechen! Martin hat nicht nur Daniela skrupellos ausgenutzt. Er hat Marlene aufs Mieseste verarscht. Und er hat uns allen ins Gesicht gelogen.»

«Was hat er denn schon getan», meldete sich Danuta von ihrem Platz in der letzten Reihe, dabei zündete sie sich umständlich die nächste Kippe an. «Er hat ein bisschen rumgefickt. Na und?»

«Er hätte nicht warten dürfen, bis die Sache rauskommt! Er hätte sich dem Plenum stellen müssen!»

«Ach Kerstin, jetzt tu mal nicht so, als hättest du das nicht mitbekommen.»

«Er hätte es nicht so weit kommen lassen dürfen, dass es herauskommt, weil Daniela abtreibt!»

«Ist überhaupt nicht gesagt, dass ich abtreibe», schluchzte Daniela.

Jetzt begann Marlene, leicht aufzubrausen: «Das kommt überhaupt nicht in Frage. Was wird denn dann aus mir?»

«Mann, ich liebe ihn!» Daniela brach unter der Last

ihrer Gefühle ein weiteres Mal zusammen, und Nele, die bis jetzt erstaunlich ruhig geblieben war, sagte: «Wenn du so weitermachst, brauchst du nicht mehr zum Arzt.»

Ich vermute mal, dass mein Verhalten an jenem Tag viel dazu beigetragen hat, dass die meisten im Haus irgendwann von da an gegen mich waren. Wenige Minuten später, so pünktlich wie immer am späten Nachmittag, stand nämlich Martin in der Tür. Überraschung war in seinem Gesicht nur in den ersten Sekundenbruchteilen zu lesen. Als er die gesamte Hausgemeinschaft sah, wie sie sich in unserer Küche aufgebaut hatte und ihn stumm anblickte, als er die heulend zusammengesunkene Daniela entdeckte und seine Freundin Marlene mit kalter, ausdrucksloser Miene, als er bemerkte, wie die immer noch rauchende Danuta auf den Boden blickte, und er Kerstin sah, deren Unterlippe bebte vor Zorn, verstand er, drehte sich wortlos um und ging hoch. Es vergingen Sekunden, vielleicht eine oder zwei Minuten, die allen erschienen wie eine Ewigkeit. Wir sahen uns an, wie Passagiere in einem Zugabteil, die plötzlich ahnen, dass das Ticken, das schon die ganze Zeit zu hören war, eine Bombe sein muss.

Dann stand Martin wieder in der Tür und sagte, ganz ruhig: «Ich ziehe jetzt aus, ich pack noch die Klamotten, dann fahr ich nach Süddeutschland. Brandt», fragte er dann, «hilfst du mir?»

Und anstatt einfach abzuwarten, wie Konstantin das getan hätte oder Wenzel, oder anstatt so etwas zu sagen wie: «Das kannst du wohl selbst», oder einfach zur anderen Tür rauszugehen oder sitzen zu bleiben, stand ich auf, um ihm hinterherzugehen.

Ausgerechnet Danuta sagte dann: «Wenn Brandt sich hier durch die Stockwerke vögelt, sagst du ja auch nichts.» Das war an Kerstin gerichtet, und dann trat sie die Kippe auf dem Küchenboden aus.

«Gerade du musst das sagen», entgegnete ich, es war blöd, jetzt überhaupt den Mund aufzumachen, aber jetzt war es sowieso zu spät.

Als ich zu Martin ins Zimmer kam, saß der mit hängenden Schultern auf der Bettkante und kramte in seiner alten Sporttasche herum. Ich hatte schon vermutet, dass Marlene einen Teil seiner Sachen kaputt machen würde. Aber das Ausmaß der Verwüstung, das ich hier sah, hatte ich nicht erwartet, und ich brauchte ein paar Minuten, um zu begreifen, wie sie vorgegangen war. Sie hatte peinlich genau darauf geachtet, dass außer den Wikingautos nichts beschädigt wurde, nicht einmal ein Stuhl war umgeworfen oder das Bett zerwühlt. Es sollte nicht nach Rage aussehen, sondern nach kalter Abrechnung, nach wohlüberlegter Bestrafung.

Auf Martins Gesicht war, wie stets bei ihm, keine Regung zu erkennen. Die Vernichtung seiner Sammlung schien ihn nicht zu berühren. Er wirkte wie ein Laiendarsteller auf einer Provinzbühne, der Text und Bewegungen auswendig gelernt hat, aber nicht versteht, was er sagt oder tut. «Danke, dass du mit hochgekommen bist», sagte er. «Dich werden sie auch rauskanten, so wie sie Stricher-Thomas rausgeschmissen haben, an Armen und Beinen werden sie dich raustragen.»

«Ich glaube nicht, dass es so weit kommt», sagte ich. «Und wenn, dann zieh ich vorher aus.»

Ich fühlte mich matt und niedergeschlagen, wurde seltsam einsilbig, ein Zustand, den ich erst sehr viel später deuten konnte: Er war eine Reaktion darauf, dass mir die Schuld, nicht richtig gehandelt zu haben, gleichzeitig mit der Erkenntnis bewusst wurde, dass es kein richtiges Handeln gegeben hätte. Denn ich hatte Martin im Plenum nicht mit einem Wort verteidigt, obwohl ich absolut dagegen war, ihn rauszuschmeißen wegen einer lächerlichen Affäre, von denen es im Haus Dutzende gab. Ich hatte nichts versucht und nichts erreicht. Ich war ein nutzloser Feigling. Und hatte wieder mal alles falsch gemacht.

Martin packte seine Tasche nur pro forma, denn er besaß außer der umfangreichen Sammlung kaum mehr, als er am Leibe trug, und ging mit mir im Schlepptau wieder runter in den Gemeinschaftsraum. Dort warteten noch alle darauf, wie die Sache ausgehen würde und ob sie bei seinem Auszug nachhelfen sollten. Ob man ihn so einfach gehen lassen konnte, ohne ihm noch einen Denkzettel mitzugeben.

«Damit ihr es nur wisst», sagte Martin laut und deutlich, «ich bin als Kind von meinem Ballettlehrer vergewaltigt worden. Da war ich acht Jahre alt.» Dann verließ er den Raum.

Es dauerte eine Weile, bis der gewünschte Effekt auf die Masse eintrat. Die Hausgemeinschaft sah Martin durch die Fenster zu, wie er über den Hof ging, seinen dunklen Kadett aufschloss, Baujahr 74, höchst standesgemäß, seine abgegriffene Sporttasche auf den Beifahrersitz schmiss und sich ans Steuer setzte. Der Motor heulte auf, die Rücklichter leuchteten, der Wagen rumpelte langsam unter den Torbogen hindurch, vom zweiten auf den ersten Hof und dann auf die Straße. Martin hatte uns verlassen.

Es dauerte eine Weile, bis auch die Kiffer aus den Seitenflügeln verstanden hatten, was passiert war. Dann begann ein Raunen, das sich zu einem raumfüllenden Murren auswuchs. Die Wortführer von eben waren still geworden, auf Kerstins Gesicht spiegelte sich die Überraschung eines Schachspielers, der plötzlich feststellt, dass, während er vorne generalstabsmäßig einen Offizier nach dem anderen geschlagen hat, in der letzten Reihe König und Dame gleichzeitig blank dastehen: Schachmatt in zwei Zügen, und nach dem verlorenen Krieg fragt niemand nach gewonnenen Schlachten. Wenn wir das gewusst hätten, hieß es nun, und selbst die Frauen aus dem Frauenhaus begannen zu meutern gegen Martins plötzlichen Rausschmiss: War er doch nun selbst als Opfer zu betrachten, was das Spiel, das er mit Freundin und Nebenfreundin getrieben hatte, nicht entschuldigte, wohl aber in einem milderen Licht erscheinen ließ. Vom Ballettlehrer vergewaltigt, das bedeutete doch, ein Opfer männlicher Gewalt zu sein. Aus dem Tuntenhaus kam kurz der Einwand, dass zu klären wäre, ob der Ballettlehrer damals schwul war oder nicht, denn dann wäre auch der Täter strukturell ein Opfer. Das wurde von den Künstlern aus dem Querhaus jedoch als unwichtig abgetan, wir wollen uns nicht zum Richter aufschwingen und urteilen über einen Akt, der mehr als fünfzehn Jahre zurückliegt, es geht uns um das Heute und das Hier und Jetzt. Es wäre besser gewesen, Martin unter Auflagen im Haus zu behalten, anstatt ihn fortzujagen, ohne ihn überhaupt anzuhören. Daniela wurde wieder von Heulkrämpfen geschüttelt, wobei nicht völlig klarwurde, ob sie weinte, weil Martin fort war, oder weil er nun, da er quasi amnestiert war, wiederkehren konnte.

Marlene war blass und auffällig ruhig, niemand fragte sie, ob sie von Martins Kindheitserlebnis gewusst hatte, und wenn nein, warum nicht. Konstantin kegelte eine der leeren Bierflaschen unter das Sofa und fragte grinsend, ob jetzt, da das Plenum zu Ende war, wieder gekifft werden dürfe. Nach einigen Minuten hatte Kerstin sich gefasst und bat mit lauter Stimme ums Wort. Dabei stellte sie sich vor die Versammlung, die gerade im Begriff war, sich aufzulösen, noch aber saßen viele auf den Stühlen, dem Tisch und den Sesseln.

«Da sieht man mal wieder, wie teuflisch die Gewalt ist, die vom Patriarchat ausgeht», setzte sie an. «Seine Opfer macht es zu Tätern. Es ist gut, dass wir Martin so früh haben stoppen können. Es wäre sonst nicht mehr möglich gewesen, ihn von einem richtigen Macho zu unterscheiden. Vielleicht sollten wir nicht ganz so hart mit ihm umgehen und ihn nicht für alle Ewigkeit rauswerfen, wie damals Thomas, den Stricher. Geben wir ihm ein bisschen Zeit, sich zu Hause in Süddeutschland zu besinnen, und wenn er sich ordentlich entschuldigt, kann er ja vielleicht in Zukunft als Gast gelegentlich mal im Hof sitzen. Im Frauenhaus und in den Flügeln, in denen die beiden Frauen wohnen, die er verarscht hat, wird er weiterhin Hausverbot haben, aber eben nicht überall.»

In der Menge rumorte es wieder, nein, das sei zu wenig des Zurückruderns, wir müssen ihn eigentlich einladen zurückzukehren.

Dann stand Marlene auf: «Ich werde hinter ihm herfahren!», rief sie mit dünner Stimme. «Irgendwo auf dem Weg zur Autobahn oder spätestens auf dem Berliner Ring kriegen wir ihn. Ich werde ihn bitten, zurückzukommen.»

Kerstin wollte protestieren, aber Marlene hatte die Mehrheit hörbar hinter sich. Zwei aus dem Querhaus waren sofort auf die Straße gelaufen, in der Hoffnung, Martin im Stau vor dem Rosenthaler Platz aufhalten zu können, aber er war weg. Nun galt es, ein Auto aufzutreiben, denn der alte weiße Polo von Nele war zum Schutttransport nach Friedrichshain abkommandiert, und der Ello aus der Linienstraße, ein robuster DDR-Laster, den wir im Sommer billig von den sich auflösenden Grenztruppen ersteigert hatten, für 800 Ostmark, schien für eine Aufholjagd auf westdeutschen Autobahnen nicht geeignet.

Kleine Trupps von Hausbesetzern schwärmten aus, um in den Häusern in der unmittelbaren Gegend, in Mitte Nord und Prenzlauer Berg, Menschen in Gemeinschaftsräumen zu belabern, und es dauerte keine Dreiviertelstunde, bis es gelungen war, den Leuten aus der Kastanienallee einen ziemlich wackelig aussehenden Citroën DS abzuschwatzen. Er gehörte einem französischen Klangkünstler, der allerdings auf der Suche nach

Geräuschen zwischen den Sperranlagen an der ehemaligen Grenze verlorengegangen war, Gerüchten zufolge war er vor einigen Tagen schwer betrunken in einem Kellerclub in der Friedrichstraße gesehen worden, wo er einen sinnlosen Streit mit einem Redskin vom Zaun gebrochen hatte über die Frage, ob ein Deadhead jeder Fan der Grateful Dead war oder nur einer, der ihnen von Konzert zu Konzert folgte, und wie der Name der Band richtig buchstabiert wurde; der Disput war aber an offenkundigen Verständigungsschwierigkeiten gescheitert, und Prügeln war angesichts der vielen weich machenden Drogen, die der Redskin geschmissen hatte, keine Option. All das aber wussten die Leute in der Kastanienallee nur vom Hörensagen. Fakt war, dass der Franzose seit einer Woche nicht mehr gesehen worden war und sich sein Wagen leicht kurzschließen ließ. Unter dem Lenkrad hingen Schwachstromkabel, die man aneinanderhalten musste, dies schien das übliche Procedere zu sein. Konstantin gelang es, die Leute davon zu überzeugen, dass es sich um einen Notfall handelte, dass der Wagen nach spätestens drei Tagen wieder in Berlin wäre und dass man eine gebrauchte Lichtmaschine für den Citroën mitbringen würde, die war in Süddeutschland leichter aufzutreiben als hier.

Als ich wieder in den Hof kam, nachdem ich erfolglos im Haus in der Auguststraße herumgefragt hatte, wo nur Bildhauer wohnten und wo man uns für aufgeregte Politkasper hielt, denen auch mit einem Auto nicht zu helfen war, war Marlene längst aufgebrochen. In letzter Minute war Danuta noch zu ihr ins Auto gesprungen, den wackeligen Citroën hatten sie vorsichtshalber gar nicht mehr ausgemacht. In der Küche stand, einsam und allein, Kerstin und starrte aus dem Fenster, als würde sich an dem kleinen Stückchen Himmel, das zwischen den Hinterhäusern zu sehen war, eine Antwort auf die Frage abbilden, wie sie derart die Kontrolle über die Situation hatte verlieren können. Auf ihrer Stirn eine dünne Falte, von Sorgen oder Zorn, ich traute mich nicht, sie anzusprechen, vermutete aber, ihr war klar, dass sie Martin jetzt nicht mehr loswerden würde.

Als sie mich sah, stellte sie sich neben mich, und ich habe auch nie behauptet, dass mich Kerstin als Frau nicht anzog, nur leiden konnte ich sie eben nicht, und sie mich auch nicht, oder es war komplizierter, womöglich konnten wir uns schon leiden, das aber nicht zeigen, oder nicht aus unserer Haut, vielleicht war es sogar noch komplizierter. Der Alltag im Haus ließ uns jedenfalls keinen Raum, das herauszufinden. Sie packte mich am Arm.

«Wusstest du davon?» Kerstin flüsterte, und ich konnte ihren Atem spüren. «Du warst doch öfter mal bei ihm. Dir scheint er ja zu vertrauen. Und auch mal was über sich zu erzählen.» Der Satz klang in meinen Ohren wie eine Drohung.

Ich wand mich aus ihrem Griff, sagte: «Nein, mir hat er nichts davon erzählt», und ging aus der Küche. Erst zu spät habe ich verstanden, dass mir Kerstin hier ein Angebot gemacht hatte, endgültig zu ihr überzulaufen, um wirklich ein Teil des Hauses zu werden und kein komischer Besucher mit eigenem Zimmer mehr zu sein.

Von nun an wurde alles anders. Meine Freunde waren zwar immer noch meine Freunde, Wenzel zum Beispiel, aber auch Nele und Rachel und die Punks, mit denen ich auf den Lattengerüsten im Hof abgehangen hatte, die Musiker aus dem Querhaus, mit denen ich im *Usher* gesoffen und einmal auch Koks probiert hatte, die Jungs, mit denen ich zum Aalefangen an der Müritz war, und Konstantin, der mich einfach zu lieben schien, weil ich ihn sein ließ, wie er war, sie alle waren natürlich nicht plötzlich gegen mich. Aber wenn sie auf meiner Seite waren, sagten sie es nicht mehr so deutlich.

Martin erwischten sie kurz hinter den Kasseler Bergen. Der Wagen des Franzosen, der auf dem Weg durch den Wedding mehrfach angeschoben werden musste, erwies sich auf der Autobahn als echter Glücksgriff. Der Motor stotterte nur manchmal beim Runterschalten, und wenn Marlene die Kupplung zu lange gedrückt hielt, ging er aus, dafür entwickelte er eine erstaunliche Geschwindigkeit, wenn man ihn ließ. Als hätte er einen Ruf zu verlieren, jagte er mit den beiden Frauen über die Ostautobahn, auf der in den Jahren nach der Wende durchgängig eine Geschwindigkeitsbegrenzung von hundert Kilometern pro Stunde galt, wie zu DDR-Zeiten – was die beiden wegen des französischen Nummernschildes nicht zu kümmern brauchte.

Als sie Martins Kadett sahen, kurz vor dem Rasthof Wetterau, soll er laut Danuta gerade auf dem rechten Seitenstreifen gestanden haben, um sich einen Joint zu drehen. Weil er zuerst an eine Zivilstreife dachte, die da hinter ihm hielt, schmiss er die Mischung mit dem zerkrümelten Haschisch hastig aus dem Beifahrerfenster, und als Marlene ausstieg und zu ihm vorlief, grinste er nur und sagte: «Schönes Auto habt ihr da, DS, die Göttin.» Und dann: «Die besten Modelle hast du nicht erwischt. Die standen nämlich nicht im Regal.»

«Ich weiß», sagte Marlene, bevor sie ihn küsste.

Martin war von nun an sakrosankt im Haus, und die anderen trauten sich nicht mehr an ihn ran. Er hatte einen Schritt auf der Leiter nach oben gemacht, er durfte dabei sein, wenn Nele und Rachel die Aktionen planten, und wurde einmal sogar als Abgesandter aufs Gesamtplenum der Berliner Häuser geschickt. Die Leute aus der Vier verrieten ihm ein paar ihrer technischen Tricks, und die Punks prosteten ihm zu, wenn er frühmorgens zur Arbeit ging. Daniela verliebte sich bald nach der Abtreibung in einen anderen, in einen tschechischen Regisseur, der, wie wir vermuteten, Gast in der Gartenstraße war, fortan aber nur noch bei uns herumhing und niemals ein Wort sprach, auch auf den Hofpartys nicht, sondern nur stumm sein Bier trank und uns einmal überraschte, als er auf dem Tisch mit leeren und halbleeren Gläsern die Filmmusik von Dr. Schiwago spielte, indem er sanft an ihren Rändern rieb.

ZWEI

Ganz am Anfang, beim ersten Treffen im Park, waren wir zwölf, und ich kannte nicht mal die Hälfte der Leute.

Da war der sanfte Hügel hinterm Haus, die Wasserspiele rauschten, auf der Kastanienallee quietschten die Straßenbahnen, es war Ende Juni und ziemlich heiß. Ich war ganz entschieden dafür, unauffällig zu bleiben. Wenn es nach mir gegangen wäre, hätten wir im Prenzlauer Berg ein paar Schwarzwohnungen besetzt, verteilt auf mehrere Häuser. Zu einer hatte ich den Schlüssel, die Nachbarwohnung von Frank Wohlgemut, den alle nur Küste nannten, weil er aus Rostock war, und der seit dem Semesteranfang in zweien meiner Kurse saß. Die Mauer war weg, Küste konnte im Westen studieren, und wir waren gerade dabei, Freunde zu werden. Eines Tages hatte er mir den Schlüssel mitgebracht, seine Nachbarn waren Mitte 89 über Ungarn raus, keine neun Monate war das her. «Du klebst deinen Namen an die Tür und überweist drei Monatsmieten, drei mal 46 Mark. Mit dem Beleg gehst du zum Amt, die geben dir den Vertrag.» Ich hatte ein paar Abende mit Küste in seinem Viertel gesoffen, und er hatte mir die wichtigen Kneipen gezeigt, nicht nur die eine am Kollwitzplatz, die alle kannten, sondern auch die in den Straßen jenseits der Dimitroff, die die Wessis niemals fanden.

Die Wohnung, die Küste mir klargemacht hatte, war riesig. Zwei große Zimmer, die Küche dazwischen, das Klo eine halbe Treppe tiefer, und die übrig gebliebenen Nachbarn waren froh, wenn einer reinging. Gerade als ich dabei war, den anderen im Park den Stuck unter den hohen Decken zu beschreiben und das Geräusch, das entstand, wenn man auf den Dielen hin und her lief, fiel Rachel mir ins Wort und sagte: «Also das habe ich mir anders vorgestellt. Zwei Zimmer nur, und die Küche dazwischen, da kann man ja nicht mal einen langen Tisch aufstellen.»

Rachel machte eine ziemlich gute Figur, wenn sie vor Versammlungen sprach, und ich vermute, dass die Jungs alle heimlich in sie verknallt waren, es hat ihr jedenfalls keiner widersprochen. Und die Frauen schienen sich über bestimmte Punkte rätselhaft einig zu sein. Mein Vorschlag mit den vielen unauffälligen Schwarzwohnungen im Künstlerkiez hatte sich sofort erledigt. Kerstin maulte noch ein bisschen rum, blieb aber sitzen.

Dann stand ein Typ mit großer bunter Brille auf und erzählte von einem ganzen Haus im Friedrichshain, gleich hinter der Mainzer Straße, in der seit Monaten neun Häuser besetzt waren, und wie viel Platz dort sei, um Musik zu machen, in den Kellern, auf dem Dachboden oder im Hof. Seit Jahren sei er gezwungen, in Westberlin von Untermietvertrag zu Unter-Untermietvertrag zu hopsen, und von einem Proberaum für seine Band könne er bisher nur träumen, für eine Band, die freilich noch zu gründen sei; und wir müssten schnell sein, das Haus sei gut gelegen, nicht allzu weit entfernt vom Frankfurter Tor. Das ganze Hinterhaus sei frei, Platz für zehn bis zwanzig Leute, vielleicht mehr.

Für mich klang das gut, auch wenn ich nicht wusste, wo genau das sein sollte, dann aber stand Nele auf und sagte: «Auf keinen Fall. Da geraten wir gleich in Verdacht, mit den Leuten aus der Mainzer Straße unter einer Decke zu stecken. Und wir sollten uns von Anfang an mit den Nachbarn gutstellen.»

Kerstin stimmte ihr zu. «Bloß möglichst weit weg von der Mainzer Straße.» Und damit war auch das keine Option mehr.

«Wir müssen hier in der Gegend suchen», sagte nun Rachel, «vom U-Bahnhof Rosenthaler Platz aus sind wir in fünfzehn Minuten in 36.»

Zwei Autonome vom Heinrichplatz fanden das entschieden zu weit, moserten irgendwas von «Arsch der Welt» und dass man dann ja gleich in den Wedding ziehen könne, und gingen, ohne sich zu verabschieden. Der Musiker mit der bunten Brille lief ihnen hinterher, und die Versammlung hätte sich fast aufgelöst, als Rachel noch einmal laut wurde. «Wir haben ganz zufällig ein Haus gesehen, das gar nicht so schlecht wäre für uns», rief sie. «Ziemlich nah von hier, und es gibt wirklich Platz für alle.»

Wie groß unser Haus wirklich war, habe ich erst viel später verstanden. Zuerst ging es ja nur um eins der Hinterhäuser. Wir mussten durch zwei Toreinfahrten laufen. Im ersten Hof auf der rechten Seite war ein verlassenes Kino aus der Zeit, als man am Rosenthaler Platz noch ausging, jetzt leer und hohl und düster.

«Das Vorderhaus ist noch bewohnt», sagte Nele, als wir uns reinschlichen, und mir ist das *noch* nicht im Geringsten komisch vorgekommen, das Querhaus dunkel und leer, im zweiten Hof die Remise, in der früher die Fuhrwerke abgestellt wurden, mit Eisenringen an den Außenwänden, um Kühe und Pferde anzubinden.

Es war ein komisches Gefühl, zum ersten Mal die Treppe raufzugehen. Wenzel hatte den Werkzeugkasten mitgebracht und bohrte das Schloss auf, er setzte gleich einen neuen Zylinder ein, bevor wir überhaupt schauten, ob die Zimmer zu gebrauchen waren. Dann liefen wir staunend durch die Räume, die aussahen, als seien sie gerade erst verlassen worden. Da waren angebrannte Ränder an den Gasherden in den Küchen, und zugige Fenster, vor die Frottéhandtücher gelegt worden waren. An den Türen standen die Namen von Menschen, die jetzt an anderen Orten wohnten und die in ihren Träumen vielleicht noch hier waren, in ihrem alten Zuhause. Auf den Dielen der stierblutrote Lack, erdfarbene Tapeten an den Wänden, wir konnten fühlen, wo die Kanten übereinandergeklebt worden waren, unter der untersten Schicht Zeitungspapier mit Anzeigen in Fraktur. Wenzel lief durch die Räume und hielt einen Phasenprüfer an die offenen Leitungen und in die Steckdosen neben den Türen, der kurz, für eine Sekunde nur, aufflackerte und dann wieder erlosch. «Das sind Restströme», sagte er fachkundig, «Kriechströme», und ging in den nächsten Raum.

Jetzt war es wichtig, dass uns keiner mehr zuvorkam. Deshalb gaben wir noch am selben Nachmittag die offizielle Inobhutnahme, so hieß das, beim Pförtner des Magistrats von Berlin ab und ließen uns den Empfang per Stempel bestätigen.

> *... teilen wir Ihnen mit, dass wir, das* Kollektiv zur Erneuerung, *die Gebäude im Hinterhaus der Badstübnerstraße 5 aktiv in Obhut genommen haben. Wir haben begonnen, ein Kommunikations- und Kulturzentrum aufzubauen und die ersten groben Schäden mit Eigenmitteln zu beseitigen ... Hochachtungsvoll!*

Johnny, der vom ersten Tag an die Schreibarbeiten übernahm, wollte erst *mit sozialistischem Gruß* unterzeichnen, Kerstin aber, die als Einzige aus der DDR kam und erst seit den frühen Achtzigern mit ihrer Mutter in Westberlin lebte, hielt das für blanken Unsinn und für eine Idee, auf die nur ahnungslose Wessis kommen konnten. «Dass ihr aus dem Westen seid, das merkt man sofort an der gekünstelten Sprache», sagte sie. Und in der DDR hätten nur die Behörden den sozialistischen Gruß verwendet, und auch nur in Vordrucken, und seit der Wende gar nicht mehr.

Eine Person musste unterzeichnen, mit Klarnamen und Adresse in der DDR. Weil das keiner von uns konnte, tat es Johnny, dessen Großeltern noch ein Haus in Buckow hatten. Sie waren zwar tief zerstritten und sprachen nicht mehr mit dem Teil der Familie, der in den Sechzigern die Seiten gewechselt hatte, aber zumindest der Nachname war überprüfbar, *Johannes Elder, Buckow/ Mark*, auch wenn Johnny das Haus seiner Großeltern nicht mal von Fotos kannte.

Dass unser Haus auf dem Papier andere Besitzer hatte, hat uns nicht eine Sekunde lang beschäftigt. Nicht nur das Haus, der ganze Osten lag ja da, als hätte ihn jemand einfach so liegengelassen. Überall Sachen, die keinem gehörten, am Grenzübergang an der Chausseestraße stand ein ganzes Haus leer, das wir und die anderen Besetzer in den Wochen darauf plünderten, die Waschbecken, die Fenster, die Wasserrohre, die Steckdosen, die Türklinken, ganze Türen, alles unter den Augen der Grenztruppen, die auf der Chausseestraße die Autos durchwinkten, es wurde ja pro forma noch kontrolliert. Sie taten so, als sähen sie uns nicht, und in ihrer Nichtbeachtung lag etwas Trotziges, die kalte Wut darüber, dass sie nicht mehr gefürchtet wurden und dass alle Anstrengungen, diese Grenze aufzurichten und dichtzuhalten, umsonst gewesen waren. Die alten Spielregeln galten nicht mehr, und die neuen waren noch nicht in Kraft.

In der ersten Nacht legten wir uns alle in die oberste Wohnung im Vierten, auf mitgebrachte Isomatten und in Schlafsäcke, und als es endlich dunkel war, stellten wir Kerzen auf und rückten noch näher zusammen und erzählten von den vielen Reisen, die wir gemacht hatten. Rachel war in Portugal gewesen, wo sie jeden Tag Kabeljau in öliger Tomatensoße gegessen hatte, und Kerstin war zur Weinlese in Südfrankreich, Wenzel sogar in Indonesien gewesen. Ich hatte in El Salvador zugesehen, wie Ratten auf den Holzbalken über mir balancierten, und Nele hatte auf einer langen Wüstentour durch Algerien Meteoriten im Sand gefunden. Als es dunkel geworden war, konnten wir zwischen den Nachbarhäusern die Sterne sehen, und obwohl wir uns insgeheim schon Zimmer ausgesucht hatten, blieben wir in dieser ersten Nacht zusammen in einem Raum. Einige hatten Campingkocher mitgebracht, wir konnten ja nicht ahnen, dass die Herde in den Küchen funktionierten, man musste nur den Gashahn aufdrehen, und wir kochten Tütensuppen und weichten Weißbrot darin ein und aßen das Ganze aus Blechgeschirren und emaillierten Tellern, dazu tranken wir Ostbier aus grünen Flaschen, das Wenzel mitgebracht hatte.

Und wir redeten leise, wir beobachteten die Fledermäuse, die halsbrecherische Kurven durch den Hof flogen, blieben auf, bis morgens um vier die Straßenbahn zu hören war, wie sie über den Rosenthaler Platz quietschte, immer an der gleichen Stelle stotterte und dann laut surrend weiterfuhr. Als wir so langsam endlich einschliefen, legte sich Rachel auffällig nah zu mir und achtete darauf, dass genügend Abstand blieb zu Kerstins Schlafsack, den die quer vor die Eingangstür zum Treppenhaus gelegt hatte.

Am nächsten Morgen stand eine Gruppe wütender Männer im Hof. Sie hatten Brechstangen mitgebracht und anderes Werkzeug, und um den Anführer, der sich Thomas nannte, lief ein großer schwarzer Hund, ein Dobermann. Hinter ihm vier andere, darunter ein Schrank von einem Kerl mit einer Schottenhose und hoher Fistelstimme, der, wie wir später erfuhren, Georg hieß. Die drei anderen waren, wie Thomas, eher klein, wirkten aber in ihren offensichtlich zusammengeklauten Stoffhosen und Kunstlederjacken ziemlich verwegen. Erst als Thomas sah, dass er mit seiner Bande in der Unterzahl war, entspannte er sich etwas, legte die Brechstange beiseite und begann zu verhandeln.

Sie hätten das Haus als Erste gesehen, sagte er, es sei eine Sauerei, dass wir einfach reingegangen wären, ohne zu fragen. Er beanspruchte den ganzen Komplex für sich, und Nele stellte sich vor ihn hin. «Da habt ihr wohl Pech gehabt», sagte sie. «Wann willst du das Haus denn gesehen haben, und warum bist du nicht gleich dageblieben? Wir sind seit gestern hier und haben das Schloss eingesetzt und den Magistrat benachrichtigt, und damit gehört es uns, das sind die Regeln.»

«Weil ich eben Sachen zu erledigen hatte am Zoo, und mein Hund war noch bei einem Freund.» Aber er sei schon vor drei Tagen da gewesen und habe, was ja wohl viel wichtiger sei, am selben Abend das Gesamtplenum der Berliner Häuser informiert, das täglich in der Mainzer Straße tagte und auf dem immer neue Rekordzahlen an besetzten Häusern verkündet wurden. Dort habe er bekannt gemacht, dass er, Thomas, und die Leute von der Gedächtniskirche das Haus Badstübner 5 besetzt hätten. Im Übrigen könne er, wenn wir das wollten, noch sehr viel mehr Skater vom Wasserklops mobilisieren und wiederkommen und sich ganz anders mit uns auseinandersetzen. Dabei nahm er die Brechstange wieder in die Hand.

Dann drängelte sich Rachel nach vorne und pochte auf unsere Version, auf die Gültigkeit der Schlösser und die Amtlichkeit unseres Tuns, entschuldigte sich dann aber, so nett es nur ging, für das offensichtliche Missverständnis. «Wenn wir gewusst hätten, dass dieses Haus bereits einer anderen Gruppe zusteht, hätten wir ein anderes genommen», meinte sie, es gebe doch noch so viele in unmittelbarer Umgebung, die vielleicht sogar noch attraktiver seien. Da sei, wie Thomas und die Seinen wüssten, das große frei stehende, stuckbesetzte Bürgerhaus in der Bergstraße, vier Meter zwanzig hohe Decken, sonnendurchflutete Etagen, der schöne alte Friedhof gegenüber, die neu entstehende S-Bahn-Station Nordbahnhof gleich im Rücken, von da aus sei man in zwanzig Minuten am Zoo. Außerdem ein fast leer stehendes Hinterhaus in der Veteranenstraße, ohne Vorderhaus und mit Hammerblick auf den Park, und nur ein paar Ost-Schwarzmieter im Haus, die es aber nicht sonderlich ernst meinten, sondern in erster Linie ein komisches Kino im Erdgeschoss einrichten wollten, von dem es bislang aber nur ein großes weißes Bettlaken gab, das als Leinwand an eine der Wände genagelt war. Top-Häuser, alle noch frei, und genau die richtige Größe für *so eine kleine Gruppe wie euch*. Wir wären ja unter Umständen sogar bereit gewesen, selbst eins dieser Schmuckstücke zu besetzen, nun aber sei die Sache leider amtlich, und unterzeichnet habe einer von uns, Johnny, und zwar mit seinem echten Namen.

Da stellten sich Thomas und Georg und die drei anderen zusammen und berieten sich tuschelnd, während der große Hund knurrte und uns anschaute, als bewache er das Böse an sich. Offenbar hatte Rachels Maklerrede einigen der Jungs gefallen. Wozu hier weiter Zeit verlieren, womöglich eine Prügelei riskieren, wenn es noch viel bessere, ganz andere Möglichkeiten gab. Insbesondere Georg redete auf Thomas ein, der aber ließ sich nicht umstimmen und wandte nach kurzem Zank mit den anderen das Wort an uns.

«Woher wollt ihr denn wissen, wie viele wir sind», fragte er. «Es gibt da am Zoo noch 'ne ganze Menge Leute, die auch Spaß an so einem großen Komplex hätten.» Dann kündigte er an, morgen wiederzukommen, mit mehr Leuten, und darunter auch solchen, die nicht so konziliant seien wie er, und wir täten besser daran, bis dahin was anderes zu finden. «Häuser gibt's ja genug. Da müsst ihr nicht ausgerechnet in das hier.»

Als Georg ihn am Arm fasste und beruhigen wollte, riss er sich los und rief: «Das sind doch nur Studenten! Die können doch nix!», und verschwand mit Hund und Meute vom Hof.

Am Nachmittag fingen wir an, uns die Zimmer auszusuchen. Ich nahm mir eins der schönsten, groß und hell und im dritten Stock, mit Blick nach Süden aufs Querhaus. Auf dem Asphalt im Hof stellten die anderen Klappstühle auf. Johnny hatte mehr Werkzeug geholt, Elektrokabel und Glühbirnen, eine Kanne Kaffee und einen dicken Hefezopf vom Bäcker gegenüber.

Am Abend fuhren wir mit Neles weißem Polo die

Frankfurter Allee hinunter, Wenzel und ich, Nele und Johnny, sehr langsam, um die Straßenschilder lesen zu können. Wir wussten, dass es eine der Querstraßen war, aber welche? Am S-Bahnhof Frankfurter Allee wendeten wir, dahinter begann, das wusste jedes Kind, die Plattenbauhölle, Hellersdorf und Hohenschönhausen, Viertel, die wir nicht kannten und deren Namen wir nur mit Grausen aussprachen. Die Häuser im Friedrichshain bildeten gewissermaßen eine Front gegen das Üble aus der Vorstadt.

Als wir die Straße endlich gefunden hatten, wunderten wir uns, wie kurz sie war. Angesichts der vielen Geschichten von Besuchern und der Reportagen im SPIEGEL, die von einem wahren Besetzerimperium gesprochen hatten, erschienen uns die Häuser eher schmal und wenig bedrohlich.

Ein ganzer Block war besetzt, neun Hauseingänge insgesamt. Das Gesamtplenum tagte, wie wir nach mehrfachem Fragen erfuhren, rund um die Uhr in der Mainzer Straße 6. Wir stellten den Wagen ab und liefen die Treppen hinauf, bis in den zweiten Stock, wo durch Herausbrechen sämtlicher Wohnungswände ein riesiger, über die ganze Etage reichender Raum entstanden war. Unter der Decke hing ein schwarzer, krakenartiger Kronleuchter mit Kerzen, an den Wänden standen lange Bänke, die aus irgendeinem Kongresszentrum zu stammen schienen, mit orangem und braunem Kunststoff gepolstert, an der Querwand eine große Schultafel, auf die Hinweise gekritzelt waren, wer wann nach Freiburg fuhr mit wie viel Platz im Bus; dass um Matratzenspenden gebeten wurde für ein frischbesetztes Haus in der Scharnweber; wo in den letzten Tagen auf Ostberlins Straßen Neonazis gesehen worden waren; auf welchen U-Bahn-Linien im Westen kontrolliert wurde und einiges mehr. In einer Ecke saß eine Gruppe in kurzen Hosen und abgewetzten Arbeitsschuhen, die Leute sahen uns an und guckten, als hätten wir uns verlaufen, bis uns klarwurde, dass wir in Jeans, T-Shirts und Turnschuhen nicht sonderlich besetzerhaft aussahen. Ich trug damals nicht mal einen Ohrring, und Nele hatte zwar rot gefärbte Haare, die Farbe sah aber kein bisschen unecht aus. Johnnys Haare hätten schon vor Monaten geschnitten werden müssen, die Art, wie er verwahrloste, erinnerte an einen zerstreuten Professor, was durch die speckigen Halbschuhe eher noch unterstrichen wurde, und Wenzel sah damals im Prinzip genauso aus wie heute, wie der Assistent des Professors, raspelkurz geschnittene Haare und runde Nickelbrille.

«Was wollt ihr denn?», fragte eine der Frauen im Raum. Sie trug auf ihrem Kopf einen imposanten Turm aus Rastalocken, in den bunte Glasperlen eingewebt waren.

Nele räusperte sich und legte los: «Wir, das Kollektiv zur Erneuerung, haben gestern die Badstübner Straße 5 in Mitte besetzt, zwei Hinterhäuser und die Seitenflügel. Wir hoffen auf eure Unterstützung und die warme Solidarität der Besetzerinnen und Besetzer im Friedrichshain. Die Häuser denen, die drin wohnen!» Dabei reckte sie die Faust, was etwas gewollt aussah.

«Da war doch grade schon einer von euch da», sagte die Frau mit den Rastalocken ganz ruhig. Sie ging zum offenen Fenster und schrie auf die Straße: «He, du! Ja, du! Komm noch mal hoch! Deine Leute sind hier!»

Als Thomas in der Tür stand, bekam er sofort einen Wutanfall. Sein Hund bellte pflichtbewusst, und hinter ihm stand Georg, der versuchte, ihn zu beruhigen. Aber Thomas schrie, so laut er konnte, dabei trat eine Ader auf seiner Schläfe hervor, die vorher nicht da gewesen war. «Ihr Schweine!», schrie er. «Ich habe es zuerst gesehen! Sucht euch doch ein eigenes Haus! Geht weg!»

Seine Schimpftirade wurde immer unverständlicher, und die Einzelheiten gingen im Hundegebell unter, aber Wenzel und ich schworen nachher Stein und Bein, dass er uns «ihr schwulen Wichser» genannt habe, und dass man uns an die Wand stellen solle. Johnny und Nele bezweifelten das zwar, weil sie glaubten, dass er so dumm nicht gewesen sein konnte, denn diese Wortwahl hätte seinen sofortigen Ausschluss aus der Ostberliner Hausbesetzerszene bedeutet. Erst später, als die Geschichte so traurig endete, beteuerten wieder alle, auch die, die gar nicht dabei gewesen waren, Thomas hätte uns schon damals beim Gesamtplenum in der Mainzer Straße 6 mit dem Tod, manche sagten sogar, mit dem *Vergasen* bedroht und allerlei schwulen- und vor allem frauenfeindliches Zeug von sich gegeben.

Von seiner Brüllerei wurden jede Menge Neugierige angezogen, und nach wenigen Minuten tagte das Plenum schon in einer Stärke von mehr als zwanzig Leuten. Thomas beruhigte sich und atmete langsamer, Georg tätschelte ihm mit seiner riesigen Pranke den Nacken, mit der anderen Hand hielt er dem Hund die Schnauze zu. Wir saßen nun auf Holzstühlen um die große Schultafel herum, und das Einzige, was mich etwas beruhigte, war, dass Thomas und Georg mit ihren bei Karstadt und im KaDeWe zusammengeklauten Markenklamotten, mit den schlecht sitzenden Karottenjeans und den albernen Lederslippern *noch* deplatzierter aussahen als wir.

Thomas schien zu ahnen, dass ihn nach seinem cholerischen Anfall eine weitere Niederlage erwartete, aber er wollte nicht aufgeben, ohne zu kämpfen. Er fasste sich, während Georg ihm den Rücken massierte, und erzählte die Geschichte, wie sie sich aus seiner Sicht zugetragen hatte.

Schon vor Monaten habe er aus den Jungs von der Gedächtniskirche, die am Wasserklops Skateboard fuhren und dort Touristen um Geld anschnorrten und von denen die wenigsten eine echte Wohnung hatten, eine Gruppe von Aufrechten zusammengestellt, die bereit seien, mit ihm in den Osten zu gehen. Er schilderte, wie sie vormittags, wenn die Schnorrerei wenig Sinn hatte, gemeinsam mit der S-Bahn zur Friedrichstraße gefahren, dort über den Grenzübergang neben dem Tränenpalast gegangen seien und die ganze Gegend nach einem Haus abgesucht hätten, bis endlich, und sie seien schon kurz davor gewesen, aufzugeben und gesenkten Hauptes in ihre entwürdigenden Notunterkünfte im Westen zurückzukehren, der rettende Moment gekommen sei und sie an einem Nachmittag am vergangenen Wochenende einen Hof gefunden hätten, an dem sie so oft achtlos vorbeigegangen seien. Ein Paradies an leeren Häusern habe sich da eröffnet, schon der erste, etwas muffige

Seitenflügel auf der linken Seite, gegenüber dem leeren Kinosaal, sei perfekt gewesen, aber damit nicht genug, gleich dahinter habe sich vor ihnen das Querhaus erhoben, dunkel und geheimnisvoll, das sogleich einen weiteren Durchgang freigab zum zweiten Hof, und hier seien gleich mehrere Flügel frei, eine halbverfallene Remise, und die rot geziegelte Fabrik ganz am Ende des Hofes. Alle hätten sich in den Armen gelegen und gelacht und geweint und getanzt, endlich ein Zuhause für die verlorenen Seelen vom Bahnhof Zoo. Thomas hätte sie längst hingeführt zu einer neuen Heimstatt, wenn nicht diese hinterhältigen Studenten gewesen wären, die das Gelände heimlich, ja hinterlistig für sich gesichert, brav beim Amt gemeldet und wahrscheinlich auch gleich den Bullen Bescheid gesagt hätten.

«Aber warum seid ihr denn nicht gleich rein, Schlösser ausgewechselt und fertig?», fragte die Frau mit den vielen Rastazöpfen, und ein anderer Freak aus der Mainzer, kurze Hose, feste Arbeitsschuhe, lange speckige Haare und Brille, nickte.

Thomas wurde plötzlich nervös, er suchte erkennbar nach Worten und zuckte schon wieder so komisch auf seinem Stuhl herum, und wir hofften insgeheim, dass er sich wieder in einen cholerischen Anfall hineinsteigern würde, aber Georg unterband das und stand auf und sagte: «Wir mussten halt zurück zum Zoo und Kohle machen. Wir haben nämlich keine Eltern, die uns jeden Monat was überweisen.»

Jetzt wurde auf den Rängen der Besetzer aus der Mainzer sogar applaudiert. Eins zu null für die Skater.

Auch Thomas fand seine Fassung wieder, und er winselte weiter, er habe doch nur einen Raum für sich und seine Freundin gewollt, und für den Hund und vielleicht irgendwann für ein Kind, er wolle nicht länger gezwungen sein, auf Lüftungsschächten und in U-Bahnhöfen zu schlafen, wo einem die Schuhe gestohlen wurden. Der letzte Halbsatz war nicht klug, denn das versammelte Plenum starrte nun auf Thomas' Schuhe, die tatsächlich ziemlich teuer aussahen. Es war offenkundig, dass man sich um den Nachschub an Markenkleidung für ihn und seine Bande keine Sorgen machen musste, aber das war jetzt egal, die Stimmung war gekippt und erst einmal auf seiner Seite.

«Wisst ihr denn eigentlich, wovon die leben da am Zoo», fragte Wenzel jetzt sichtlich panisch, und das war noch unkluger, denn nun erhob sich der Freak mit den langen speckigen Haaren und sagte mit ruhiger klarer Stimme. «Ja, es kann schon sein, dass Thomas und seine Leute am Zoo auch mal gezwungen sind, ein bisschen zu klauen oder Gras zu verchecken, oder auch mal was anderes zu machen, um an Kohle zu kommen! Und trotzdem, oder gerade deshalb, plädiere ich dafür, dass sie in den Komplex in der Badstübner 5 einziehen dürfen! Es sind ja die Verhältnisse, die kriminell sind, und nicht die Menschen, die in ihnen leben müssen!»

Das Gesamtplenum johlte, die Besetzer trampelten mit den Füßen auf den alten Dielenboden, die Sache lief schlecht für uns, und der Freak war noch nicht mal fertig.

«Diese Studenten hier aber», und dabei zeigte er auf uns, «die haben schon jetzt alles, was sie brauchen. Sollen sie doch in den Vierteln, in denen ihre Eltern ihnen Wohnungen gemietet haben, politische Arbeit leisten. Oder wollen wir zulassen, dass die hier ein bisschen Häuser besetzen und Revolution spielen, bevor sie sich dann, nach dem Studium, irgendwo fett als Ärzte und Rechtsanwälte niederlassen und die Mieten in die Höhe treiben? Nein, den Skatern vom Zoo steht die Badstübner zu! Die Häuser denen, die drin wohnen!»

Donnernder Applaus, Thomas und Georg warfen die Arme in die Höhe, der Hund sprang an den jubelnden Menschen empor und hätte wohl einen oder zwei von ihnen ernsthaft verletzt, wenn Georg ihn nicht wieder zu Boden gezwungen und ihm seine Pranke als Maulkorb verpasst hätte.

Dann stand Nele auf. Der Raum hatte sich weiter gefüllt, es saßen nun vierzig oder fünfzig Zuhörer auf den Stühlen. Ich hatte Nele schon zu anderer Gelegenheit beobachtet, bei den langen Studentenstreiks im Jahr 88 und bei den wöchentlichen Treffen der Westautonomen in einem alten Fabrikhof am Mehringdamm, wie sie aussichtslose Positionen vor großen Gruppen vertreten hatte und es ihr jedes Mal gelungen war, die Stimmung in ihrem Sinne zu beeinflussen. Dieses Mal wirkte sie nervöser als sonst, und ich bin mir sicher, dass sie in dem Moment, als sie das Wort ergriff, nicht die geringste Ahnung hatte, wie die Sache für uns ausgehen würde. Sie wusste wohl nicht einmal, wie der Satz enden sollte, den sie nun begann.

«Ja, das hast du genau richtig erkannt, da habt ihr recht, viele von uns sind mit Privilegien aufgewachsen und kommen aus Westdeutschland und aus Verhältnissen, in denen es keine echten Probleme gibt», und sie ließ die Stimme oben, um klarzumachen, dass sie noch nicht fertig war. Die meisten Besetzer hingen nun an ihren Lippen, wie sie das hinbekam, habe ich nie verstanden. Einfach ohne Angst aufzustehen und zu sagen, wer ich bin und was ich will, mir ist das bis heute nicht gegeben. Nele aber war diese Gabe angeboren. «Und wir sind ja bereit», sagte sie, «den Skatern, die einen ganz anderen Hintergrund haben als wir und die darauf angewiesen sind, durch Schlauchen und Dealen und andere ‹kleine Dienstleistungen› am Zoo ihren Lebensunterhalt zu verdienen, das gesamte Haus zu überlassen», und dann ging Nele gemessenen Schrittes nach vorn, wischte mit dem Ärmel ihres Sweatshirts die Schultafel sauber und malte schweigend mit einem Stück Kreide nach und nach einen Plan der Gebäude in der Badstübner auf die grünlich schwarze Oberfläche, den Eingang zur Straße, das Kino, den ersten Seitenflügel, das Querhaus, den zweiten Hinterhof mit den vielen Teilflügeln und Hinterhäusern, mit dem Fabrikgebäude und der Remise, sogar die alten verfallenen Garagen auf der Nordseite wurden mit drei Strichen skizziert. «Das ganze Haus, die Seitenflügel, das Hinterhaus und das Querhaus, das Kino und das Vorderhaus, Platz für siebzig bis neunzig Besetzer!»

Sie schmiss die Kreide auf die Ablage unter der Schultafel. Zufrieden sah sie in die Runde. «Unser kleines Kulturprojekt, die geplante Anlaufstelle für misshandelte Faschokids, für die vierzehn- bis sechzehnjährigen Straßenkinder, die in den Häusern der Neonazis wie Sklaven behandelt werden, können wir auch irgendwo anders gründen. Wir finden schon was.»

Es dauerte eine Schrecksekunde, bis die Besetzer in der Mainzer Straße verstanden, was Nele ihnen da aufzeigte: Ein riesiger Komplex voller Kleinkrimineller würde entstehen, von der Mainzer Straße abgesegnet, Taschendiebe, Ladendiebe, Autoknacker, Grasdealer und Strichjungen, hinter ihrem Rücken und für sie selbst unkontrollierbar.

«Wie viele Leute seid ihr denn?», fragte der Freak plötzlich an Thomas und Georg gerichtet.

«Das machen die Bullen niemals mit», sagte jemand von hinten, und die anderen nickten. «Die rollen uns von hinten auf, die haben doch gar kein politisches Bewusstsein, da muss schon einer ein Auge auf die haben, zwanzig, in Ordnung, aber siebzig ...»

Thomas sah, wie ihm der sicher geglaubte Sieg zwischen den Fingern zerrann, und war schon wieder kurz davor, auszuflippen, was Georg verhinderte, indem er aufstand und rief: «Leute, wir sind gar nicht so viele, sechs, sieben, maximal zehn, die anderen wollen am Zoo bleiben, versprochen. Es gibt doch hier im Osten gar nix, was man klauen kann, und bevor man mit dem Schlauchen anfängt, gibt man denen hier doch lieber was von seiner Kohle, so jämmerlich sehen die aus.»

Einige lachten über diese klug gesetzte und politisch nicht ganz korrekte Pointe von Georg. Jetzt hatte er die Aufmerksamkeit, aber auch einige der Humorlosen gegen sich, die murrten, er halte sich wohl für was Besseres, und wir mit unserem lächerlichen Zimmerverteilungsstreit, ob wir überhaupt wüssten, was echte Probleme seien.

Einen Satz erlaubte sich Georg noch: «Ich brauche nur ein Zimmer, um in Ruhe arbeiten zu können, und vielleicht noch eins, um mal Leute zu treffen, und Thomas hier braucht auch nur einen Raum, für sich und seinen Hund und seine Freundin, und sein Kind.»

Jetzt stand die Frau mit dem Dreadlockenturm auf und ging zur Tafel. Sie nahm ein Stück Kreide und zog einen Strich mitten über Neles Zeichnung, knapp oberhalb des Querhauses, quer über den Hof und die Remise. «So!», schrie sie, «so bleibt das jetzt!»

Sie hatte die Badstübnerstraße geteilt. Die untere Hälfte mit dem Querhaus, dem Kino und den unwichtigeren Seitenflügeln des ersten Hofes sollte Thomas und den Skatern zufallen, der Rest, alles oberhalb des zweiten Durchgangs, uns. Das Gesamtplenum starrte wie gebannt auf die Zeichnung. Die Dreadlockfrau, die jetzt ganz ruhig dastand und in die Runde blickte, strahlte eine geradezu majestätische Entschiedenheit aus. Alle waren sofort einverstanden und begannen, über anderes zu plaudern, schließlich gab es Wichtigeres, nur Thomas protestierte noch und quäkte laut in die Runde: «Nein, ich habe es zuerst gesehen. Ich will nicht ins Querhaus! Das Querhaus stinkt!»

Und weil sich schon wieder hysterische Unruhe ausbreitete und Thomas immer wieder aufsprang und es auch Georg nicht gelang, ihn mit dem sanften Griff seiner Pranke zu beruhigen, richtete der langhaarige Ostbesetzer, der stolz wie ein Vizekönig neben der Dreadfrau gesessen hatte, jetzt das Wort an alle, und dabei blickte er finster zu Thomas hin, es war offensichtlich, dass er es ernst meinte und sich nicht wiederholen würde: «Das Gesamtplenum der Berliner Häuser hat getagt, und es hat, wie ich finde, eine weise Entscheidung getroffen. Wir, die wir die Mainzer besetzt haben, schon vor langer Zeit, wissen, wie leerstehende Häuser riechen! Und wir sind uns nicht zu schade gewesen, sie bewohnbar zu machen und wehrhaft und schön! Und ihr werdet es auch so machen, daran habe ich keinen Zweifel. Nicht heulen, sondern arbeiten! Die Häuser denen, die drin wohnen!»

Die Menge applaudierte wieder, und Nele stupste uns an. Wir hatten herausgeholt, was wir konnten. Es war Zeit zu gehen.

Die Trennlinie des Mainzerstraßenplenums brachte erst einmal Frieden in die Badstübner. Alle hielten sich an den Kompromiss, und Thomas und die Seinen zogen, naserümpfend zwar am Anfang, dann aber doch ohne weiteres Murren, ins Querhaus. Schnell stellte sich heraus, dass die Kerngruppe der Skater weitgehend auf Thomas und Georg beschränkt blieb. Es gingen zwar ständig Unbekannte im Querhaus ein und aus, aber nur die beiden schienen dort dauerhaft zu wohnen. Thomas erfüllte sich seinen Traum und schlug im ersten Stock aus zwei kompletten Wohnungen alle Wände heraus, sodass ein einziger Raum entstand, von der Größe einer kleinen Turnhalle. Wenzel runzelte die Stirn, als er sah, dass auch mutmaßlich tragende Wände vor Thomas' Raumwut nicht sicher gewesen waren, zuckte aber mit den Achseln, als er sah, dass das Haus stehen blieb und sich auch keine Zwischendecken senkten.

Auf die Frage, wozu die Halle denn gut sein sollte, antwortete Thomas: «Die ist für mich, meine Freundin, für unser Kind und für den Hund.» Da er aber niemals mit einer Frau gesehen wurde, geschweige denn mit einem Kind, vermuteten wir, dass dies die Planung für eine noch einzutreffende Zukunft war, wenn Thomas eine Freundin gefunden und mit ihr ein Kind gezeugt haben würde. Um den wackeligen Frieden im Haus nicht zu gefährden, nahmen wir es hin.

Georg entpuppte sich als ausgesprochen friedlicher Nachbar, der keine weiteren Renovierungsversuche unternahm, sondern sich mit einer einzelnen Wohnung im zweiten Stock zufriedengab, in die er einen Tisch stellte, an dem er tagelang damit beschäftigt war, kleine runde und eckige Tabletten zu sortieren und in Plastiktüten abzupacken. Manchmal besuchten ihn schweigsame junge Männer mit Baseballmützen, die aber nie lange blieben. Selbst Thomas' Hund schien über eine friedliche und genügsame Seite zu verfügen, nur noch ganz selten fiel er Besucher an oder Passanten, die sich in den ersten Hof verirrt hatten. Der Rest des Querhauses stand leer, soweit wir das beurteilen konnten, und der deutliche Geruch nach Fäkalien blieb den Sommer über, er haftete jedem, der im Querhaus wohnte oder nur dort zu Besuch war, an wie ein auffälliger Dialekt.

Die Welt war jung und schön, und das Haus, das vorher wie in einem fremden Zauber gefangen schien, erwachte zum Leben. Es machte Geräusche, jetzt da die

Wasserrohre wieder summten, weil sie kleine undichte Stellen hatten, in den Gasleitungen zischte es, wenn zwei Stockwerke höher jemand den Herd in Betrieb genommen hatte, und die Dielen knarrten sich ein, sie fanden nach anfänglicher Unsicherheit zu ihren alten Geräuschen zurück, unter unseren Tritten. Nach drei Tagen hatten wir alle Flöhe. Natürlich geriet sofort Thomas' Hund in Verdacht, aber der war es nicht. Wie Nele uns erklärte, können die Eier von Menschenflöhen in den Ritzen der Holzdielen jahrelang überleben. Wenn sie hören, dass ihr Wirt zurückgekehrt ist, wenn sie die Erschütterungen seiner Schritte spüren, schlüpfen sie, durchlaufen rasch eine oder zwei Metamorphosen und springen ihn dann an, ungeheuer durstig nach dem langen Schlaf. «Die gehen aber irgendwann wieder weg», meinte sie.

Die Besetzung hatte sich herumgesprochen, nach Neles Auftritt auf dem Gesamtplenum der Berliner Häuser eilte uns sogar ein gewisser Ruf voraus, insbesondere bei den Ostbesetzern in der Kastanienallee und im Scheunenviertel, nämlich der, besonders mutig zu sein und es den Großmäulern in der Mainzer mal so richtig gezeigt zu haben. Obwohl wir anfangs alle Wessis waren, schienen sie uns zu mögen, wir galten offenbar als Ausnahmeerscheinung, weshalb man uns zu Festen einlud und auch mal einen Lieferwagen lieh und uns verriet, wo man das beste Baumaterial klauen konnte. Einige von den bärtigen Ostbesetzern kamen abends an unser Bauholzfeuer und erzählten Geschichten aus der DDR oder von der Besetzung der Stasizentrale in der Normannenstraße und versuchten Erklärungen zu finden, warum ihre Revolution so kläglich gescheitert war. Auch tagsüber bekamen wir nun häufiger Besuch, die Jungs aus der Nachbarschaft kamen zum Fußballspielen. Damit wir ihnen das erlaubten, warben sie damit, dass, wenn sie jeden Tag zum Spielen hier wären, auch jemand auf unsere Fahrräder aufpassen würde, die achtlos im Hof herumstanden.

Eines Mittags stand einer im Gemeinschaftsraum und fragte, ob er einziehen dürfe. Konstantin war siebzehn Jahre alt und lebte seit mehr als einem halben Jahr auf der Straße, er hatte sogar in Faschohäusern übernachtet, um nicht in den Frost oder wieder nach Hause zu müssen. Als am 9. November 1989, siebeneinhalb Monate vorher also, im Fernsehen berichtet wurde, dass die Mauer weit offen stand, verließ er noch vor Mitternacht die elterliche Wohnung an der Leninallee, reihte sich in die Schlangen vor den Grenzübergängen ein und kam erst 24 Stunden später wieder zurück, glücklich, betrunken, halb verliebt, mit Schallplatten unterm Arm und mit der Erfahrung, zum ersten Mal einen Joint geraucht und einen echten Döner Kebab gegessen zu haben. Sein Vater, ein Offizier der Nationalen Volksarmee, verprügelte ihn und sperrte ihn für den Rest des Wochenendes in sein Zimmer mit Blick auf das Heizkraftwerk. Erst am Montagmorgen gelang Konstantin die Flucht, nachdem er seinem Vater hoch und heilig versprochen hatte, keinen weiteren Ausflug ins feindliche Ausland zu unternehmen und brav in die Erweiterte Oberschule zu fahren. Das tat er aber nicht, sondern lebte von nun an auf der Straße.

So klang *seine* Version der Geschichte jedenfalls, später erfuhren wir von anderen Ausreißern aus demselben Plattenbaublock, dass es möglicherweise auch andersherum gewesen war, dass Konstantin seinen Vater zusammengeschlagen hatte, nachdem der ihm nach dessen Westausflug verzweifelt hatte erklären wollen, welche Konsequenzen für ihn die Gesetzesbrüche des Sohnes beruflich haben würden.

Wir glaubten Konstantin allerdings, insbesondere als er tränenreich schilderte, wie er aus der Mainzer Straße vertrieben worden war, nachdem er habe zugeben müssen, dass er notgedrungen ein paar Nächte bei den Nazis in der Weydlingstraße geblieben war, und daraufhin als Nazi-Spitzel galt. Wir akzeptierten ihn sofort, nicht nur, weil er als Ossi und Nichtstudent unseren Schnitt etwas schönte, sondern auch, weil wir so unserem Selbstverständnis gerecht werden konnten, heilend auf die Gesellschaft einzuwirken. Im Übrigen nutzten wir jede Gelegenheit, den überheblichen und arroganten Vorzeige-Autonomen in der Mainzer Straße eins auszuwischen. Konstantin bekam sofort ein Zimmer, das er allerdings selten benutzte, er stapelte dort nur alte Kartons. Er konnte nicht allein sein, vor allem nicht nachts, die Gemeinschaftsküche wurde de facto sein Wohnraum, und er schlief auf dem alten braunen Sofa, das dort stand.

Solange es Sommer war, fuhren wir abends an den kleinen See an der Autobahn, um uns den Staub aus den Haaren zu spülen, und legten uns danach in den aufgeschütteten Sand des Strandbades, bis es dunkel war, und schauten den türkischen Kindern zu, die laut schreiend über unsere Liegedecken hinweg Fußball spielten und uns manchmal heiße Fleischstücke brachten, die ihre Familien gegrillt hatten. Einmal trugen Johnny und Wenzel, schon halb angetrunken vom mitgebrachten Bier, lachend einen der Strandkörbe ins Wasser und stellten fest, dass er schwamm, wenn man ihn auf den Rücken legte. Johnny gluckste und hustete und verschluckte sich dabei, «Das Teil nehmen wir mit in die Badstübner», und wir waren alle dafür, nur Nele gab zu bedenken, dass es auf die besetzten Häuser zurückfalle, wenn ein geklauter Strandkorb in einem der Höfe gefunden werde, aber wir waren schon losgeschwommen und flößten den Korb langsam über den See, ich glitt neben Rachel durchs Wasser und wir sahen hoch über dem Wedding die Sterne.

«Siehst du», sagte ich, «so habe ich mir das vorgestellt.»

Rachel wartete, bis Nele vorbeigeschwommen war, und sagte dann: «Stimmt. So habe ich mir das auch vorgestellt.»

Wir legten den Strandkorb rücklings auf Neles alten Golf, aus den vier Autofenstern hielt ihn je eine Hand fest, und wir waren uns sicher, dass die Vopos uns schnappen würden, aber Johnny lachte nur. «Die verarschen wir», rief er. Er kannte ein paar neue offene Straßen an der Bernauer, also kurvten wir auf Schleichwegen durch den Wedding, den Strandkorb auf dem Autodach, Johnny drehte Run DMC auf, und irgendwo in der Ackerstraße standen tatsächlich zwei Vopos herum, die uns aber ignorierten. Nele fand ihren Mut wieder, und Wenzel tat, weil er Psychologie studierte, sowieso immer genau das, wovor er Angst hatte. Die beiden steckten ihre Köpfe raus und grölten die Refrains mit, da öffneten sich in der Invalidenstraße die Fenster, und die besoffenen Berliner brüllten, was das denn jetzt schon wieder sollte, aber wir verziehen ihnen sofort.

Von nun an stand der Strandkorb wie ein Monument bei uns im Hof. Schon am nächsten Morgen räkelten sich die Nachbarskinder auf seiner gestreiften Sitzfläche, und am Abend formierte sich um ihn herum das erste einer langen Serie von improvisierten Hoffesten. Am Wochenende kamen irgendwelche Engländer aus dem Tacheles, die zwei große Boxen aufstellten und leere Bierkästen zu einem DJ-Pult stapelten. Ab elf brannte ein Feuer aus alten Brettern und gammeligen Kellerverschlägen, aus Pressspanmöbeln und Plastikfurnier. Nicht alles, was wir auf den Bürgersteigen fanden, war wirklich brennbar, manchmal sah es nur so aus und kokelte dann giftig stinkend vor sich hin: jeden Abend Party.

So ging das sieben Tage lang. Dann stand eines Morgens ein kleiner Trupp Leute aus der Mainzer Straße im Hof. Man erkannte sie an ihrem vornehm zurückgenommenen Style, wenig Schnickschnack, denn Ketten und zerrissene Hemden stören nur beim Renovieren. Sie trugen Arbeitsschuhe mit Stahlkappen, Blaumänner oder weiße Polieranzüge, in denen der Staub steckte. Sie verzichteten auch auf die Insignien der Selbstverletzung, hatten kaum Piercings, keine bepinselten Lederjacken mit ‹The Exploited› oder ‹Schieß doch, Bulle›, sondern schlichte und praktische Kluft, kurze Haare oder eng nach hinten gebundene, ihre Hosen waren mit Farbe bekleckert, die nicht nur vom Malern stammte, sondern auch von Farbbeuteln, die auf Demonstrationen fehlgeworfen worden waren. Ihr ganzes Outfit ließ keinen Zweifel daran, dass es ihnen nicht darum ging, ein paar leerstehende Gründerzeithäuser instand zu setzen, sondern eine ganze Gesellschaft.

Die Mainzer hatten von unserer Dauerparty gehört, die immer mehr normale Leute anzog, Straßenkids, Ostler, Künstler, die Langhaarigen aus dem Prenzlauer Berg, und manchmal gab es Knutschereien und Fummeleien in den dunklen Ecken, kurzum, in der Badstübner trafen sich Besetzer mit einer unkontrollierbaren Masse an normaler Bevölkerung, und das machte den Leuten aus der Mainzer Sorge.

Also untersuchten die drei die Kellerfenster, maßen sie schweigend aus und schätzten die Entfernung zu den zerbrochenen Scheiben im Treppenhaus. Einer hatte eine Taschenlampe dabei, mit der er die Innenseiten der Türrahmen ausleuchtete, die Fassade wurde mit kenntnisreichem Blick gemustert, und nachdem die drei sich leise untereinander besprochen hatten, sagte einer: «So geht das nicht. Das Haus ist nicht faschosicher.»

Konstantin, der sich in einer Ecke versteckt hatte, kam hervor und sagte mit Nölstimme: «Die Faschos waren aber noch nicht mal hier. Nur ein paar Hooligans. Und Asi-Kids, das war's.»

«Du hältst jetzt mal das Maul», sagte einer der revolutionären Handwerker, «wir erinnern uns noch ganz gut an dich, Konstantin.» Dann schaute er in die Runde wie ein Förster, der eine Jugendgruppe beim Zündeln im Wald ertappt hat und herausfinden will, wer der Erziehungsberechtigte ist.

«Ihr müsst zuerst die Kellerfenster sichern. Da kann jeder reinklettern. Am besten, ihr vergittert die mit dem Streckblech von den Grenzanlagen. Dann müsst ihr euch um die Dachböden kümmern. Wie wollt ihr verhindern, dass die Faschos Ziegel abdecken und von oben einsteigen? Die Eingangstüren müssen verstärkt werden. Und ihr braucht Wachposten. Und die Partys mit dem Strandkorb verlegt ihr am besten in den Park. So kann hier ja jeder rein, jeden Abend.»

Auf dem Mauerstreifen an der Bernauer hatten schon andere begonnen, die langen Gittersegmente von den Betonpfeilern zu lösen. Jetzt, da hier keine Flüchtlinge mehr zurückzuhalten waren, kümmerte sich niemand mehr um die Anlagen, und das Material, das an der Grenze verbaut wurde, gehörte qualitativ zum Besten, was die DDR hatte. Die Grenztruppen standen schulterzuckend daneben, und ein paar Nachbarn übernahmen den Job, die Streckbleche aufzuteilen. Wir waren mit mehr als zehn Leuten da und hätten die Sache leicht für uns entscheiden können, aber wir warteten brav, und Nele und Rachel versuchten immer wieder, nett auf die Nachbarn einzugehen. Als wir an der Reihe waren, zeigte sich, dass sich das geduldige Warten gelohnt hatte: Wir bekamen gleich zwölf von den Metallgittern, mehr, als auf die Ello-Ladefläche passte. Wir mussten sie nur noch von den Betonpfeilern abschrauben, die traurig im Niemandsland staken. Wir warfen die Streckbleche in den Hof und zersägten sie in kleine T-förmige Stücke, damit sie in die Kellerfenster passten. Es sah aus wie Fliegengitter, sie erwiesen sich aber als ziemlich haltbar, als wir sie mit den von der Grenze mitgebrachten Schrauben in die Mauern drehten, wobei der Putz an den Stellen rund um die Fenster vollends abbröckelte.

Ich war zum Glück nicht als Einziger dagegen, alles so zu machen, wie die Mainzer es wollten. Sie erwarteten, dass wir, so wie sie, alle Fenster im Hause vergitterten. Wir beließen es bei den unteren Stockwerken und den Dachluken, und die Tür zum Hof wurde mit schusssicherem Stahlblech verstärkt. Ich habe mehrere Tage gebraucht, bis ich verstanden habe, wie sich die Bleche schneiden ließen; es gelang uns erst, als jemand eine Flex mitbrachte, grau und schwer, die Scheibe mit Industriediamanten besetzt. Mit den Trumms schliffen die Künstler aus der Oranienburger ihre großen Stahlskulpturen ab; beim Zersägen der steifen Gitter entstand ein heller Lichtbogen, und ein meterhoher Strahl aus Funken erleuchtete die dunkle Ecke zwischen der Remise und den Eingängen. Die Künstler im Scheunenviertel, die den ganzen Sommer lang an riesenhaften Blechungeheuern schweißten oder mannshohe Mobiles aus Rohren und Maschinen zusammenschraubten, hielten unsere Sicherungsmaßnahmen für hysterisch und übertrieben, aber sie liehen uns ihre Werkzeuge, damit wir ihnen nicht länger auf die Nerven gingen. In ihren eigenen Häusern standen die Türen und Fenster weit offen, sie luden die Nachbarn zu großen Gelagen ein und saßen an langen Tapeziertischen, die sich bogen vor Essen, vor mitgebrachten Spezialitäten aus der Sowjetunion, Frankreich und der Schweiz, vor Wein und Bier und schweren Schnäpsen, die sie aus tönernen Gefäßen tranken.

Als das Haus zur Hälfte vergittert war, kamen die Mainzer zur letzten Inspektion. Sie schüttelten den Kopf, weil wir so leichtsinnig waren, vom zweiten Stock aufwärts keine Sicherung vorzusehen, ließen sich aber von uns beruhigen. Den Rest würden wir später erledigen.

«In Ordnung», sagte einer von ihnen achselzuckend, «dann ist das Haus jetzt meinetwegen faschosicher», und die anderen machten mit ihren Kugelschreibern Häkchen auf die mitgebrachten Listen.

Am gleichen Nachmittag gingen wir mit fast allen, die da waren, ins Tacheles am Oranienburger Tor. Das große Künstlerhaus wurde regelmäßig von marodierenden Hooligans angegriffen, die nach den Fußballspielen am Samstagnachmittag die Alleen des Prenzlauer Berges herunterzogen, um in Mitte zu randalieren und, wenn möglich, Linke zusammenzuschlagen. Auch in Gruppen auszugehen, war kein wirksamer Schutz für uns, weil sich die Hools in Zügen von mehreren Hundert bewegten, also immer in der Überzahl waren und ganze Straßen von oben nach unten durchfegen konnten. Der Mob hatte es aber nie gewagt, in die besetzten Häuser einzudringen, obwohl die oft erschreckend schwach besetzt waren, und dann auch noch mit wenig wehrhaften Künstlerkollektiven, oder mit Musikern, die nachmittags noch schliefen.

Vor dem Tacheles hatten die Bildhauer, die dort ihre Schrottskulpturen bauten, Tische auf die Straße gestellt, Kunststudenten mit weißen Handschuhen regelten den Verkehr, die wenigen Autos, die aus den Seitenstraßen kamen, wurden einspurig um die Partygesellschaft herumdirigiert. Sogar ein kleiner grüner Lada mit Ostbullen war dabei, die Beamten ließen es geschehen, dass man ihre Ordnungsaufgaben übernommen hatte, und bogen laut knatternd in die Friedrichstraße ein.

Obwohl es nach und nach voller wurde, wirkte das Fest am Anfang etwas steif. Viele der geladenen Gäste aus dem Westen waren nicht gekommen. Sie hatten sich verfahren oder waren gar nicht losgefahren, weil sie die schlimmen Geschichten von Nazis und Fußballfans im Osten doch mehr erschreckt hatten, als sie zugeben wollten. Die wenigen, die kamen, standen in kleinen Gruppen herum und sahen sich vorsichtig um, unsicher, wem zu trauen war und wem nicht. Erst als ein ganzer Reisebus mit baskischen Rastas aus Bilbao eintraf, änderte sich die Stimmung. Die Basken waren mit der Guardia Civil ganz andere Auseinandersetzungen gewohnt und schienen die hiesigen Hooligans kein bisschen zu fürchten. Sie hatten großen Spaß daran, im Tacheles Etage für Etage nach oben zu klettern und durch die großen Durchbrüche an der Rückwand der riesigen Kaufhausruine immer neue Ausblicke auf die Stadt zu finden, außer ein paar Girlanden schützte nichts davor, zwanzig oder dreißig Meter tief zu stürzen, was die Basken richtig euphorisch werden ließ, sie kicherten und schubsten sich vor den Abgrund. Unten, auf der matschigen Brachfläche, spannten sich große Sonnensegel, die mit Drahtseilen zwischen den Ruinen befestigt waren.

Gegen vier begann auf der ersten Etage ein Orchester zu spielen, dessen Instrumente allesamt aus alten Haushaltsgeräten zusammengebaut waren; die Combo, die Masken aus Karton trug, wirkte wie aus einer Welt nach dem Atomkrieg. Ein alter Föhn blies Luft in eine Trockenhaube aus den Gründerjahren der DDR. Sie wurde so zum Dudelsack, an dem eine Reihe von Flöten und Röhren hingen. Der Schlagzeuger, vielleicht war es auch eine Frau, schlug mit Kochlöffeln und großen Rührbesen auf Radkappen ein, und zwei schlaksige Musiker bedienten eine Orgel aus ausgedienten Zweitakterkolben. Als die Sängerin, deren lange schwarze Haare unter der Pappmaske hervorlugten, in ihr Mikrophon zu schreien begann, fiel für zehn Minuten der Strom aus.

Gerüchte summten durch die Stockwerke der kariösen Ruine, und ich hörte von einer ziemlich aufgeregten kleinen Punkerin aus Friedrichshain, deren ebenso kleiner Cockerspaniel, der an den haarigen Ohren Lockenwickler trug, ständig um sie herumhüpfte, die Hooligans seien aus dem Stadion am Grenzstreifen aufgebrochen, dann aber Richtung Friedrichshain marschiert, ein anderes Gerücht lautete hingegen, sie seien Richtung Gesundbrunnen gelaufen, um sich irgendwo im Wedding mit Spandauer Altfaschos zu vereinigen und dann wieder nach Mitte zu wandern. Bei den Fußballfans, meinte jemand anders, fehle doch längst die kritische Masse, die würden ein bisschen im Prenzlauer Berg herumrandalieren und ein paar Unglückliche vermöbeln, um sich dann in ihre Kneipen zu verteilen und langsam im Suff zu versinken. Ich beschloss, und da war ich nicht der Einzige, den freundlicheren Nachrichten zu vertrauen, und wollte der Party gern auch eine Chance geben, immerhin war Rachel mitgekommen, und immer wenn wir der Enge des eigenen Hauses entfliehen konnten, war es viel einfacher, mit ihr zu plaudern.

Gegen fünf Uhr begannen die Basken, die eine Weile gebraucht hatten, um sich auszutoben und um einen Eimer Eiswürfel aufzutreiben, ihren mitgebrachten Rum mit Club Cola zu vermischen und Cuba Libres auszugeben. Schon wenige Minuten später wurde die Stimmung spürbar besser. Die Experimentalmusiker hatten aufgehört zu kreischen, weil der alte Ostföhn permanent Kurzschlüsse produzierte, und aus dem Bus der Basken tönten Salsa und brasilianischer Ghetto-Funk. Ich merkte am verschwörerischen Gemurmel rund um ihren Bus, dass sie unter der improvisierten Theke Space Cakes verkauften, und sicherte mir einen, zumal sie Ostmark mit Westmark verwechselten, was ich persönlich nicht ausnutzte, die anderen im Haus, namentlich Konstantin, aber schon. Bald waren die Kekse alle, und die Kasse der Basken voll mit kleinen violetten Scheinen.

Ich war mir nicht sicher, wer alles von den Space Cakes gegessen hatte, mir fiel aber auf, dass Rachel ganz plötzlich begann, mich auf diese gewisse Weise anzusehen. Sie wich nicht mehr von meiner Seite, und ich musste sie gar nicht erst überreden, ganz nach oben zu klettern, von wo aus man den sich drehenden Stern auf dem Europacenter sehen konnte. Wir setzten uns an die Abbruchkante im vierten Stock, dort wo seit langem keine Wände mehr waren und auch keine Geländer, und ließen die Beine nach unten hängen. Dann legte sie ihren Kopf auf meine Schulter und ich den Arm um ihre. Ich wusste anfangs nicht genau, was ich sagen sollte, und begann, die Sehenswürdigkeiten zu erklären. Ich musste ziemlich improvisieren, denn außer dem Europacenter hinten am Horizont kannte ich kaum eins der Gebäude. Nach ein paar Minuten unterbrach mich Rachel und sagte: «Küss mich doch mal. Die anderen sind doch jetzt sowieso beschäftigt.»

«Kann aber sein, dass die Hooligans angreifen», sagte ich.

«Dann sollten wir die Zeit nutzen, bevor sie uns einmachen.»

«Okay», sagte ich. Und küsste sie.

Kurz darauf knutschten wir ziemlich heftig rum, und es gelang mir, mit der Hand unter ihr Hemd zu gleiten. Sie ließ es nicht nur geschehen, sondern sie steuerte meine Hände, so kam es mir vor, mit ihren Gedanken präzise an die Stellen ihres Körpers, auf die es jetzt ankam. Ich kannte diese Seite an ihr bislang nicht, aber sie gefiel mir, wenn auch jetzt kein Zweifel mehr bestand, dass Rachel von den baskischen Keksen probiert hatte. Dass uns die ganze Partygesellschaft zusah, störte mich anfangs noch sehr, ihr dagegen machte es nicht das Geringste aus, ganz im Gegenteil, es spornte sie an, mich noch leidenschaftlicher zu küssen, ihrerseits mit den Händen unter meine Klamotten zu gehen und sich halb auf mich zu legen. Wir kugelten langsam von einem

Ende der offenen Etage zur anderen, dabei ragten unsere Füße über die Abbruchkante.

Nun, da die Hilfsmittel ausgegeben waren, gewann die Party merklich an Fahrt. Nur die Hardcoreautonomen versuchten noch, auf die Leute einzuwirken, die sich um die improvisierte Theke der Basken drängelten. «Kein Alk vor Sonnenuntergang», sagten sie, «darauf warten die Faschos doch nur», unter ihnen Kerstin, die besonders emsig agitierte und absichtlich nicht zu uns hochsah.

Bald kamen Nachbarn dazu, Normalos und Familienväter, die gehört hatten, dass die Getränke umsonst waren, begleitet von einer Handvoll Ostbullen, deren Aufgabe es eigentlich war, die Synagoge in der Oranienburger Straße zu bewachen, die sich aber entschlossen hatten, dass das von hier aus genauso gut ging.

Ich wäre gern noch viel länger mit Rachel im vierten Stock geblieben, aber irgendwann hörte ich, wie Konstantin mich suchte und um Hilfe rief. Er hatte, weil er es nicht besser wusste, die baskischen Hippies als Spanier bezeichnet, was die ihm ziemlich übelnahmen, sie gaben ihm keine Drinks mehr. Es hatte keinen Sinn, so zu tun, als wären wir nicht da, weil man ja unsere Füße sah, und als er zum dritten Mal von unten jammerte, sagte sogar Rachel: «Dann geh halt runter zu ihm.» Wir hatten ohnehin alles getan, was wir tun konnten, solange die anderen zusahen, deshalb stand ich auf und ging.

Auf dem Weg durch das bunt besprühte Treppenhaus knöpfte ich die letzten Hosenknöpfe zu und versuchte, mein T-Shirt so weit wie möglich nach unten zu ziehen, damit nicht jeder sehen konnte, wie sehr mir das gefallen hatte. Da kamen mir Wenzel und Kerstin entgegengelaufen. Sie trugen halbovale Eimer mit Wandfarbe, die sie weiter oben in kleine Plastiktüten und Gefrierbeutel abfüllen wollten, außerdem aufgerolltes Kabel, mit denen sich die Fenster provisorisch gegen Steine und brennende Wurfgeschosse sichern ließen.

«Während ihr da oben *rumfummelt*, sind wir nämlich damit beschäftigt, das Haus hoolfest zu machen», sagte Kerstin leicht näselnd eingeschnappt.

Wenzel dagegen, der ja mein Freund war, freute sich. «Gut gemacht, Brandt!» Er ballte die Faust. «Weiter so!»

Hausbesetzer sind geschwätziger als Waschweiber. Alle hatten jede noch so kleine Veränderung zwischen mir und Rachel längst registriert und quatschten die ganze Zeit darüber. Ich ließ die beiden stehen und rannte weiter in den Hof. Hier hatten die Wundermittel weiter ihre Wirkung entfaltet, die Hausbesetzer tanzten eine Art griechischen Männertanz zu den immer lauter dröhnenden lateinamerikanischen Stücken aus der Box der Basken. Die Nachbarn hatten sich eingereiht, und endlich schien das Konzept aufzugehen, von dem alle immer schwafelten, die Leute einzubinden, den Hefeteig der alteingesessenen Bevölkerung zum Gehen zu bringen und die Verhältnisse zum Tanzen.

Bei uns im Haus war das bisher kläglich gescheitert. Zwar hatten wir gleich nach der Besetzung Flugzettel verteilt, in denen wir recht freundlich zum nachbarschaftlichen Plausch einluden – ich habe gemeinsam mit Wenzel und Johnny zwei Tage damit zugebracht, gekauftes Obst aus Dosen auf Tortenböden zu legen, und die Frauen hatten an dem besagten Nachmittag riesige Aluminiumtöpfe voll Kaffee gekocht –, gekommen waren aber nur die Besetzer aus der Lottum- und der Linienstraße, die zwar auch irgendwie Nachbarn waren, aber eigentlich nicht gemeint, außerdem Trebekinder aus der Tieckstraße, die wir bald rausschmeißen mussten, weil sie begannen, die abgestellten Fahrräder zu untersuchen und mit Tortenstücken zu schmeißen. Als echte Nachbarin konnte eigentlich nur Frau Huhl aus dem Vorderhaus gelten, die uns aber ganz offensichtlich mit einer Gruppe von Studenten der Humboldt-Uni verwechselt hatte.

Hier im Tacheles funktionierte der Pakt mit den Nachbarn deutlich besser. Gegen halb sechs begannen die Männer der Umgebung, die schönen Besetzerinnen zum Tanz aufzufordern. Als ich mich zur Bar durchkämpfte, sah ich in lachende Gesichter, Röcke wehten, Tanzschritte wurden vor- und nachgemacht, die Mädchen ließen sich in die Hüften fassen und wild herumwirbeln. Rachel war bald mittendrin, sie hatte eine wunderbare Art, den Nachbarn zu zeigen, dass sie deren altmodische, machohafte Art irgendwo auch gut fand. Mir war es egal, den anderen männlichen Besetzern auch. Während ein Teil von ihnen damit beschäftigt war, eine noch größere Soundanlage auf alte Europaletten zu montieren, begnügte sich der andere Teil mit den immer stärker werdenden Getränkemischungen, und die Besucher aus Bilbao hatten noch nicht einmal die Hälfte der Rumvorräte aufgebraucht, als Punkt sechs Uhr die Hooligans kamen.

Mit denen hatte eigentlich keiner mehr gerechnet. Kurz bevor sie laut grölend auf die Straße einbogen, hatte es sogar eine Art Ruhe vor dem Sturm gegeben, kein Verkehr, keine Fußgänger, ich könnte schwören, dass sogar die Vögel zu singen aufgehört hatten, als der Pulk von mehreren Dutzend Hools um die Ecke knallte. Sie hatten sich gut vorbereitet, sich mit Pflastersteinen eingedeckt und ihre Halstücher vor die Münder gezogen, was nicht nur vor Tränengas schützte, sondern auch davor, wiedererkannt zu werden. Nicht wenige von denen hatten ja unter der Woche ordentliche Jobs in Banken oder Handwerksbetrieben. Der ganze Haufen begann sofort, das Haus mit Pflastersteinen zu bewerfen.

Sie erwischten uns völlig perplex und ohne jeden Plan. Panik brach aus, und während die einen von uns versuchten, sich ins Haus zu retten, drängten die anderen nach draußen, weil sie den Ernst der Lage nicht erkannten und gucken wollten, wo der Lärm herkam. Einer der Tacheles-Bewohner, ein eher unauffälliger Typ mit kurzen Haaren, schrie: «Die PA, die PA.» Damit meinte er die gigantische Soundanlage, an der er bis eben herumgeschraubt hatte. Einige Boxen standen mitten auf der Straße, und anstatt sich mit den anderen im Inneren zu verschanzen, rannte er nach draußen, um die Lautsprecher zu retten. In wenigen Augenblicken hatte sich das Tacheles in eine umkämpfte Festung verwandelt, die Besucher begannen, aus den Fenstern und Luken der oberen Stockwerke Gegenstände zu werfen. Sie schmissen leere Flaschen und Steine und sogar Metallgegenstände aus den Künstlerwerkstätten in die

Menge der Angreifer und trafen sogar vereinzelt kahlrasierte Köpfe, was die aber nicht zurückweichen ließ, sondern mutiger machte, denn als sich zeigte, dass sich die Linken wehren würden, wurde das Schlachtgeheul noch schriller und geiler.

Ich rannte vom Hof, der durch das Gebäude geschützt war, die Treppen hinauf, und fand Kerstin und Wenzel, die sich vorbildlich um die Verteidigung gekümmert hatten. Sie saßen auf alten Munitionskisten der NVA wie auf einem Geschützlager und reichten den vorn an den Luken stehenden Werfern Nachschub.

«Gut, dass du da bist», sagte Kerstin. Wenzel versuchte, Ordnung in die Stellung zu bekommen. «Steh doch bitte nicht so rum», sagte er. «Beweg dich. In den oberen Stockwerken müssten noch Flaschen und irgendwelche Eisenteile liegen.»

Mir gefiel sein Ton nicht besonders, und ich schaute mich nach Rachel um, die ich im Chaos verloren hatte. Nach einigen Minuten sah ich sie, wie sie hinten im Hof stand. Die kräftigen Nachbarn, mit denen sie bis eben getanzt hatte, hatten sich als menschliche Schutzschilde um sie herum aufgebaut. Rachel schien die Lage geradezu zu genießen, sie plauderte und lachte und flirtete mitten in der Schlacht. Als sie mich sah, winkte sie mir zu und rief meinen Namen.

Die Pflastersteine der Hooligans waren gut platziert, aber das war nur die Ouvertüre. Nach dem ersten Bombardement holten sie leere Flaschen aus ihren Rucksäcken, Abschussrampen für Feuerwerksraketen. Die meisten Geschosse prallten an der Fassade ab, als aber eine Rakete durch ein offenes Fenster in die Ruine flog und explodierte, wurde uns Verteidigern bewusst, dass dies ein ernster Angriff war, härter als alles davor. Dann zog einer der Hooligans aus den hinteren Reihen eine Stahlzwille hervor, spannte sie mit einer langausholenden Bewegung, der eine gewisse Eleganz nicht abzusprechen war, und beschoss das Haus. Zwei Mal knallten Metallkugeln so tief in die Fassade, dass Mauerteile herausbrachen. Das alte Kaufhaus Wertheim, das seit den Bombardements der Royal Air Force und den Straßenkämpfen im April 45 in Ruhe vor sich hin hatte verfallen können, stand wieder unter Feuer.

Die Taktik der Hooligans war effektiv, und sie wussten, dass ihre Wurfgeschosse schlachtentscheidend waren. Fasziniert wanderte ich im zweiten Stock von Fenster zu Fenster, sah, wie sie in Wellen angriffen und sich abwechselten, damit sich ihre Werfer in kurzen Pausen erholen konnten, uns aber keine Sekunde zum Durchatmen blieb; wie es ihnen gelang, flexibel anzugreifen, wie sie unterschiedliche Wurfgeschosse aus verschiedenen Entfernungen platzierten, mit Präzision und Kraft, der Pulk aus Kämpfern zog sich auseinander und wieder zusammen, atmete wie ein Organismus oder wie ein Bienenschwarm. Ihre Attacke war nicht nur grausam, sie war auch ästhetisch.

«Guck doch mal, wie die das machen», sagte ich zu Wenzel, «von denen können wir noch was lernen», aber Wenzel reagierte ziemlich sauer.

«Brandt, du bist einfach ein Arschloch», sagte er. «Während du hier herumstolzierst und blöde Sprüche kloppst, werden unten in der Durchfahrt die Leute eingemacht.»

In der Tat war die Lage der Eingeklemmten hoffnungslos. Sie mussten den Beschuss der Hools ertragen, schon gab es ernste Verletzungen. Eine Frau aus der Auguststraße blutete an der Stirn, und zwei Rastas hatten sich an den Armen verletzt, unklar war, ob beim Werfen oder weil sie was abgekriegt hatten, sie brüllten unverständliche baskische Flüche und Verwünschungen, die an die Adresse der Hools gerichtet waren. Die hatten sich jetzt richtig eingeworfen und konzentrierten ihr Bombardement auf die fast Wehrlosen in der Hofdurchfahrt, die immer mehr zusammengequetscht wurden. Die Runaway-Kids heulten und winselten um Gnade, einige schienen die Hooligans zu kennen, sie riefen sogar Namen.

Sobald die Hools erkannten, dass man die frei stehende Ruine von mehreren Seiten beschießen konnte, bot auch der Hof kein sicheres Hinterland mehr. Das Tacheles war umzingelt, beide Wege in die Tordurchfahrt wurden von fliehenden Partygästen verstopft, wer noch draußen stand, war schutzlos.

Die Space Cakes der Basken erwiesen sich nun als Nachteil. Haschisch kann schon zu paranoiden Reaktionen führen, wenn der Konsument in absoluter Sicherheit ist. In einer echten Gefahrensituation werden die Ängste unkontrollierbar, sie umklammern den Haschischesser und lähmen ihn. Der kubanische Rum hatte zwar einen gegenteiligen Effekt, er stärkte den Mut derer, die ihn getrunken hatten, und das waren, weil er umsonst gewesen war, fast alle. Aber er schwächte die Wurfleistung beträchtlich. Mitten im panischen Pulk entdeckte ich wieder Rachel. Es war ihr gelungen, sich auf die muskulösen Schultern eines ihrer Tanzpartner zu retten. Das bewahrte sie davor, zerquetscht zu werden. Einige der Kids, die genauso klein waren wie sie, aber nicht das Glück hatten, derart herausgehoben zu werden, waren blau angelaufen und schrien auch gar nicht mehr. Als sie mich in meiner sicheren Stellung im zweiten Stock sah, streckte sie mir ihre Arme wie ein kleines Kind entgegen, immer noch lachend, und bekam im gleichen Moment einen roten Ziegelsteinbrocken an den Kopf geworfen. Der Treffer war so heftig, dass eine Schliere aus Ziegelstaub an ihrer Stirn haften blieb, und es dauerte ein paar Sekunden, bis ein feines Rinnsal Blut zwischen den Augenbrauen herunter bis auf die Nasenspitze lief, wo es abtropfte und Rachels weißes Herrenunterhemd langsam einkleckerte. Ihre Arme hatte sie sich nun glücklicherweise schützend um den Kopf gelegt, sodass weitere Geschosse sie nicht mehr so heftig verletzen konnten.

Unterdessen war es den Tachelesbewohnern gelungen, die Aufgänge frei zu räumen, sodass die eingequetschte Menge langsam ins Haus fließen konnte. Der Besetzer, der am Anfang noch so besorgt um seine Lautsprecheranlage gewesen war, koordinierte die Rettung, indem er sich ganz außen an den Menschenpulk stellte, die Würfe der Hooligans in Kauf nehmend, wie ein Gastgeber, der die Gäste auch dann noch höflich und geduldig aus dem Garten ins Haus geleitet, wenn es regnet und stürmt.

Auf der Friedrichstraße waren mittlerweile mehrere Polizeitransporter aufgetaucht, unter ihnen ein ältlicher Wasserwerfer, der aussah, als wäre er schon beim Volksaufstand von 1953 eingesetzt worden, was die Frage aufwarf, wo die Bullen eigentlich so lange gewesen waren. Die Hooligans hatten das Tacheles mehr als zwanzig Minuten lang mit Wurfgeschossen aller Art eindecken können, ohne dass sie jemand daran gehindert hatte; die wenigen Polizisten, die wir sahen, als der Rum ausgeschenkt wurde, waren kurz vor dem Angriff der Hools verschwunden. Möglicherweise hatten sie sich auf ihre Kernaufgabe konzentriert, den Schutz der Synagoge. Mit einer plärrenden Lautsprecherstimme, die eher Mitleid erzeugte als Respekt, forderte die Staatsmacht die Hooligans auf, ihr Verhalten umgehend zu ändern. Die Versammlung sei aufgelöst, sagte die blecherne Stimme, und das Werfen von Gegenständen verstoße gegen die Gesetze der Deutschen Demokratischen Republik. Die Hools lachten und grölten und ließen sich nicht beirren, ein paar Steine flogen in Richtung der Polizeifahrzeuge, dann deckten sie das Tacheles umso heftiger ein. Allerdings waren die Angegriffenen bis auf wenige Ausnahmen endlich ins Haus gelangt, wo sie geschützt waren. Die Schlacht neigte sich dem Ende zu. Weshalb die Hools jetzt die Waffen einsetzten, die sie sich bis ganz zum Schluss aufgespart hatten: ihre Molotow-Cocktails.

Der erste Brandsatz flog in ein Fenster im ersten Stock. Glücklicherweise war niemand im Raum, als er dumpf wummernd explodierte und das Atelier eines der Schrottkünstler zerstörte, der die vom Brand leicht verformten und regenbogenartig verfärbten Metallteile später wieder zu einem überdimensionalen beweglichen Vogel zusammensetzen und verkaufen sollte.

Die zweite Flasche richtete sehr viel mehr Schaden an. Sie eierte, weil der Werfer den Wurf grob verriss, in einer schrägen Bahn gegen die Fassade des Hauses, direkt oberhalb der Tordurchfahrt. Dort zerplatzte sie und explodierte sofort, und das brennende Gemisch aus Benzin und Diesel lief die Hauswand herunter.

Unter der Toreinfahrt stand der kurzhaarige Tachelesbewohner, der dabei gewesen war, die allerletzten verbliebenen Gäste ins Haus zu drängen. Die brennende Flüssigkeit lief ihm direkt auf den Kopf, über den Nacken in den Kragen hinein. Anfangs schien er nichts davon zu bemerken, erst als die anderen «Du brennst!» schrien und als selbst die Hooligans vor Schreck mit dem Schmeißen aufhörten, tastete er ungläubig an seinem Schädel herum, überall Flammen. Er hatte etwa die Hälfte des brennenden Gemischs abbekommen, der ölige Teil sorgte dafür, dass es gut anhaftete. Hilflos schlug er mit seiner Hand auf dem Schädel herum, um das Feuer zu löschen, ohne Erfolg. Dann hockte er sich hin, aber keiner half ihm, weil im Schock des ersten Augenblicks einfach niemand wusste, was zu tun ist, wenn ein Mensch in Flammen steht.

Es dauerte höchstens eine Sekunde, die mir wie eine Ewigkeit erschien, dann sprang er auf und rannte schreiend und brennend in die Mitte der Hooligans, wo er zusammenbrach. Die Hools zogen ihre T-Shirts aus und klopften mit allem, was sie hatten, auf ihm herum, manche warfen sich ganz auf ihn, bis er nur noch rauchte. Gleichzeitig setzte der Wasserwerfer der Polizei, der hinter den Hools stand, einen gezielten Strahl dorthin, wo sie ihn vermuteten. Bereitwillig öffneten die Hooligans eine Gasse für zwei Sanitäter, die mit den Ostbullen gekommen waren, man lud ihn auf eine Bahre, legte eine Decke über ihn und transportierte ihn ab.

Die Schlacht war vorbei, die Hooligans zogen sich zurück. Manche drohten noch mit ihren Fäusten gegen das Tacheles, wurden aber von anderen, die näher dran gestanden hatten, weggezogen. Insgesamt schienen alle den Spaß an der Sache verloren zu haben. Innerhalb weniger Minuten hatte sich die Rotte in kleine Gruppen aufgeteilt, die im Gewirr der Seitenstraßen verschwanden.

Wir zählten die Verletzten, neben dem Verbrannten mussten noch drei weitere Partygäste mit Kopfwunden ins Krankenhaus. Auch zwei der Runaway-Kids aus der Tieckstraße schickten wir dorthin, weil sie von der panischen Menge so sehr eingequetscht worden waren, dass sie husteten und Blut spuckten. Wir waren nicht sicher, ob sie unsere Warnungen ernst genug nahmen und hingingen, die Angst, von den Ärzten in Kinderheime oder, noch schlimmer, nach Hause geschickt zu werden, war unter Umständen größer als der Schmerz. Aber wir konnten, wie Wenzel mehrfach sagte, uns in dieser Lage einfach nicht um alles kümmern.

Die anderen wurden von den autonomen Sanitätern im Haus ambulant verbunden. Rachel hätte gern eine Vorzugsbehandlung bekommen, wurde aber von einem der linksradikalen Medizinstudenten belehrt, dass ihre kleine Platzwunde oberhalb der Stirn eher zu den Bagatellverletzungen gehöre, und als sie protestierte, wies er sie barsch zurecht. Sie musste sich setzen und warten. Am Ende bekam sie einen großen Turban aus hellblauem Verbandsmaterial auf den Kopf gesetzt, was mit ihren leicht rötlich gefärbten Locken und dem angetrockneten Blut auf der Stirn durchaus kleidsam war. Rachel betrachtete sich in einem der zerbrochenen Spiegel in den Ateliers der Schrottkünstler und war zufrieden.

Als wir im Haus in der Badstübner ankamen, wurden wir gefeiert wie heimkehrende Krieger. Obwohl es noch nicht ganz dunkel war, hatten die anderen das Bauholzfeuer angemacht, es prasselte feierlich und sandte Funken hoch in den Himmel, auf dem sich ein dramatisches Abendrot ausbreitete. Mit Neles altem weißen Polo war Bier geholt worden, und es hatten sich ein paar bärtige Ostbesetzer eingefunden, die von der Schlacht am Tacheles gehört hatten. Rachel trumpfte mächtig auf mit ihrer Kopfwunde, bei jedem Mal Erzählen wurde ihr Einsatz heroischer und waghalsiger. Dass sie in Wirklichkeit von den muskulösen Nachbarn davor gerettet worden war, von der panischen Menge zermalmt zu werden, ließ sie weg.

Wenzel war immer noch sauer und versuchte nur ganz am Anfang, mich als Feigling und Nichtstuer hinzustellen, der im Geschützlager nervös schauend und labernd hin und her gelaufen sei, bis er bemerkte, dass das niemanden interessierte. Es war der Abend der

Heldenlieder, und während der verbrannte Tachelesbewohner, wie wir nur vermuten konnten, mit starken Schmerzmitteln vollgepumpt in Gazebänder gewickelt wurde, die er noch Wochen tragen würde, bevor er mit einem Spezialisten über die Chancen der Hauttransplantation vom Gesäß ins Gesicht debattieren würde, prahlten wir und ließen uns mit Ostbier volllaufen.

Während der Schlacht war ich mir noch sicher gewesen, dass wir gegen die Übermacht der Hools nichts hatten ausrichten können und dass sie uns vernichtend geschlagen hatten. Jetzt aber neigte ich zunehmend der Interpretation zu, die sich am Bauholzfeuer durchzusetzen schien: dass wir das Tacheles gehalten, dass wir die Schlacht gewonnen hatten.

Georg aus dem Querhaus baute ein improvisiertes DJ-Pult auf und spielte seine Kassetten, und als es ganz dunkel war, tanzten die Ersten und sprangen durch das Feuer im Hof. Später kreisten Flaschen mit Alkopops, wie üblich konnte man nicht ganz sicher sein, ob nicht einer der Querhausbewohner was reingemixt hatte, wir hörten auf zu reden und tanzten, bis kurz nach vier der Himmel heller wurde. Ich war trotz der sieben oder acht Ostbier seltsam wach geblieben und stellte mich neben Rachel, der es im flackernden Schein des Feuers immer wieder gelang, ihrem Tanz einen neuen, wortlos schönen, rätselhaften Ausdruck zu geben.

«Komm, wir gehen aufs Dach», sagte ich. Ich wollte genau da weitermachen, wo wir im Tacheles aufgehört hatten. Anderseits konnte man nie wissen, ob nicht schon jemand oben war. Die Dachluke stand offen, die

Mainzer hätten laut mit uns geschimpft, wenn sie das gesehen hätten, aber heute war alles anders. Als wir oben ankamen, ging gerade die Sonne auf. Sie schob sich im Nordosten über den Horizont, zwischen den beiden Trümmerhügeln im Prenzlauer Berg, ganz langsam brach ihr heißer gelber Ball durch die Nebel. Unten im Hof wummerte die Anlage, und direkt vor uns stand der Fernsehturm, zum Greifen nah. Wir waren allein.

DREI

Nick, der Vegetarier, war von Anfang an offen und ehrlich gewesen, und ich kann mich nicht erinnern, auch nur einmal bemerkt zu haben, dass er uns etwas vormachte.

Kurz nachdem wir das Haus für uns in Obhut genommen hatten, stand er mit seiner Freundin Marie in unserem Gemeinschaftsraum und bat um ein Zimmer. Er verstellte sich nicht und versuchte nicht, uns für sich einzunehmen, sondern klagte ganz offen über Schmerzen in den Beinen und im Rücken, denn die Besetzer in der Kastanienallee, bei denen die beiden bis dahin gewohnt hatten, hatten sie wochenlang Schutt schippen und Bierkästen verladen lassen, als Vorbedingung für die volle Mitgliedschaft. In den Tagen kurz vor der Währungsunion hatte sich der Handel mit leeren Bierkästen zu einem schönen Geschäftsmodell für die besetzten Häuser entwickelt. Gab es doch für einen leeren Bierkasten im Westen mehr Pfandgeld zurück, als im Osten ein voller kostete, sofern man das Geld günstig bei einem der Schwarzmarkthändler am Zoo tauschen konnte. Das Trinken in den Häusern war umsonst, solange man die Flaschen wieder in den Kasten stellte.

Nick und Marie hatten gehört, dass wir unsere Seitenflügel so gut wie bezugsfertig vorgefunden hatten und dass, wer Sicherungskästen kurzschließen konnte, schon am ersten Abend Strom im Zimmer hatte, sie wussten aber auch, dass hier jeden Tag viele Stunden über Kunst und Aktionen gegen das Schweinesystem und über neue Arten hierarchiefreien Zusammenlebens diskutiert wurde und dass sich die körperliche Arbeit in Grenzen hielt.

«Ich hätte da auch schon ein paar Ideen», sagte Nick, und Marie erklärte uns, beide hätten schon daheim im schwäbischen Bad Schussenried ein linkes Jugendzentrum gegen den Zugriff gut gekleideter Jungliberaler verteidigt, weshalb sie bei uns außerordentlich gut aufgehoben wären. Dies war zu der Zeit, als wir in den Hinterhäusern immer noch ein Gegengewicht zu den seltsamen Strichertypen im Querhaus schaffen mussten. Die beiden bekamen deshalb ohne lange Debatte eins der großen Zimmer im zweiten Stock.

Man kann Nick auch nicht vorwerfen, dass er sich strategisch verhalten oder in irgendeiner Weise verstellt hätte, denn kurz nachdem er seinen Tramperrucksack in sein Zimmer geworfen hatte, erklärte er, unsere Art, in WGs zusammenzuleben, sei für ihn nur ein Provisorium. Langfristig schwebe ihm ein Modell *funktionalen Wohnens* vor, in dem es für die Mitbewohner keine eigenen Zimmer mehr gebe, sondern die Räume nach Funktionen geordnet seien, Schlafräume, Wohnräume, Waschräume, Arbeitsräume, Partyräume. Und Räume für die Liebe, in die sich Paare zurückziehen könnten, dies freilich nur in einer Übergangszeit, in der wir, noch in bürgerlichen Mustern gefangen, unsere Intimität vor anderen abzukapseln gezwungen seien. Später, wenn wir alle gereift wären, könne die Liebe frei und ohne Scham überall praktiziert werden, wo sie sich gerade ergebe. Marie nickte schwach, sagte aber nichts, und Nick ergänzte, dass diese Raumnutzung nicht nur fortschrittlich sei, sondern auch sehr effizient. Es werde Platz entstehen, für weitere Hausbesetzer.

Wir waren so überrascht von diesem Vorschlag, dass keiner etwas sagte, und Nick hatte sich bereits in dem Glauben zurückgelehnt, unser Schweigen drücke Zustimmung aus, als Johnny, der von Anfang an die Plena leitete und Protokolle schrieb, sich räusperte und «Jetzt richtet ihr euch erst mal ein, dann sehen wir weiter» sagte. Damit war die Sache fürs Erste gestorben.

In den nächsten Tagen versuchte Nick daher auf andere Weise, unsere WG nach seinen Vorstellungen zu formen. Da war zunächst unsere Unsitte, Wurst zu essen. Wir bewahrten sie völlig arglos im Kühlschrank auf und stellten sie zu den Mahlzeiten auf den Tisch, rosa gefärbte Fleischwurst vom Ostschlachter, in grauem Wachspapier. Nick schüttelte sich und verzog sein schmales Gesicht zu einer Ekelfratze.

Als das Plenum begann, am Nachmittag des nächsten Tages, trat er vor und wartete nicht erst darauf, das Wort erteilt zu bekommen, sondern verlangte rundheraus eine fleischfreie Küche, im Namen der Vegetarier und all derer, die auf dem Weg dorthin waren, zumindest aber getrennte Kühlschränke, was die Anschaffung eines neuen bedeuten würde. Das sei ja wohl nicht zu viel verlangt, und er sei dabei nicht so radikal wie manche Hausbesetzer im Friedrichshain, in deren veganen Gemeinschaften schon der Besitz eines eingelegten Schafskäses zum Ausschluss führe. Für eine Übergangszeit könne man die Fleischesser ja im Hause dulden und versuchen, sie zu ändern, man könne sogar eine eigene kleine Küche für sie einrichten, irgendwo weitab der Gemeinschaftsräume, also wenn das kein Entgegenkommen sei.

Wenn den Vegetariern das Fleisch nicht schmecke, blökte Konstantin dazwischen, müssten sie es ja nicht essen, was nun wieder einige der Frauen aus dem Frauen- und Lesbenhaus aufregte, unter ihnen auch solche, die selber Fleisch aßen. Das sei wieder mal eine typische Provokation von Konstantin, ein fleischfreies Leben habe nichts damit zu tun, ob man es nun möge oder nicht, sondern es gehe um das *Bewusstsein*. Wenzel behauptete daraufhin in einem Anflug von Hochnäsigkeit, er könne durchaus auch auswärts essen, um Mangelerscheinungen vorzubeugen. In den Künstlerlokalen im Prenzlauer Berg servierten sie warme Wurst bis weit nach Mitternacht. Und wenn er dort in seiner staubigen Besetzerkluft auftauche, werde ihm nicht selten sogar die Rechnung bezahlt von alkoholisierten westdeutschen Reportern, die auf der Suche nach dem echten Osten seien, und Konstantin nickte und sagte: «Genau. Da bin ich aber mit dabei.»

Das versetzte nun Nele und Rachel in Rage, die, seit wir im Haus waren, den Laden zusammenzuhalten versuchten und die kaum etwas gefährlicher fanden, als wenn einzelne Besetzer bei den Mahlzeiten ausscherten und sich irgendwo *privat*, womöglich in kommerziellem Umfeld, den Magen füllten. Sie brüllten auf die Abweichler ein, und so war es Nick gelungen, schon auf seinem zweiten Plenum Unfrieden zwischen uns zu stiften.

Erst Johnny gelang es, den Streit zu schlichten. «Also ich schreib mal auf», sagte er, «Tagesordnungspunkt sieben, Verschiedenes und Fleisch in der Küche und im Kühlschrank.»

Nick setzte sich geduldig hin und schien tatsächlich zu glauben, dass sein Belang bald an der Reihe sei. Es war allerdings noch nie vorgekommen, dass mehr als drei Tagesordnungspunkte besprochen wurden, bevor die Versammlung in lauten Wortgefechten versank und sich auflöste. Die Besetzer setzten sich dann nach und nach ins *Usher* ab, die Hauskneipe, die wir im Erdgeschoss des Querhauses eingerichtet hatten, mit einer Theke aus aufeinandergestapelten Bierkästen, Tischen und Stühlen aus umliegenden Grundschulen und verlassenen DDR-Ministerien.

Als Nick begriff, dass er vergeblich wartete und dass das von Johnny so geplant gewesen war, stand er auf und verließ mit durchgedrücktem Rücken den Gemeinschaftsraum. Er ging ins *Usher*, kaufte sich eine Flasche Aktiv, setzte sich mit seiner Freundin Marie an eine der Brandmauern und redete leise auf sie ein.

Marie war kaum größer als einen Meter sechzig, hatte leuchtende Augen und wenige winzig kleine Falten um die Lider herum, die verrieten, dass sie nicht mehr das Mädchen sein konnte, als das sie erschien, vielleicht war sie schon 24 oder älter. Ihre Haare hatte sie spielerisch zu einer Rolle verfilzt, die lustig auf den Schultern wippte, wenn sie lachte. Die Punks im Hof verstummten, wenn sie vorbeilief, sie schauten wie abwesend auf den Boden und ignorierten sie, was sie immer taten, wenn ihnen eine gefiel. Am zweiten Tag nach ihrer Ankunft schenkte ich ihr eines meiner emaillierten schwarz-roten Abzeichen der Kommunistischen Partei Portugals, das sie fortan an ihr Sweatshirt geheftet trug. Damit es kein Gerede gab, schenkte ich Nick, der ja nun mal ihr Freund war, am gleichen Tag eine Gedenkmünze mit einem Porträt von Bento António Gonçalves, der die Kommunistische Partei Portugals in der Illegalität organisiert hatte, die also viel wertvoller und bedeutender war als das einfache Abzeichen, die man aber nicht so kleidsam auf der Brust tragen konnte. Trotzdem bedankte er sich höflich, steckte sie in die Hosentasche und trug sie, soweit ich es beurteilen kann, fortan meist bei sich.

Es dauerte nur eine Woche, bis Nick seine Freundin wieder los war. Während er sich voll und ganz darauf konzentrierte, bei uns neue Regeln einzuführen, ließ sich die schöne Marie von einer Lesbe im Frauenhaus verführen und verbrachte die Nächte fortan dort. Nick mied vor lauter Trauer für ein paar Tage auch pflanzliche Kost. Aber selbst wenn er gewollt hätte, er hätte Marie nicht aus dem Bett der Nebenbuhlerin zerren können. Männer hatten im Frauenhaus keinen Zutritt. So saß er jeden Morgen blass und dünn auf dem Fußboden vor meinem Bett und versuchte mir zu erklären, dass Eifersucht unter uns Linken doch keinen Raum haben dürfe und wir froh sein sollten, wenn unsere Frauen glücklich waren, und ich nahm ihn in den Arm und sagte: «Ich weiß, aber ich finde das wirklich nicht leicht.»

«Ich werde dir helfen», sagte Nick und rückte sich die Brille zurecht. «Wir Männer müssen mehr zusammen machen. Und nicht immer nur nach den Frauen schielen.»

Es dauerte noch weitere drei Tage, dann war die Wurst verschwunden. Der Erste, dem es auffiel, war Konstantin, der wie üblich in Jeans und Springerstiefeln auf dem Küchensofa übernachtet hatte. In seinem Zimmer konnte er wegen der Dämonen, die ihn nachts besuchten, nicht schlafen. Das Sofa verließ er nur, wenn eine der Frauen ihn in ihr Bett mitnahm, aus Mitleid oder Solidarität oder aus Selbstmitleid. Konstantin hatte keine Vorurteile und ging in der Regel mit, wenn sie ihn spätnachts holten. Er musste um sieben in der Glühbirnenfabrik sein und war deshalb immer der Erste, der morgens in der Küche stand. Als er seine Wurst nicht im Kühlschrank fand, heulte er laut auf und lief die beiden Treppen hoch in mein Zimmer.

«Brandt», rief er, «der Schwabe hat die Wurst versteckt.»

Ich brauchte eine Weile, um wach zu werden. Es kam zwar am Anfang der Besetzung ziemlich häufig vor, dass zu später Stunde jemand in meinem Zimmer stand und irgendetwas wollte, Blättchen zum Zigarettendrehen, oder dass ich mitkam nach Westberlin, um Autos anzuzünden, aber das war meist mitten in der Nacht und nicht so früh am Morgen. Konstantin sah verzweifelt aus. Also stand ich auf und versuchte, im Kühlschrank und an allen anderen möglichen Orten den Teller mit der Wurst zu finden, aussichtslos, selbst die Brühwürfel auf dem Hängeregal über dem Herd fehlten. «Vielleicht ist die Wurst alle», sagte ich.

«Die Wurst war noch nie alle. Und wenn, dann wäre wenigstens das Papier im Kühli. Aber es ist alles weg.»

«Kannst du nicht was anderes essen?»

«Klar kann ich was anderes essen. Aber darum geht es nicht. Es geht darum, dass hier einer das Recht in die eigene Hand nimmt. Diese Bevormundung. Schlimmer als früher, im Osten.»

Das war schlüssig, und ich nahm mich der Sache an, setzte mich, als die anderen aufgestanden waren, an den großen Küchentisch und versuchte den Wurstverlust aufzuklären. Konstantin war halb heulend vor Wut ohne Frühstück in die Fabrik aufgebrochen. So früh wie er war selten jemand wach, aber heute war das anders.

Auf dem Hof wurden Vorbereitungen getroffen. Alte zerschlissene Bettlaken lagen quer über dem bröckligen Teer und wurden mit Parolen bemalt. Die Autonomen standen in kleinen Gruppen zusammen und tuschelten miteinander, ich ging vorsichtshalber runter zu ihnen, es war immer von Vorteil, informiert zu sein. Auf dem Plenum wurden meist nur alte Kamellen diskutiert, die sowieso jeder wusste. Eine Argentinierin aus dem Künstlerhaus in der Auguststraße brachte mich auf den neuesten Stand: Auf den Autobahnen nach Berlin, auf den ehemaligen Transitstrecken, hatten Besucher aus einer Dorfkommune in Südwestfrankreich, die seit gestern in der Auguststraße zu Gast waren, Kolonnen von grauen und grünen Polizeiwagen gesehen, mit Nummernschildern aus Hannover und Düsseldorf. Es waren also Mannschaften von Bereitschaftspolizisten nach Berlin unterwegs, mit schwerem Räumgerät und Wasserwerfern, und die Leute im Hof spekulierten, warum wohl.

Als ich wieder am Küchentisch saß, hatte sich eine kleine Schar von Hausbesetzern eingefunden, von denen sich keiner über fehlende Wurst beklagte. Sie waren es gewohnt, zu essen, was eben da war. Das schwere Vollkornbrot bezogen wir aus einer Kooperative im Wendland, von der wir alle zwei Wochen beliefert wurden, ein bisschen Margarine oder Käsereste fanden sich fast immer.

Als Nick den Raum betrat, wirkte er aufgeräumt. Er grüßte freundlich nach allen Seiten, was unter uns nicht gerade üblich war. Das Haus war ständig voll mit Fremden, die sich bei uns trafen, um sich auf die Kämpfe des Winters vorzubereiten, und oft sahen wir gar nicht mehr auf, wenn Unbekannte durch den Gemeinschaftsraum liefen, auf der Suche nach irgendeiner Koordinierungsgruppe. Höflichkeit war selten geworden.

Nick träufelte Salatöl auf seinen Vollkornknust und setzte sich zu uns an den großen Tisch, auf dem ein Glas Honig stand, das Martin und Marlene von einem ihrer Besuche in Backnang mitgebracht hatten. Sofort begann er mit einer Brandrede gegen die Ausbeutung der Tiere, deren schlimmste Ausformung das Schlachten und das Fleisch- und Fischessen sei, die aber bereits bei der Produktion von Eiern und Milch beginne. Abgesehen davon, dass Millionen männlicher Tiere, Hähnchen und Kälber, sterben müssten, weil sie keine Eier legten und keine Milch gäben, sei es auch mit dem Selbstbestimmungsrecht der weiblichen Tiere nicht vereinbar, sie zu versklaven.

«Milch», sagte Nick, «ist weißes Blut.»

Keinesfalls wolle er weitere Einschränkungen von uns verlangen, er biete aber an, eine freiwillige Gruppe zu gründen, in der eine *vegane*, also echte, streng vegetarische Lebensweise Schritt für Schritt erlernt werden könnte. Und dazu gehöre eben auch der Verzicht auf Honig, honighaltige Lebensmittel und Hygieneprodukte. Denn jedes Pfund, das aus den Waben freier Bienen geschleudert werde, habe den Tod von Hunderten dieser Kreaturen zur Folge, weshalb auch Honig im Haus eines aufrichtigen Veganers nichts zu suchen habe.

«Jetzt lass ma' die Kirche im Dorf», sagte Johnny, aber Nick redete einfach weiter. Jetzt war er bei den Medikamenten, schon die harmloseste Kohletablette könne Gelatine zum Binden enthalten, Gleiches gelte für Gummibärchen, im Prinzip aber war er mit seiner Predigt am Ende.

«Nick», sagte ich, «wo hast du die Wurst versteckt?»

Nick grinste und sagte: «Woher willst du denn wissen, dass ich es war, der sie versteckt hat.» Und ohne auf eine Antwort zu warten, fuhr er fort. «Ich habe schon gehört, dass *Aasfresser* Entzugserscheinungen bekommen haben, weil offenbar eine Gruppe fleischloser Menschen nicht mehr darauf gewartet hat, dass irgendein Plenum ihnen die Erlaubnis dazu gibt, ihr Leben in die eigene Hand zu nehmen und die unmittelbare Umgebung, in der sie leben, lieben und kämpfen müssen, *aasfrei* zu machen.»

«Die Häuser denen, die drin wohnen», rief Johnny mit dem ironischsten Unterton, der ihm möglich war.

«Jetzt aber mal im Ernst», sagte ich, «so geht das nicht. Nur weil du beim Plenum nicht drangekommen bist, kannst du nicht dein eigenes Recht durchsetzen. Bring die Sache doch heute Abend noch mal vor, mit Dringlichkeit. Ich unterstütze dich dabei und Johnny auch. Dann wird der Tagesordnungspunkt vorgezogen.»

«Ich denke nicht daran», sagte Nick. «Dann zieht ihr ihn vor und lehnt ihn ab. Nein, ihr müsst damit leben, dass die Rechtlosen sich ihr Recht nehmen!»

«Nick», sagte ich zum zweiten Mal, «wo hast du die Wurst versteckt!»

«Ich habe sie nicht versteckt», sagte Nick und streute sich mit demonstrativer Langsamkeit weißen Zucker auf seinen mit Margarine bestrichenen Vollkornkanten, «und ich weiß auch nicht, wo sie ist. Da muss es wohl noch mehr Menschen geben, die meiner Meinung sind. Ich gebe zu, ich habe gehört, dass eine Aktion geplant war. Aber ich würde euch nicht sagen, wer es war. Selbst wenn ich es wüsste. Kein Wort bei Bullen und Justiz!»

Jetzt schaltete sich Kerstin ein, die vom schweren Sessel aus alles mitgehört hatte. «Also, das ist mal wieder typisch für euch arrogante Wessis und Salonlinke», sagte sie, und ich zog schon den Kopf ein, aber ihr Wutausbruch ging an eine andere Adresse. «Dass ihr ausgerechnet Konstantin seine Wurst zum Frühstück nicht gönnt. Er ist der Einzige, der hier richtig arbeitet und jeden Morgen um sieben in der Fabrik stehen muss. Der einzige echte Proletarier, und ein Ostler dazu. Dem Arbeiter die Wurst vom Brot zu nehmen, das hätte es nicht mal in der DDR gegeben.»

«Genau», sagte Danuta, die im Türrahmen stand und rauchte, «so was von verwöhnt und undankbar. Quatscht hier rum wie ein Lehrerkind! Du kannst ja mal mit uns vier Wochen in der Kooperative in Nicaragua arbeiten, jeden Tag Reis und Bohnen, und dann aufs Feld. Dann reden wir noch mal.»

«Und außerdem rüsten die Bullen auf in dieser Stadt, und rate mal, gegen wen das geht», sagte Johnny. «Wir haben echt Wichtigeres zu tun, als uns um Wurst und Käse zu streiten. Kann sein, dass wir schon morgen unser Haus verteidigen müssen. Da können wir solche spalterischen Diskussionen nicht gebrauchen.»

«Und wir sollten gut gefrühstückt haben, wenn es losgeht», sagte Danuta. «Nicht nur *Margarinebemmen.*»

Mit verkniffener Miene verließ Nick den Gemeinschaftsraum, die Mehrheit der Mitbewohner gegen sich, aber ungebrochen.

Als Konstantin am Nachmittag nach Hause kam, war der Wurstteller wieder da, als wäre nichts geschehen.

Am Wochenende war wie immer Faschoalarm. Die Hooligans klatschten nach ihren Fußballspielen immer Linke, dieses Mal kombiniert mit Bullenstress, weil wir damit rechneten, dass die Polizei Häuser räumen, vielleicht sogar versuchen würde, vor unserem herumzuprovozieren, um einen Anlass zu schaffen, sobald wir uns zu Recht wehrten. Wir waren der größte zusammenhängende Komplex von besetzten Häusern, wenn man mal von der Mainzer Straße absah. Wo angreifen, wenn nicht hier?

Ich war also eingeteilt zur Wache von Mitternacht bis sechs, genau genommen hatte ich mich selbst eingeteilt, auf der großen Schultafel in der Küche, weil ich wieder einmal Schlafstörungen hatte und die Stunden vor dem Sonnenaufgang die grausamsten waren. Und ich wusste, dass Nick mit mir in der Wohnung über der Toreinfahrt sitzen würde, um die Lage vor dem Haus zu beobachten, und wenn er das nicht auch gewollt hätte, hätte er sich wieder ausgetragen.

Etwas angetrunken trat ich kurz nach Mitternacht zur Nachtwache an. Im *Usher* hatten Johnny, Konstantin und ich versucht, die Getränkepalette zu erweitern. Wir mussten dazu verschiedene Mischverhältnisse durchprobieren, Tequila Sunrise, Futschi und Caipirinha sollten künftig auf der Karte stehen, und bei manchen Drinks hatten wir ein paar Anläufe gebraucht, bis alle zufrieden waren. Nick schaute streng, weil ich zu spät kam, und er hatte recht, ich nahm die Wachen nicht mehr ernst. Die Faschos waren schlapp und müde geworden, sie hatten schon lange keinen echten Angriff auf ein besetztes Haus gewagt, nur noch gelegentlich vermöbelten sie kleinere Gruppen versprengter Punks im Scheunenviertel, und das auch nur, wenn sie in der Überzahl waren. Und die Bullen, da war ich mir sicher, würden räumen, wenn sie räumen würden, ohne sich von irgendwelchen Schutzmaßnahmen abhalten zu lassen.

«Darum geht es nicht», sagte Nick. «Es geht darum, dass wir die Bereitschaft zeigen, uns zu verteidigen. Auch nach innen. Uns selbst gegenüber.» Er beugte sich zu mir. «Der Häuserkampf ist ein Kampf, der in unserem Inneren tobt.»

Ich steckte die beiden Bierflaschen etwas verschämt unter den Stuhl und versuchte so zu tun, als sei ich nüchtern, was die Lage nur verschlimmerte. «Du meinst, es geht gar nicht um die Bullen und Faschos?»

«Genau. Du wirst dem Bullen und dem Fascho da draußen nichts entgegenzusetzen haben, wenn du deinen inneren Bullen und deinen inneren Fascho nicht bezwingst. Es ist ein spiritueller Kampf. Wenn du ihn gewinnst, können dir die Mächte draußen nichts mehr anhaben.»

Er sah mir ernst in die Augen. «Ich glaube, da steckt noch mehr in dir», murmelte er. Dann wechselte er das Thema.

Plötzlich verschwand der harte Zug auf seiner Stirn, die kleine böse Falte zwischen seinen Augenbrauen. Er ließ sich sogar eins der Biere geben und stieß mit mir an. Ich hatte, wie gesagt, schon einiges intus und war erleichtert, dass Nick mir den Alkohol im Dienst offenkundig nicht mehr übelnahm. Er konnte, wenn er wollte, wahnsinnig nett sein, ich hatte ihn eigentlich von Anfang an gemocht. Zwar fiel ihn auch in seinen entspannten Phasen manchmal eine Art protestantischer Strenge an, unangekündigt, wie eine plötzliche Erkältung, aber sie verließ ihn in der Regel wieder so rasch, wie sie gekommen war, und hinterließ einen weichen, harmlosen, neugierigen und hilfsbereiten dünnen Mann mit runder Brille.

Dann taten wir, damit die Zeit verging, was Jungs manchmal tun, wenn sie alleine sind: Wir sprachen über Frauen, zuerst natürlich über die im Haus. Wir *labelten* sie, verpassten ihnen Attribute, wie *nett* oder *nicht nett*, es gab die Kategorie *spießig*, auch *langweilig*, *klug*, was ein zweifelhaftes Kompliment war, *schön*, ein ebenso zweifelhaftes, weil es *klug* meist ausschloss – wer von den Frauen, die mit uns zusammen wohnten, in der Kategorie *nett* landete, konnte zufrieden sein. Kerstin und Nele bekamen ihr Preisschild, und Rachel natürlich auch, und ich schließe nicht aus, dass Nick mit dem Gespräch nur herausfinden wollte, wie es mit mir und Rachel stand. Und ob es für ihn irgendeine Art von Alternative zu Marie geben konnte, die sich immer noch von seiner lesbischen Rivalin mit Mitteln in Verzückung versetzen ließ, über die wir nur spekulieren konnten. Aber ich ließ mir nicht in die Karten schauen, trotz des Alkohols. Bald hatten wir alle durch und schweiften weiter durch die Flügel, über die Frauen im Frauenhaus schwiegen wir, im Querhaus dagegen fanden wir interessantes Material, fast alle nett, eine sogar schön, dafür aber keine klug. Kurz bevor wir gedanklich das Haus verließen und durch die besetzten Häuser des Scheunenviertels mäanderten, ging ich noch mal kurz durch die Vier, in der hauptsächlich Technikstudenten wohnten, dazu Daniela, die selbstverständlich nett war und auch schön und wohl auch klug, die aber seit der Sache mit Martin nur noch ihrem tschechischen Regisseur die Treue hielt, was wir nicht wenig bedauerten. Wir waren uns also einig, bis ich auf die Sängerin der Trash-Band zu sprechen kam, die auch in der Vier wohnte, schwarze Samthosen trug und sich Kronenkorken und Wollfäden in ihre Rastalocken flocht. Ich hatte ein paarmal mit ihr und ihren Bandkollegen im *Usher* gesoffen.

«Die Sängerin der Trash-Band», sagte ich, «ist sexy.»

Nick starrte auf seine Bierflasche.

«Sie ist was?»

«Sie ist sexy.»

«Warum denn ausgerechnet *sexy*?»

«Die Art, wie sie geht, vielleicht. Sie trägt diese engen Hosen. Oder wie sie ihren Kopf dreht, mit dem vielen Schmuck. Wie sie spricht. Da ist etwas in ihrer Stimme.»

«Du findest ihre Hosen sexy und wie sie geht.»

«Ja», sagte ich und wechselte schnell das Thema, aber es war schon zu spät.

Am nächsten Tag fuhr ich mit Frank Wohlgemut, den alle nur Küste nannten, mit Tommi Auge und West-Markus an die Müritz, um dort spät in der Nacht Aale zu fangen und später wieder freizulassen, so sie uns nicht sowieso vom Haken gingen.

Zwei Tage später waren wir wieder zurück, und Nick lief prompt aufs Plenum und beanspruchte den ersten Tagesordnungspunkt. «Vorrang», rief er, «die Sache kann nicht warten. Sexismus im Haus.»

Johnny zog die Augenbrauen hoch. «Wir haben eigentlich andere Sorgen», sagte er, «ständig werden

Hausbesetzer von der Straße weg einkassiert und festgenommen, und im Friedrichshain haben sich die Bullen an den Straßenecken postiert, die warten nur auf einen Anlass, dann beginnen sie zu räumen. Es gibt neunundsiebzig besetzte Häuser in der Stadt, und die CDU rennt Momper die Bude ein. Ich setze den Punkt *Sexismus* auf die vierte Stelle, okay?»

Nick schüttelte den Kopf und presste die Lippen aufeinander.

«Sei vernünftig, Nick», sagte Nele, «ist wirklich eine besondere Lage.»

Nick stampfte tatsächlich mit dem Fuß auf den Holzboden.

Jetzt meldete sich Kerstin zu Wort. An sich sei sie ohne Einschränkung für Nicks Position, sie sei aber am Morgen am Ostkreuz gewesen, wo rostige Mülltonnen brannten und aus Bauschutt und Eisenschrott kleine Barrikaden aufgeschichtet worden waren, von Leuten, die sie noch nie im Leben gesehen hatte, kurze Haare und bunte Tücher vor den Mündern. «Autonome sind das nicht», sagte sie. «Eher Hooligans.»

«Oder Bullenspitzel», sagte Konstantin.

«Um Himmels willen», sagte Johnny. «Rechtsfreie Räume. Das tolerieren sie nicht.»

Nick lief rot an und schrie, so laut er konnte: «Ihr könnt das nicht so einfach übergehen! Sexismus im Haus, wenn wir darüber nicht mehr reden können, haben wir uns aufgegeben! Dann gibt es *nichts* mehr, wofür es zu kämpfen lohnt!»

«Ist ja gut», sagte Johnny und kritzelte vor den TOP 1,

Verhalten bei Bullenstress und Räumung, den TOP 0, *Sexismus im Haus*. «Aber mach es kurz. Bitte.»

«Also gut, ich mache es kurz», sagte Nick. «Brandt», und dabei guckte er in die Runde, um sicherzugehen, dass ihn auch alle verstehen, «Brandt hat eine der Frauen, die mit uns zusammenleben, als *sexy* bezeichnet. In meinem Beisein.»

Stille senkte sich über den Raum. Bis Wenzel sich nicht mehr beherrschen konnte und laut loslachte. Konstantin griente und verschüttete sein Bier.

«Ich bin mir nicht sicher, ob man das schon als Sexismus im Haus bezeichnen kann», sagte Johnny. «Was liegt denn im Einzelnen gegen Brandt vor?»

«Und wer soll denn das Opfer überhaupt sein», fragte Wenzel in einer kurzen Lachpause.

Nick blieb ernst. «Das möchte ich nicht sagen, es geht ja auch um den Schutz derjenigen Person, die hier gemeint ist.» Im Übrigen gehe es nicht nur um die Bezeichnung sexy, die für sich genommen schon genüge, um eine Rüge zu rechtfertigen, reduziere er die Gemeinte doch auf ihre Eigenschaft als Sexualobjekt. Nein, da sei noch mehr.

«Ich habe überhaupt niemanden reduziert», sagte ich. «Ich habe den ganzen Menschen gemeint.»

«Jetzt sei doch mal still», zischte Kerstin. «Wenn hier jemand etwas als sexistisch empfindet, dann ist das erst mal so.»

«Moment mal», rief Konstantin dazwischen. «Schön bei den Regeln bleiben: Die Definitionsmacht zu Fragen des Sexismus hat allein die Frau, die es betrifft. Und nicht irgendein Mann, der irgendwas aufschnappt.»

«Ihr habt ja noch gar nicht gehört, warum Brandt das gesagt hat», meldete sich Nick wieder. «Weil er nämlich die besagte Frau beobachtet, während sie durchs Haus läuft. Wie sie geht und wie sie sich bewegt.»

Langsam wurde ich sauer. «Das ist doch totaler Schwachsinn! Ich beobachte hier überhaupt niemanden. Es ist mir nämlich völlig scheißegal, wer hier zum Duschen kommt!»

«Es gibt keinen Grund, jetzt auch noch aggressiv zu werden», antwortete Nick salbungsvoll. «Ich zitiere nur deine Worte.»

Wenzel wurde vom nächsten Lachanfall geschüttelt, und Konstantin verlangte erneut, Nick solle den Namen der Frau nennen, damit überhaupt beurteilt werden konnte, ob an den Vorwürfen etwas dran war.

«Ihr habt sie nicht mehr alle», blaffte jetzt Danuta. «Anstatt hier zu labern, sollten wir lieber das Haus sichern. Wenn es uns gelingt, die Bullen auch nur dreißig Minuten mit einer Barrikade an der Toreinfahrt zu beschäftigen, ist das genug Zeit, um Hilfe zu holen. Dann kommen Gegendemonstranten, Passanten, das Fernsehen vielleicht. Und sie können uns nicht mehr einfach so einmachen.»

«Uns räumen die nicht», sagte Johnny. «Wir sind doch viel zu brav.»

«Na und? Als ob es denen um was anderes ginge, als uns zu terrorisieren», sagte Danuta.

Kerstin stand am Herd, sie bereitete das Abendessen vor, im großen Topf begann das salzige Nudelwasser zu singen, und sie hatte angefangen, Käse zu reiben. Wie beiläufig murmelte sie, aber so, dass es alle hören konnten: «Das ist aber ziemlich blöd, wenn im Winter das halbe Haus zum Duschen rüberkommt, und hier gibt es Männer, die ihnen auf den Arsch glotzen.»

Ich war so wütend, dass ich hätte aufspringen und ihr den Käse aus der Hand schlagen können, aber Nele hielt mich an der Schulter fest und sagte: «Also ich kenne Brandt so nicht. Ich weiß, dass er sich oft ziemlich bescheuert benimmt, und ich bin die Letzte, die ihn dafür nicht kritisiert. Aber dass er Frauen auf den Arsch guckt, habe ich so noch nicht erlebt und auch nicht gehört.»

Damit hatte sie mich so eindeutig in Schutz genommen, dass man es getrost als Absolution hätte werten und das Thema abschließen können. Jetzt aber war Danuta komplett in Wut geraten.

«Mann, seid ihr verlogen. Natürlich gucken Männer Frauen auf den Arsch! So, wie ich Männern auf den Arsch gucke!»

«Das ist ja wohl was völlig anderes», sagte Nick, «das kann man nicht vergleichen.»

«Mir kommt es jetzt auch noch mal auf was anderes an», sagte Kerstin.

«Außer dir natürlich, Kerstin!», sagte Danuta und trampelte die halb aufgerauchte Zigarette auf dem Boden aus. «Du guckst garantiert niemandem auf den Arsch.»

«Ich finde nämlich», sagte Kerstin, während sie ungerührt den Gouda zerrieb, «dass sich einige hier seit geraumer Zeit ziemlich rausziehen. Ich komme mir schon vor wie in einem Sanatorium. Ihr Typen sitzt tagelang apathisch in euren Zimmern oder treibt euch in den Cafés in Schöneberg rum und geistert die halbe Nacht durchs Haus. Und dann, jeden Tag Bullenstress, und im Keller ist das Fallrohr schon wieder geplatzt, in so einer Situation fahren bestimmte Leute zum Angeln an die Ostsee.»

«Wir waren an der Müritz», sagte ich. «Das ist ein Unterschied. Ich musste mal raus.»

«Während *ihr* angeln wart», sagte Kerstin, «standen wir hier knietief in der Scheiße. In deiner Scheiße. Und du warst an der Müritz.»

«Ich gehe hier schon lange nicht mehr aufs Klo», sagte ich matt.

«Genau», sagte Kerstin. «Du fährst nach Westberlin, ins Café M, und da gehst du.»

«Hier geht es ja auch nicht», sagte ich. «Zwei Toiletten für siebzig. Was meinst du, wie viele Leute sich hier nachts rumdrücken, weil dann das Klo frei ist. Wie mein Großvater 45 im Kriegsgefangenenlager. Zum Scheißen fahre *ich* tatsächlich in den Westen.»

«Und im Café M kannst du ungestört Frauen auf den Arsch gucken», meinte Nick, aber es half ihm nicht mehr viel, selbst Kerstin hatte den Sexismusvorwurf fallengelassen und griff mich von einer anderen Flanke aus an.

«Du bist ja so was von verwöhnt, Brandt.» Ihre Stimme klang jetzt ganz metallisch. «Im Osten hättest du nicht einen Winter durchgestanden.»

Nele wollte beschwichtigen und aus gegebenem Anlass mal wieder die Toilettensituation auf die Tagesordnung nehmen. Zu einer nachhaltigen Lösung hätten wir den Keller isolieren müssen, mit Glaswolle und Fensterkitt, was bisher an den Kosten gescheitert war und jetzt, da alle jeden Tag mit Räumungen rechneten, eh keinen interessierte. Aber Kerstin ließ sich nicht mehr bremsen.

«76, 77, in der Prenzlauer Allee, der Freund von meiner Mutter hebt den Deckel hoch, sitzt da eine Ratte und guckt ihn an.»

Wenzel kicherte wieder und sagte: «Glaub ich dir nicht. Das hast du dir ausgedacht.»

«Weil du keine Ahnung hast, wie es im Osten war.»

«Nee, Kerstin», rief ich nun, und Nele griff mir wieder in den Nacken, weil ich, ohne es zu merken, aufgesprungen war, auf dem Tisch ein paar Flaschen umgekippt hatte und die Bierreste in eine der Kachelofenfliesen liefen, die wir als Aschenbecher aufgestellt hatten. «*Du* hast keine Ahnung, wie es im Osten war. Weil du immer nur in deinem weichen Nest gewohnt hast. Prenzlauer Berg, Ratten im Klo, ja, bestimmt. Aber sonntags kam Biermann zu Besuch, und im Sommer raus nach Petzow, und Christa Wolf hat dich auf der Schaukel angeschubst. Und weg seid ihr nur, weil deine Mutter es ihrem Typen im Kulturbund zeigen wollte. Ihr wart keine Dissidenten. Ihr wart das System.»

Kerstin ließ die Käsereibe fallen und lief zur Tür, und beinahe wäre der kochende Wassertopf umgefallen. An der Schwelle wandte sie sich um und sagte: «Das nimmst du zurück.»

Ich reagierte zunächst gar nicht, erst als sie sich wegdrehte, sagte ich: «Das war ein Streit unter Funktionären. Wer deine Mutter knallen darf.»

Kerstin zuckte zusammen und lief wieder ins Zimmer, bis sie vor mir stand. «Das hat Folgen, Brandt», flüsterte sie. Dann ging sie hinaus.

Keiner lachte mehr. Die Zeit blieb stehen, wie immer, wenn nach einem lauten Streit eine Pause eintrat.

«Das hättest du nicht sagen dürfen», sagte Konstantin in das Schweigen hinein, «*deine Mutter knallen*. Das hättest du nicht sagen dürfen.»

Dann flog die Tür wieder auf, und mit ihrem größten Sorgengesicht stürmte Kerstin in den Raum und rief: «Hört mal alle zu. Die Bullen sind jetzt da. Sie sind dabei, uns zu umzingeln. Der ganze Park hinterm Haus ist grün.»

Alle sprangen auf. Tommi Rosso, einer der Autonomen aus dem Querhaus, lief auf den Hof, nahm seine Trillerpfeife in den Mund und pfiff, so laut er konnte, zwei Mal, drei Mal, bis sich alle Fenster öffneten, das Querhaus, das Hinterhaus, sogar in der Vier ging ein Fenster auf und natürlich auch bei uns, und Tommi Rosso rief: «Es geht los.» Er hatte sich nach einer italienischen Stadtguerillaformation benannt, einerseits, um revolutionäre Entschlossenheit zu demonstrieren, andererseits, um sich abzusetzen von den vielen Thomassen im Haus, von Tommi Auge, vom Stricher-Thomas, der längst rausgeschmissen worden war, vom Schönen Thomas und von zwei weiteren Thomassen ohne Beinamen. «Die fangen an zu räumen», rief Tommi Rosso.

«Quatsch», sagte Johnny. «Uns räumen die nicht. Die räumen jetzt vielleicht im Friedrichshain. Wenn die uns räumen wollten, würden die uns nicht in einem lockeren Ring umfassen. Dann wären sie jetzt schon hier.»

Johnny schlug vor, gerade im Lichte der Ereignisse den eigentlichen ersten Tagesordnungspunkt anzugehen, Verhalten bei Räumung und Bullenstress. Die Polizisten im Park hinterm Haus seien nur dazu da, zu kontrollieren, dass keiner von uns unbemerkt aus dem Haus in Richtung Friedrichshain entwischte, wo wir zu den Bewohnern der Häuser stoßen könnten, die wirklich geräumt wurden. Kein Grund zur Sorge also, wir hätten genügend Zeit für das Plenum.

Aber da sammelte Tommi Rosso schon im Hof eine Gruppe von Freiwilligen, die bereit waren, mit ihm dorthin zu fahren, wo gekämpft wurde. Die Frage war nur, wie. «Die Bullen reagieren nur auf große Gruppen», sagte Tommi Rosso, «ihre Phantasie reicht nicht aus, um zu verstehen, dass viele Einzelpersonen zu einer großen Macht werden können. Wir müssen uns also aufteilen.»

Wir steckten uns zwei mal dreiundzwanzig Pfennige ein, damit wir, wenn wir verhaftet wurden, die Anrufe bei den Rechtsanwälten passend bezahlen konnten. Es war schon vorgekommen, dass man Gefangenen ihr Recht auf ein Telefonat verweigert hatte, nur weil sie es nicht auf den Pfennig genau begleichen konnten; und selbst wenn es nicht so gewesen sein sollte, zeigten wir doch mit dieser Geste, dass wir dem Staat, schäbig wie er war, eine solche Schikane ohne weiteres zutrauten. Wir tröpfelten, so unauffällig es ging, aus den Häusern, liefen wie beiläufig auf die Polizisten zu, die nun auch am Rosenthaler Platz standen. Sie waren wie große Löwen, die das Wild nicht beachten, wenn es sich langsam bewegt. Träumend standen sie an den Ecken und blickten in eine weit entfernte Landschaft, vielleicht dachten sie an ihre Frauen oder ihre kleinen Häuser, oder sie dachten an früher, auch Polizisten sind mal Kinder gewesen, als das Universum noch freundlich war und voller Wunder, und sie sahen uns nicht. Als wir über die kleine Mauer zum Park kletterten, bot Nick mir seine Knie und den Rücken an. Ich stand auf seinen Schultern und hörte ihn unter mir atmen und verstand, warum ich ihn immer noch nicht hassen konnte.

Als wir an der Veteranenstraße aus den Büschen krochen und uns die grauen Herbstblätter von der Jacke klopften, fielen wir doch einem der Polizisten auf, einem der dicken und gutmütigen Ostbullen, der direkt auf uns zukam und unsere Papiere verlangte.

«Wo gehen wir denn heute Abend noch hin», fragte er, während er meinen Perso durchblätterte und versuchte, die gelbe Meldebestätigung gegen das fahle Laternenlicht zu halten, um zu lesen, wo ich angeblich wohnte.

«Prenzlauer Berg», sagte ich. «Saufen.»

«Das kann ich gut verstehen», sagte der Ostbulle und gab uns die Papiere zurück, in seinen Augen tiefe Traurigkeit.

Wir trafen uns auf der Kastanienallee, wo Nele ihren weißen Polo geparkt hatte, Wenzel, Nele und Rachel, Nick und ich. Auf Schleichwegen fuhren wir bis auf die Frankfurter Allee, wo der Kampf um die Mainzer Straße begonnen hatte, der drei Tage und drei Nächte tobte, den wir am Ende verloren und der uns alle für immer aneinanderband.

VIER

Von Konrad dem Künstler sagen sie, dass er sich in aller Öffentlichkeit in den Arsch hat ficken lassen.

Frühmorgens, nach einer langen Nacht im *Usher*, soll er auf dem Treppenabsatz gestanden haben, zwischen erstem und zweitem Stock, an die Wand gequetscht, und er soll gebrüllt haben vor Lust oder Schmerz oder beidem. Fast alle haben es mitbekommen, und das sollten sie wohl auch.

Ich persönlich glaube, dass er die Geschichte inszeniert hat.

Sein Kopf soll aus dem Fenster gehangen haben, zum Hinterhof, damit ihn alle sehen konnten, und die Szene soll gewirkt haben wie eine Parodie auf einen dieser schwulenfeindlichen Softpornos aus den siebziger Jahren. Wer weiß, was da wirklich los war. Politisch gesehen stand man als Schwuler oder Lesbe jedenfalls besser da.

Die Sache hatte sich blitzschnell herumgesprochen, und immer wenn Konrad im bekleckerten Blaumann über den Hof lief, um Pinsel auszuwaschen oder in Kohleeimern Material anzumischen, machten die Punks ihre Witze. «Na Konrad, du gehst ja so komisch», natürlich nur, wenn keiner von den Schwulen da war, und Konrad lachte und sah einfach glücklich aus. Es gefiel ihm, so angesehen zu werden, und er arbeitete mehr als je zuvor.

Seit Wochen benutzte er nur noch dunkle Farben, jede Menge Schwarz und verschiedene Grautöne, tiefes Blau und warmes Braun, aber auch Erde, Sand und kleine Waschbetonkiesel vom Mauerstreifen. Am Anfang waren auf der Leinwand, die er in seinem Zimmer an die Wand genagelt hatte, noch große Personengruppen zu erkennen gewesen, lange, leptosome Gestalten, die sich zu umarmen schienen, im Hintergrund prangte ein schwarzer Fleck, wie der Eingang in eine andere Dimension, ähnlich den Bildern, die Menschen malen, die nach einem Unfall eine Nahtoderfahrung gemacht haben, nur dass bei denen alle ins Licht schweben, und auf Konrads Bild schwebten alle in die Dunkelheit.

Als das Bild fertig zu sein schien, ließ er es trocknen und übermalte es dann mit einer dicken Paste aus Sand und Wandfarbe. Nach und nach verschwanden die Figuren.

Immer wenn ich über den Hof ging, rief er mich: «Brandt», rief er, «komm doch mal kurz hoch.» Dann machte er eine Pause, steckte sich eine Zigarette an, lehnte sich mit dem Rücken an die Wand und sah mich an.

Er war der Einzige im Haus, der nur Marlboros rauchte und niemals Selbstgedrehte, er hielt die Zigaretten dabei mit Daumen und Zeigefinger, die drei anderen Finger leicht gespreizt. Konrad hatte eine nomadische

Kindheit in Schwabing hinter sich, er und seine Mutter, von WG zu WG, von Mann zu Mann. Als die Nachricht vom Mauerfall im Fernsehen kam, war er losgetrampt. Seitdem war er hier.

«Warum hast du das Bild denn übermalt?», fragte ich.

«Es war notwendig», sagte Konrad. Ich hatte von Anfang an das Gefühl, dass er mich für naiv hielt.

«Das glaube ich dir nicht», sagte ich. «Ich glaube, dass du es kaputt machen wolltest. Weil es dir zu schön war.»

Aber er schüttelte nur den Kopf. «Das Bild hat es verlangt», sagte er.

Seine Gesichtszüge wirkten weich, fast weiblich, nur seine Augen waren es nicht, ganz so, als tobte ein Kampf in ihm, zwischen einem Wesen, das warm war und sensibel, und einem Gegenwesen, das kalt und gewalttätig war, aber genauso sensibel. Ich habe Fotos von ihm gesehen, die eine Freundin seiner Mutter gemacht hat, da muss er siebzehn gewesen sein, auf denen er die Posen von Andreas Baader auf diesen bekannten Fotos nachstellte, weiße Jeans und freier Oberkörper, der vieldeutige Blick, der vielleicht nur entstand, weil er ein kleines bisschen schielte.

Der volle Mund.

Die braunen Locken.

Kein Wunder, dass die Frauen auf ihn abfuhren. Und der angebliche Arschfick hatte das nur noch verstärkt.

Ich war übrigens nicht neidisch. Ich hatte ja andere Methoden. Außerdem gefiel es mir, dass er manchmal zu mir hochkam in den Dritten und meine Gedichte hören wollte. Er beurteilte sie nach dem Klang und nicht nach dem Inhalt, wie die anderen. «Die ganze Kunst ist ja ein einziges großes Zuhören», sagte er. «Ein Gehorchen.»

Konrad hatte keine Angst vor den bösen Worten.

An diesem Tag half ich ihm, Tuben auszudrücken und Farben in einer Wanne zu verrühren, bis eine gelblich braune Masse entstand. Er befahl mir beiseitezutreten und warf mit einem Spatel rote Kleckse hinein, mit geschlossenen Augen.

«Wie sieht das für dich aus?»

«Wie Senf mit Ketchup. Wie vermanschte Hot Dogs.»

«Ich würde eher sagen, es sieht aus wie Blut und Scheiße.»

«Wenn du meinst. Und was passiert jetzt damit?»

«Wir übermalen das Bild. Du hilfst mir.»

«Verfälscht es nicht das Ergebnis, wenn ich mitmale? Ist es dann noch dein Bild?»

Konrad lachte. Dann wurde er ganz ernst. Wem das Bild zuzuschreiben sei, habe keine Bedeutung. Der Künstler habe sich dem Prozess zu unterwerfen, in dem es keinen Zufall gebe und alles wichtig sei. Selbst wenn ein Fremder oder die Kinder aus der Nachbarschaft, die manchmal auf den Höfen zwischen den Punks spielten, hier reinliefen und das Bild übermalten, sei das gut. «Die Welt», sagte er und ballte beide Fäuste, «die Welt malt dieses Bild.»

«Willst du es nicht verkaufen?»

«Nur, wenn es nicht gut wird. Ein gutes Bild würde ich nicht verkaufen. Andererseits bin ich mir sicher, dass es nicht gut wird.»

«Warum das denn?»

«Schau dich doch einmal um auf dieser Welt! Da draußen fallen sich die Menschen an! Es wäre ein Verbrechen, gute Bilder zu malen!»

Er nahm die braunrote Soße und warf sie mit einem handbreiten Malerpinsel auf die Leinwand.

«Mir haben die Menschen auf deinem Bild gut gefallen», sagte ich. «Sie haben irgendetwas ausgedrückt, wofür es keine Worte gibt.»

«Deswegen habe ich sie übermalt. Wir sollen in die Bilder nicht irgendetwas hineindeuten. Wir dürfen nicht anhaften! Du auch nicht, Brandt.»

Weil die rotbraunen Kleckse kaum noch am Bild kleben blieben und satt auf den mit Stierblutfarbe bemalten Holzfußboden klatschten, nahm er die Leinwand und legte sie auf den Boden. Dann schlüpfte er mit seinen Armen aus den Trägern seines Blaumanns und krempelte ihn herunter. Er gab mir einen der riesigen Pinsel in die Hand, drehte sich um und wandte mir seinen nackten Rücken zu. Das Fenster war wie immer weit geöffnet.

«Schlag mich», sagte er, «so fest du kannst.»

Ich frage mich bis heute, warum er sich ausgerechnet mich für diesen Job ausgesucht hat.

Logisch, dass von den Leuten unten im Hof, die selten etwas Produktives taten und immer nur auf den zusammengenagelten Podesten herumhingen, blöde Sprüche kamen, als ich an ihnen vorbeilief. «Na, da hat aber einer Spaß gehabt», und «Brandt, du jetzt auch». Sie mussten Konrads Rumgeblöke gehört haben, ich hatte ja nicht aufhören dürfen, bevor genügend Blut da gewesen war.

Und die Leute auf dem Hof, das war unbestreitbar, verstanden nichts von Kunst. Nicht das Geringste.

Konrads Bild wuchs Schicht für Schicht, das Rückenblut diente als Grundierung für allerlei Experimente mit Lebensmitteln. Hühnereier und Vollkornmehl, Kartoffelschalen eigneten sich nicht, wohl aber die Kartoffeln selbst, die in flache Scheiben geschnitten in die breiige Masse geklebt wurden. Mit Rücksicht auf die Vegetarier benutzte Konrad keine Fleischprodukte, und weil wir eine Ausreißerin aus Polen zu Gast hatten, die jeden Morgen und jeden Abend innig betete, bemühte er sich sogar, das kleine umgedrehte Kruzifix, dass er irgendwann am Anfang in die obere rechte Bildecke gepresst hatte, wieder herauszulösen, aber es gelang ihm nicht, weil die Masse schon durchgehärtet war, deshalb versiegelte er die Stelle blickdicht mit altem Ostschamott aus der Remise.

Als eines Morgens Daniela im Atelier stand und meinte, das mit dem Rückenblut sei ja nicht schlecht, aber sie habe da noch ein paar andere Ideen, brachen alle Dämme. Noch am gleichen Tag rollte sie sich, dick mit blauer Farbe eingeschmiert, nackt quer über das Bild, sodass für ein paar Stunden ihre Brüste und ihr Schamhaar als Abdruck zu sehen waren, bis auch das wieder übermalt wurde. Daniela war zwar seit der Sache mit Martin mit dem tschechischen Regisseur zusammen, aber das hier war kein Sex. Es war Kunst. In Konrad explodierte ein Stern, er arbeitete wie besessen und schlief nicht mehr.

Manchmal sah ich ihn spätnachts im *Usher*, und ich glaubte, er würde endlich eine Pause machen, aber er versuchte nur, die DJs um Speed anzubetteln, damit er weitermalen konnte.

Konrads Meinung über die Kunst kannten wir bald in- und auswendig, und wir konnten sie nicht mehr hören. Er hätte sie auch nicht so laut herausposaunen müssen, stehend bei offenem Fenster, im Hinterhof sein Publikum vermutend. Seit wir mehr als siebzig waren, hatten wir uns daran gewöhnt, dass mitten in der Nacht Leute herumbrüllten oder auch vor Verzückung schrien, aber Konrad hätte sich nicht so goebbelsartig mit durchgedrückter Brust und herumfuchtelnder rechter Hand ans Fenster stellen müssen, dass Kunst nämlich irgendwie alles darf, hatten wir auch so verstanden.

Daniela hätte sich vermutlich im Namen der Kunst auch auf dem Bild durchvögeln lassen. Aber das war es nicht, was Konrad wollte. Er wollte ihr Blut.

Und ausgerechnet das konnte sie ihm nicht geben. Nach der Sache mit Martin und der Abtreibung hatten die Ärzte etwas Neues an ihr ausprobiert, irgendeine todsichere Sache, damit sie bis zum Abitur nicht wieder schwanger würde. Sie wurde still und begann zu heulen, der Tscheche stand dabei und verstand nicht, worum es ging, und sie sagte nur immer wieder: «Ich kann halt nicht bluten, das kann ich eben nicht.»

Konrad war ganz besessen von seiner Idee. «Ich habe manchmal etwas Ausfluss, den können wir nehmen», flehte Daniela, aber Konrad ließ sich nicht herunterhandeln. Es musste das Blut einer fruchtbaren Frau sein. Das Bild verlangte es so.

Endlich kam der Tscheche, dem Daniela die Lage mit

Händen und Füßen erklärt hatte, auf die rettende Idee. Man werde Tanya hinzuziehen, die streng katholische polnische Ausreißerin, die niemals Verhütungsmittel nahm und der es dennoch nicht gelang, keusch zu leben. Jedes Mal, wenn sie sich nach einem der ausgedehnten Abende mit Bier und billigem Kräuterschnaps von einem der Hausbesetzer abschleppen ließ und am Vormittag danach mit schlechtem Gewissen in einem fremden Bett aufwachte, verbrachte sie Stunden kniend vor dem kleinen Holzkreuz, das sie über der Matratze in ihrem Zimmer angebracht hatte, und küsste das kleine Bild der schwarzen Madonna von Częstochowa, das an ihrer Brust hing, neben einer kleinen silbernen Kapsel, die das Bild desjenigen Mannes enthielt, der neben dem Heiland selbst der Gottheit am nächsten stand: das Bild Karol Wojtyłas, des polnischen Papstes. Und es hatte funktioniert, bisher war sie nie schwanger geworden.

Jedes Mal schwor sie, ihr Verhalten zu ändern, und versprach dem umfangreichen Personal im polnischen Teil des Himmels, dass sie erst wieder einen Mann anfassen wolle, wenn sie verheiratet wäre. Meist hielt der gute Vorsatz nur ein paar Tage, und selbst wenn es ihr gelang, den Partys im *Usher* und im Hof aus dem Weg zu gehen, konnte sie niemals nein sagen, wenn sie in die kleine obere Küche eingeladen wurde, wo es schweren spanischen Rotwein gab und mitgebrachte Obstbrände aus dem Alten Land.

Von Tanya, da war sich der Tscheche sicher, würde das Blut einer makellos fruchtbaren Frau zu gewinnen sein. Und Daniela war sofort bereit, Tanya auszuspähen, in ihrem Zimmer und ihrem Wäschekorb herumzuschnüffeln und Konrad Bescheid zu geben, wenn es so weit war.

Die Frauen im Haus störte die Besucherin natürlich, namentlich Nele, Rachel und Kerstin. Sie hätten den Männern den Kontakt zu Tanya am liebsten untersagt, aber andererseits war Tanya im Suff ja geradezu das Idealbild einer emanzipierten Frau, die sich nicht scheut, ihre Bedürfnisse zu stillen.

Wenn wir feierten, trank sie grundsätzlich nur billige Whiskeys, nicht um zu sparen, sondern weil die angeblich besser knallten. Sie vermischte den Schnaps pro forma mit ein paar Schlucken Cola. Nach vier oder fünf Drinks stellte sie sich an die Bar und wartete. Das Spiel war bekannt, und jeder der Männer, der ins *Usher* ging, wusste, was ihn erwartete. Wer nicht wollte, brauchte nur in den hinteren Teil der Kneipe zu gehen. Wer sich nach vorn stellte, musste damit rechnen, sie nicht wieder loszuwerden. Eigentlich verhielt sie sich, wie wir Männer uns verhalten hatten, bevor wir ins Haus eingezogen waren. Sie war ein weiblicher Macho.

Dass sie am nächsten Morgen alles bereuen und beichten würde, änderte nichts, ganz im Gegenteil schien die gründliche Inventur nach jedem Besäufnis dafür zu sorgen, dass sie mit reinem Herzen und klarem Kopf auf den nächsten Absturz zusteuerte, als sei es ihr erster.

Ich versuchte Tanya vor Konrads Plan zu warnen, aber es hatte keinen Sinn, jedes Mal, wenn ich begann, ihr zu erklären, was sich da zusammenbraute, winkte sie ab und lief davon. Sie war noch nie in Konrads Atelier gewesen, und alles, was sie von ihm hörte, ließ sie erschaudern.

Es war an dem Tag, an dem das große Hoffest steigen sollte, als Daniela zu Konrad ins Atelier ging und sagte: «Heute.»

Konrad war immer noch in wildem Schaffensrausch. Sein Bild wuchs in alle Richtungen, und seit er einen Heißluftstrahler einsetzte, stank es nach verbrannten Chemikalien, wie in der Zeit, als Thomas mit seinen Strichern vom Zoo noch im Querhaus wohnte. Konrad hatte die ölige, verkohlte, vielfarbig schimmernde Kruste längs und quer gebrochen, sodass ein langes dünnes Kreuz entstanden war. Er hatte nach meiner Rechnung seit sieben Tagen nicht mehr geschlafen und sah immer mehr aus wie ein von El Greco gemalter Märtyrer.

Am Morgen vor dem Fest kam Kerstin zu mir und sagte: «Sorgst du bitte dafür, dass dein Freund Konrad heute ausnahmsweise mal die Schnauze hält. Es sind jede Menge Kinder da.»

Kerstin hatte mich seit der Sache mit Martin ganz besonders auf dem Kieker. Blöderweise hatte sie mich vor ein paar Wochen auch noch dabei beobachtet, wie ich mich im *Usher* in Tanyas Nähe gestellt hatte, als die sich in Stimmung trank. Es war ja nichts Dramatisches passiert, und ich stritt danach auch jede Absicht ab, aber Kerstin war trotzdem sofort zu Nele und Rachel gerannt. «Von dir hätte ich das nicht gedacht», hatte Nele dann gesagt, ein paar Tage später, als wir mit ihrem weißen Polo im Wedding Gemüse holten, «von dir nicht.»

Ich war also angezählt.

Nele, Rachel und Kerstin hatten das Einladungsflugi geschrieben, auf dem ein Familienfest, Eis, Spiele und ein Clown versprochen wurden, und es in den Häusern in der Gegend verteilt. Um uns herum bekamen die Hausbesetzer Kinder, oder es zogen ganze Familien in die Häuser, und zu allem Unglück hatten die Wortführer bei uns im Haus auch noch eine kaputte Kleinfamilie adoptiert, Jennifer mit ihren beiden Töchtern, die in ihrem Zuhause irgendwo in den Plattenbauwüsten Ostberlins geschlagen wurden und deshalb täglich vorbeikommen durften. Die Mädchen bekamen Hausaufgabenhilfe, und Jennifer saß am Küchentisch und erzählte ihre Leidensgeschichte. Johnny und Nele hatten durchgesetzt, dass die harten Sachen bis zum Einbruch der Dunkelheit im Schrank blieben, und wer kiffen wollte, musste sich in die Oberküche verziehen.

«Es sitzen Kinder am Tisch», sagten Nele, Johnny und Rachel jetzt immer, wenn Konstantin von seiner letzten Nacht in der Sniper-Bar erzählte, wo bis in den frühen Morgen Hardcorepornos und Lehrfilme des israelischen Militärs gezeigt wurden.

Plötzlich mussten wir erwachsen sein. «Ich erwarte revolutionäres Verhalten von euch», sagte Johnny, und als Wenzel im Winter Geburtstag hatte und wir ihm eine selbstgebackene Haschtorte auf den Küchentisch stellten, weckten Nele und Johnny uns am nächsten Vormittag und wiesen uns im Kommandoton an, die Torte wegzuräumen, bevor Jennifer und die Kinder kamen.

Auch in den anderen Häusern wehte jetzt ein anderer Wind, neuerdings wurden Bollerwagen voll mit Schul- und Vorschulkindern durchs Scheunenviertel gezogen, hin zum großen Gelände auf dem Koppenplatz, wo bis zum Einbruch der Dunkelheit entfesselt gelärmt wurde. Wir Kinderlosen machten große Bögen um die Spielplätze, und wir wussten, dass wir diesen Kampf verloren hatten.

In der Bergstraße hatte sich sogar eine WG gegründet, in der Erwachsene und Kinder gleichberechtigt beieinanderwohnten. Eins der letzten leeren Häuser, das den anderen Besetzern zu nah an der Mauer gewesen war oder das sie einfach nicht gefunden hatten, war von einer Gruppe aus Nürnberg in Obhut genommen worden, die sich Indianerkommune nannte, die Hälfte von ihnen waren Halbwüchsige und richtige Kinder. Im Hinterhof stand ein Wigwam, mit Seilen und Holzpfosten abgespannt, und der Gemeinschaftsraum hing voll mit großen Plakaten, die für Kinderrechte warben. Wählen ab zwölf, Schulpflicht abschaffen, und eigenes Geld auch für Kinder, dies allerdings nur vorübergehend, weil nach der Revolution das Geld ja sowieso für alle abgeschafft würde.

Das Haus in der Bergstraße zog die Straßenkids und die Kinderpunks vom Alexanderplatz in Scharen an. Anders als bei uns gab es hier keine Hausaufgabenhilfe. Dafür bekamen Kinder und Erwachsene ihre Tier-Totems zugewiesen, und alle übernachteten im Sommer gemeinsam im Wigwam, im Winter zusammen in den großen Räumen. Die Großen halfen den Kleinen, Entschuldigungen zu fälschen, und erklärten ihnen, wie man in der Schule den Feueralarm auslöst. Bald füllte sich das Haus mit Minderjährigen; in großen Banden streiften die Indianer durch den angrenzenden Wedding und plünderten die Altkleidercontainer, bei Aldi auf der Brunnenstraße wurde bald darauf ein Wachmann vor dem Eingang postiert. Es gab Kurse im Feuermachen, Schleichen und Bogenschießen, viele der Jugendlichen kamen aber nur ins Haus, um in Ruhe Klebstoff zu schnüffeln oder geklaute Wachmacherpillen aufzukochen und mit Batteriesäure zu versetzen.

Unser Fest begann um fünfzehn Uhr, und plötzlich waren jede Menge Kinder da. Ich stand mit Konstantin im Hof vor den beiden üppig gepolsterten Sofas aus einem der DDR-Ministerien, die mit den Sitzflächen zueinander aufgestellt waren und sich somit in eine Art Trampolin verwandelt hatten. Konstantin kickte mit seinen Springerstiefeln gegen die große Zinkwanne. Bislang war sie dazu da gewesen, Bierflaschen zu kühlen. Jetzt sollten Kinder in ihr baden.

«Verdammte Kacke», sagte Konstantin, «ich bin doch nicht bei meinen Eltern ausgezogen, um hier Ferienlager zu spielen. Kinder gehören nicht in die Häuser. Man soll die in den Neubaugebieten lassen und ihnen dort Lesen und Schreiben beibringen, und Fahrradfahren. Wenn sie eine Bierflasche halten können, dürfen sie meinetwegen kommen.»

«Genau», sagte ich, «revolutionäres Potenzial entsteht doch nur in der Provinz, unter Druck und in Verzweiflung. Kindern, die in besetzten Häusern aufwachsen, geht es zu gut, sie rebellieren in die falsche Richtung und verwandeln sich später in angepasste Spießer. Oder gleich in Faschos.»

«Ich weiß schon, warum die DDR das Kinderkriegen so gefördert hat», sagte Konstantin. «Weil du mit Blagen im Haus, die dich anschreien und dich nicht schlafen lassen, nicht mehr zum Nachdenken kommst. Wenn sie die Säuglinge nach sechs Wochen abgeholt und in den Betriebskindergarten gebracht haben, waren die Leute so dankbar, dass sie den Staat zu lieben begannen. Sechs Wochen Schlafentzug! Danach unterschreibst du alles.»

Konstantin hatte als Einziger von uns bis zum Schluss in der DDR gelebt und nahm sich deshalb heraus, uns über die Verhältnisse dort belehren zu dürfen, er war der einzige echte Ostler. Kerstin zählte nicht, weil sie schon mit zwölf oder dreizehn, nach der Sache mit Biermann, mit ihrer Mutter ausgereist war.

Konrad der Künstler kam dazu, Bier in der Hand, gelassen und entspannt. Das von Kerstin ausgesprochene explizite Verbot, weiter auszurasten, hatte ihn lammfromm gemacht, breit grinsend stand er da und reichte uns zwei Flaschen. Konstantin öffnete sie nach Bauarbeiterart: Eine am Kronkorken der anderen, die zweite, deren Verschluss er vorher leicht angehoben hatte, demonstrativ mit den Zähnen.

Kinder strömten auf den Hof und hüpften, ohne um Erlaubnis zu bitten, auf die Sofas und hatten in kürzester Zeit die Remise erobert, wo sie auf dem brüchigen Bitumen herumtrampelten. Ein Junge mit Burgerkingkrone hatte Konstantins Flaschentrick beobachtet und schrie, das sei noch gar nichts, der Freund seiner Mutter öffne Bierflaschen mit dem Auge. Eine Gruppe Mädchen spielte Fangen und benutzte uns als lebende Hindernisse, sie fragten uns, wann es endlich Wurstsalat mit warmen Kartoffeln gebe, und rannten, ohne eine Antwort abzuwarten, wieder in den ersten Hof. Dort hatten sich die Jungs mit langen Weidenruten bewaffnet, die sie sich an den Wasserspielen im Weinbergspark geschnitten hatten und die sie sich mit protziger Geste als komischen Phallus zwischen die Beine hielten.

«Da hast du deine Fruchtbarkeit», sagte ich zu Konrad, und Konstantin saugte in stiller Wut an seinem Bier.

«Ja, wir werden viele sein», sagte Konrad. «So wie es in der Bibel steht.»

«Ich hab hier schon Angst um die Kinder», sagte ich. «Was, wenn sie ein Piece von den Punks finden und in den Mund nehmen?»

«Bisschen Dope hat noch keinem geschadet.»

«Und hier sind überall Scherben und spitze Kanten an den vergitterten Kellerfenstern.»

Konrad zog eine volle Flasche Whiskey aus dem Innenfutter seiner Lederjacke, Four Roses, und sagte: «Brandt, du bist ein alter Sack.» Er schraubte den Verschluss ab und trank, dann begann er zu dozieren.

«Kinder sind doch viel vernünftiger als Erwachsene. Noch im Mittelalter hat es gar keine Kinder gegeben. Sie waren gekleidet wie Erwachsene, wurden verheiratet, haben Geschäfte abgewickelt, wurden auf lange Reisen geschickt, mussten auf dem Feld arbeiten und in den Krieg ziehen. Kinder haben Heere angeführt. Die Vorstellung, dass ein Kind schwach ist, ist ein Missverständnis der Neuzeit.»

Passend zu Konrads kleiner Predigt rückten nun die Indianer an, sieben Kinder und sieben Erwachsene. Wenn sich im Mittelalter die Kinder gekleidet hatten wie Erwachsene, zogen sich in der Indianerkommune außerdem die Erwachsenen an wie Kinder.

Zwei etwa zehnjährige Mädchen hatten sich Pelzmäntel umgehängt, trotz des warmen Wetters, Fuchs und Nerz, dazu Perlenketten. Ein etwas älterer Junge hatte die Haare zum Iro geschoren und trug, nach dem Vorbild der Besetzerelite aus Friedrichshain, einen einteiligen Blaumann und NVA-Stiefel mit Stahlkappen. Ernst taxierte er jeden, der ihn ansah.

Die erwachsenen Indianer trugen kurze Hosen und Sandalen, sie blödelten miteinander herum, spannten ein Hüpfseil auf und malten Himmelundhöllekästchen auf den Teer. Einer der Männer hatte die Arme bis zu den Schultern mit Filzstiften bemalt, seine Haare waren zu kleinen Würsten zusammengedreht, in denen Playmobilmännchen hingen. Ein anderer trug ein langes Nachthemd, es reichte ihm bis zum Knie.

Anders als die Kinder aus der Umgebung tobten die Indianerkinder nicht. Sie liefen ruhig und beiläufig plaudernd zwischen den spielenden Gruppen umher und schienen für die Gleichaltrigen nur Verachtung übrig zu haben.

Ich hätte mich lieber mit Konrad, Konstantin und der Whiskeyflasche in eine der Ecken verzogen, aber Nele hatte mir einen Job zugeteilt. Ich sollte Brause ausschenken und den gedeckten Apfelkuchen in handliche Stücke schneiden. Gleichzeitig wurde schon der Hefezopf vom Bäcker gegenüber aufgebrochen, der immer noch nach Ostrezepten buk, als Einziger im Viertel. Vor mir stand der riesige Alutopf aus NVA-Beständen, den Konstantin ein- oder zweimal benutzt hatte, um Haschtee aufzukochen. Jetzt hatte jemand eine grünlich blaue Flüssigkeit aus Ahoi-Brausepulver und Wasser angerührt, nach der die Kinder süchtig zu sein schienen. Sie hatten sich in langen Schlangen angestellt. Wie deutsche Kriegsgefangene im sibirischen Winter setzten sie sich die Plastikbecher an den Hals und tranken die künstliche Brühe in einem Zug aus, um sich sogleich wieder hinten anzustellen. Während sie warteten, balancierten sie die Becher auf ihren Köpfen oder schlugen die vor ihnen Stehenden. Allein die Mädchen in den Pelzmänteln hielten vornehm Abstand zu den Kindern vor ihnen und zeigten offen den Ekel, den sie angesichts des Treibens um sie herum verspürten.

«Wie heißt du denn?», fragte mich die eine, als sie dran war.

«Ich heiße Sebastian», sagte ich. «Aber alle nennen mich Brandt. Und wer seid ihr?»

«Wir sind die Sylvie-Zwillinge. Ich bin Sylvie und das ist meine Schwester Sylvia.»

«Wollt ihr mich verarschen?»

«So ein böses Wort! Du bist aber ganz schön ungezogen!»

«Ich hätte gern ein Bier», sagte die andere. «Schön kühl bitte.»

«Das ist ein Kinderfest. Es gibt kein Bier für euch. Nur Brause.»

«Wohnst du hier, Sebastian?»

«Ja.»

«Zeigst du mir nachher dein Zimmer, Sebastian?»

«Nein.»

«Schenkst du mir nachher ein Bier, wenn du besoffen bist, Sebastian?»

«Nein!»

Mit leicht wippendem Gang zogen die beiden Sylvies ab, sahen kurz über die Schulter, um zu checken, ob ich noch gucke, und setzten sich auf das Holzpodest. Konrad stellte sich zu mir. Er zog den Whiskey aus der Lederjacke und schüttete mir einen Schluck in den Brausebecher. Tanya ging in gemessenem Abstand an uns vorbei. Konrad stellte die Flasche demonstrativ auf den Tisch, aber sie beachtete ihn nicht.

«Guck mal, wie die fressen», murmelte Konrad. «Der Junge mit dem Iro hat sich schon zum dritten Mal nachgeholt. Außerdem hat er sich ein Bier aus der Küche geklaut, während du mit den Mädchen beschäftigt warst.»

Einer der erwachsenen Indianer saß mit dem Hintern in der Planschwanne und ließ sich von den Kindern einseifen. Hinter ihm stand, teilnahmslos und wie in einem fremden Traum gefangen, eine zwanzigjährige Extremwaverin mit kalkweiß geschminktem Gesicht. Sie trug ein langes Kleid aus schwarz gefärbtem Spitzenstoff, und zwischen ihren Nasenflügeln und den Ohrläppchen waren feine Silberketten gespannt.

«Die haben ja doch eine Frau dabei», sagte Konrad.

Die Kinder aus den anderen Häusern, die sonst skrupellos jeden Erwachsenen zum Spielgerät degradierten, beachteten sie nicht. Die schwarze Frau schritt in einem weiten Bogen um die Badewanne herum und setzte sich zu den Indianerkindern auf das Holzpodest.

Gegen sechs war die Brause endlich alle, und das Kinderfest verwandelte sich in ein ganz normales Hoffest. Die Erwachsenen wurden mehr; unser Haus war eines der größten unter den besetzten Häusern in Ostberlin, weshalb sogar Autonome aus Kreuzberg anreisten, die immer stolz waren, wenn sie den Weg zu uns gefunden hatten. Altbesetzer aus den Westhäusern – Potse, Bülowstraße, Yorckstraße, Prinzenallee – kamen auch, sie hatten schon vor Jahren ihren Frieden mit dem System geschlossen, hatten komfortable Mietverträge unterschrieben und beschäftigten sich hauptsächlich damit, die mit Stuck behangenen Decken ihrer Gründerzeitwohnungen zu restaurieren, natürlich mit Fördergeldern des Berliner Senats, den sie wenige Jahre zuvor noch als Bande von Mördern und Faschisten beschimpft hatten.

Sie waren bei uns nicht sonderlich gern gesehen, weil wir ihre Häuserkampfgeschichten aus den achtziger Jahren nicht mehr hören konnten, aber sie wurden geduldet, weil sie immer etwas mitbrachten, was man brauchen konnte, vor allem Bier, aber auch Baumaterial, Sicherungskästen zum Beispiel, die viel besser waren als die alten DDR-Fabrikate, die wir aus den leeren Häusern an der Grenze geholt hatten. Außerdem waren ihre praktischen Tipps für den Straßenkampf ganz hilfreich. Sie wussten, wie man den Polizeifunk nicht nur abhörte, sondern auch auslas, also verstand, was die vielen Abkürzungen bedeuteten. Ein paar von ihnen behaupteten, sie seien an einem Sommertag irgendwann in den Achtzigern, nach der Besetzung eines Trümmergrundstücks am Potsdamer Platz, vor dem Tränengas der Bullen in den Osten geflüchtet, über die Mauer, mit Leitern. Dort seien sie mit Tee und Keksen begrüßt worden, anschließend habe man sie an der Friedrichstraße wieder in die Bahn in Richtung Zoo gesetzt, mit BVG-Fahrscheinen, die kurz zuvor am Kottbusser Tor abgestempelt worden waren.

Konstantin mochte dieses Detail an der Geschichte, weil es so gut die Überlegenheit der Stasi belegte und ihre Fähigkeit, eine Sache vom Ende her zu denken.

Kurz nach der Mainzer-Straße-Räumung hatten die Westbesetzer einen Benefizabend im *Usher* organisiert, um das Nötigste für die aus ihren Häusern Vertriebenen zu sammeln und ihre Erfahrung einzubringen, und sie wären sogar bereit gewesen, unser Dach zu decken und den ganzen Papierkram für die Staatsknete zu erledigen, als einer der frisch Geräumten, der seinen Arm noch in der Schlinge trug, sich auf einen der Stühle stellte und brüllte, das sei doch nur die altbekannte Befriedungsstrategie und überhaupt sei eine der Tussen aus Kreuzberg Reporterin bei der taz. Die Westbesetzer nahmen den Rausschmiss aus dem *Usher* demütig hin, vielleicht als Buße für das eigene Verhalten zehn Jahre zuvor.

Ich persönlich hatte nichts gegen sie, im Gegenteil. Sie traten unprätentiös auf, und man konnte mit ihnen über ganz alltägliche Probleme plaudern, über Frisch- und

Abwasserstränge, über Stock im Holzfußboden und die Frage, wie genau man Kabel unter Putz verlegt. Einige von ihnen waren Unternehmer geworden und verkauften den Hippiekommunen in Andalusien Sonnenkollektoren, andere arbeiteten als Streetworker oder Lehrer. Sie hatten also alle reichlich Kontakt mit der Wirklichkeit.

Ich hatte mich nach meiner Schicht am Brausetopf mit einem Bier in den Strandkorb gesetzt und stand nun vor dem Problem, die beiden Mädchen loszuwerden, die penetrant versuchten, sich auf meinen Schoß zu schieben. Sie mussten irgendwo Alkohol aufgetrieben haben, ihr Kompagnon mit dem altklugen Gesicht roch jedenfalls nach Schnaps und stolzierte seltsam steif zwischen den Gästen umher. Ich wusste, dass Wenzel für regnerische Tage Kräuterlikör vorhielt, nachlässig versteckt in seinem Bücherregal, und die Indianerkinder hatten Gelegenheit genug gehabt, das Haus in aller Ruhe zu durchsuchen.

Kurz nachdem Konrad und Konstantin das Bauholzfeuer angezündet hatten, lief der Mann mit den angemalten Armen am Strandkorb vorbei und sammelte die beiden Sylvies wieder ein, die mich von beiden Seiten eingekeilt hatten und sich an meine Beine klammerten. Der Angemalte sang ein Kinderlied in schrägen Mollakkorden, das von einer Polonaise in die Bergstraße handelte und davon, dass, wer sich ihr nicht sofort anschlösse, draußen bleiben werde, für den Rest der Nacht. Die Mädchen ließen mich los und hakten sich bei den anderen ein, die hinter ihrem singenden Anführer herzogen. Nach einer Runde ums Feuer steuerte er auf den Ausgang zu, und so plötzlich, wie sie gekommen war, hatte die Indianerkommune uns verlassen. Es wurde still. Jetzt sang nur noch die alte Amsel im Hof, alle anderen schwiegen, selbst die Kinder aus den anderen besetzten Häusern und der Nachbarschaft.

Weil der Platz neben mir frei geworden war, setzte sich einer der Altbesetzer aus dem Westen zu mir, Didi, der in einem der Bögen unter der stillgelegten S-Bahn im Wedding eine Tischlerwerkstatt aufgebaut hatte, von der aus er die Westberliner Wohngemeinschaften mit Hochbetten aus Fichtenholz belieferte. Einige von uns jobbten bei ihm, sechzehn Mark die Stunde auf die Hand plus Trinkgeld, ein exzellenter Lohn. Er schätzte uns, weil wir mit Werkzeug umgehen konnten, und nahm es hin, dass wir selten pünktlich waren. Didi reichte mir seinen halbgerauchten Joint. Das Gras der Westbesetzer war ein weiterer Grund dafür, dass wir sie duldeten.

«Indianer», sagte er.

Ich seufzte und begann zu erklären, wie die Indianerkommune aus Nürnberg hatte fliehen müssen, wo sie der Willkür der offen faschistisch agierenden bayerischen Behörden schutzlos ausgeliefert gewesen war, und so weiter.

Didi unterbrach mich, nach wenigen Sätzen. «Ich kenne die Story», sagte er. «Die haben sie uns damals auch erzählt. Wir hatten in der Bülowstraße nur zwei Kinder im Haus, die aber schon vierzehn waren, an denen hatten sie kein Interesse mehr. Aber die anderen Häuser hatten ständig mit ihnen zu tun. Es hat keinen Sinn, mit denen zu diskutieren. Du kommst nicht gegen sie an.»

«Worüber diskutieren?»

«Ist das nicht offensichtlich, Brandt? Mach doch mal die Augen auf.»

Ich versuchte in der Dunkelheit, Didis Gesicht zu sehen. Sein Gras war wirklich gut, nicht wie dieses mit Kunstdünger aufgepeppte Zeug aus Holland, dessen Genuss dazu führte, dass man die Welt voller Feinde sah. «Wir bekämpfen die Faschos und den Bullenstaat», sagte ich. «Wir können uns nicht um jeden Nebenwiderspruch kümmern. Aber ich kann die Sache ja mal aufs Plenum bringen.»

«Scheiß aufs Plenum», sagte Didi. «Da gibt es nur einen Brei von Meinungen. Und das nutzen die aus. Du musst anfangen, etwas zu tun, Brandt. Du selbst. Dann werden die anderen mitziehen.»

Bald kreisten am Feuer die Flaschen, und Didi rollte, ganz spendabler Onkel, gleich mehrere Joints hintereinander, die er mit umständlicher Geste anrauchte und dann weitergab. Irgendjemand aus dem Querhaus verteilte kleine weiße Tabletten mit aufgestanzten Tiermotiven, und ich begann, mich nach Konrad umzuschauen, vor allem wegen der Whiskeyflasche, aber nicht nur.

«Und, was sollen wir tun», fragte ich Didi, der mit glasigen Augen am Feuer stand. Das viele Gras hatte ihn müde gemacht, jetzt wartete er darauf, dass die Pille wirken würde.

«Geht hin und werft sie raus. Sofort. Müsst ihr selber tun. Es hat keinen Sinn, auf Hilfe von oben zu warten. Sie sitzen in den Gremien, bei den Parteien, sogar in der AL. Sie haben Freunde in den Bezirksämtern. Bei den Zeitungen. Bei der Polizei. Niemand wird euch helfen.»

Ich fand Konrad in seinem Atelier. Er lag mit nacktem Oberkörper rücklings auf seinem Bett und schnarchte, während Tanya neben dem Bild stand und es mit Farben aus den am Boden liegenden Tuben bespritzte. Sie reichte mir die Whiskeyflasche, halbvoll.

«What do you think», sagte sie. «Do you like it?»

Sie hatte in riesigen grünen Lettern *Fuck Yourself* auf die Bildmitte gemalt und sprenkelte nun die Ränder in Rot und Weiß, den Nationalfarben ihres Heimatlandes. An sich sprach sie tadellos Deutsch. Aber immer wenn sie trank, fiel sie aus unerfindlichen Gründen ins Englische.

Ich hätte ihr gerne erklärt, dass es in der Kunst nicht aufs Mögen ankommt, wusste aber nicht, wie ich mich ausdrücken sollte.

Seine Hose hatte Konrad noch an, allerdings stand sie offen, Schamhaare waren zu sehen und der Bund seiner Unterhose, Tanya war komplett angezogen, sie trug, wie fast immer, ein langes Kleid. Ihre Knie waren aufgeschlagen und bluteten. Ganz offensichtlich war es Konrad gelungen, sie mit Hilfe der *Four Roses* in sein Zimmer zu locken. Jetzt blutete sie zwar, aber an der falschen Stelle. Und Konrad war mitten im Vorspiel eingeschlafen.

«He wanted to fuck me on the painting», sagte Tanya.

«I know», sagte ich.

«Do you also want to fuck me on the painting, Brandt?»

«No», sagte ich nach kurzem Zögern.

«Brandt», sagte sie und stellte sich direkt vor mich. Frauen wissen immer im richtigen Moment, was zu sagen ist, selbst wenn sie angetrunken sind, oder gerade dann. «Fuck me on the painting.»

«I can't», sagte ich.

«This is not about sex», brüllte Tanya so laut, dass die Partygäste und Nele, Rachel und Johnny unten im Hof es kaum überhören konnten. Aber andererseits waren die Kinder ja vom Hof, und Ausrasten war wieder erlaubt. «This is about art!» Ihr Englisch klang osteuropäisch, das schien ihm Tiefe zu geben, wie eine zweite Etage unter der Bedeutung, mit einem eigenen Sinn. Sie stellte sich vors Fenster, in Predigerposition, und schrie: «Brandt! Fuck me! On the painting!»

Dann schüttelte sie sich vor Lachen und versuchte, mich mit dem mit weißer und roter Farbe vollgesogenen Pinsel zwischen den Beinen zu markieren, was ihr auch gelang, weil ich nicht auf das Bild treten wollte und deshalb ungeschickt auswich. Sie kam näher, legte mir den Arm um die Schulter und raunte mir ins Ohr: «Brandt, you're so funny.»

Als ich eine Viertelstunde später über den Hof in mein Zimmer ging, glomm das Bauholzfeuer nur noch. Auf den Podesten und im Strandkorb schliefen Hausbesetzer, die ich kaum kannte, aus Friedrichshain und Lichtenberg. Die Pillenschmeißer waren weitergezogen, in die Keller an der Friedrichstraße oder tief unter dem Potsdamer Platz, in denen jetzt getanzt wurde.

Am Tag darauf nahm Konrad die Arbeit am Bild wieder auf. Allerdings fehlte ihm erkennbar der Elan der vergangenen Wochen. Müde holte er sich die Töpfe mit schwarzgrauer Teerfarbe, die noch in der Remise standen und die eigentlich dafür gedacht waren, die Dachpappe wasserdicht zu streichen; er warf eine dicke Schicht auf das Bild und ließ sie trocknen.

Wenzel und ich begannen am Nachmittag, im Hinterhaus für alle zu kochen. Nachdem wir monatelang vergeblich einen Küchendienst einzuführen versucht hatten, damit es zumindest eine warme Mahlzeit am Tag gab, hatten wir die Geduld verloren und selbst angefangen, regelmäßig zu kochen. An einem Tag in der Woche kümmerten wir uns um alles, wir wollten ein Leuchtturm sein, ein Vorbild, und wir hatten die Hoffnung, dass die anderen uns irgendwann folgen würden. Und am Anfang schien unser Plan aufzugehen. Die Kochereignisse verführten die Hausbesetzer, es ging etwas Wohliges von der Küche aus, von kochenden Kartoffeln und vor sich hin simmernden Soßen. Schnell hatten sich die Suppendonnerstage im ganzen Komplex herumgesprochen. Grund waren ohne Zweifel die Rezepte meiner Großmutter. Sie stammten aus der Nachkriegszeit und dienten nur einem einzigen Zweck: große Gruppen von Essern zuverlässig satt zu machen. Meine Großmutter hatte dabei im Wesentlichen auf Kartoffeln und fette Brühen gesetzt; ich musste nur die Fleischbeilagen weglassen, und schon hatte ich gewonnen. Bald war der Donnerstag wichtiger geworden als das wöchentliche Gesamtplenum, auf dem nur noch unangenehme Organisationsfragen besprochen wurden und das normalerweise nach kräftezehrendem Richtungsstreit zwischen den Wortführern abgebrochen wurde, wenn keiner mehr konnte.

Wir rührten also in den großen Töpfen herum, als plötzlich die beiden Ausreißer aus der Bergstraße im Türrahmen standen, es war später Nachmittag. Sie trugen enge Jeans und Adidasturnschuhe, beide blass und dünn, das Mädchen vielleicht fünfzehn, ihr Freund behauptete, achtzehn zu sein.

«Wir sind aus der Bergstraße», sagte er, «und wir wollten fragen, ob wir ein paar Tage bei euch wohnen dürfen.» Seine Freundin sagte nichts. Sie setzte sich auf den Boden und zog die Beine fest an sich.

Wenzel wollte sie augenblicklich wieder rausschmeißen, denn die Zahl der Esser war seit Wochen beständig gewachsen. Unsere WG bestand aus vierzehn Leuten, Besuch aus den anderen Gebäudeteilen war die Regel, hier und da ein paar von den Kindern, die im Hof Basketball spielten und die keiner zuordnen konnte, dazu die Künstler aus der Auguststraße, die polnischen Punks, in Ordnung, «aber irgendwo ist Schluss», sagte Wenzel.

Ich wollte die zwei nicht ohne Suppe gehen lassen. «Jetzt wartet hier, bis das Essen fertig ist, wir werden es nachher mit den anderen besprechen», sagte ich.

«Warum genau wollt ihr denn da weg», fragte Wenzel.

«Weil es nicht auszuhalten ist.»

«Und deswegen wollt ihr zu uns? Könnt ihr vergessen. Bei uns ist es auch nicht auszuhalten!»

Jetzt begann das Mädchen zu weinen, und ich drückte ihr ein halbvolles Bier in die Hand. Mit Bier würzten wir die Suppe, der wir ja nichts Fleischhaltiges und deshalb auch keine echte Brühe beimengen durften. Ich sagte, sie solle sich gefälligst aufs Sofa setzen und warten. Wenzel blickte finster drein. «Auf keinen Fall Leute aus der Bergstraße», sagte er, während er weiter Zwiebeln anbriet.

Es war, ich erwähnte es schon, nicht leicht, Geschmack an die riesigen Eintöpfe zu bekommen. Wenn man die Zwiebeln leicht anbrennen ließ und das Verbrannte mit in die Suppe gab, ging es. Insgeheim glaubten Leute wie Kerstin oder Nick, meine Feinde im Haus, dass ich bei der Brühe schummelte, aber, ich schwöre, es war nicht der Fall.

Ich gab den beiden Ausreißern aus der Bergstraße lange vor der Zeit zwei Tassen in die Hand, damit sie friedlich würden, halb durchgekochte Kartoffeln und harte Bohnen, und sie schlangen sie in beeindruckender Geschwindigkeit herunter. Danach schauten sie etwas zuversichtlicher in die Welt, und ich setzte sie zu den anderen, die – das war die Donnerstagssitte – im großen Gemeinschaftsraum darauf warteten, dass das Essen fertig wurde.

Sie spielten Domino mit den beiden Mexikanern, die seit Anfang des Jahres im Seitenflügel wohnten und sich ihr Geld damit verdienten, in den Wohnungen wohlhabender ökologischer Wohngemeinschaften im Westen Dielen abzuschleifen, und sie tranken mehr Bier.

Ich gab die Suppe ungern vor der Zeit heraus und war um jede Stunde froh, um die sich das Essen verzögerte, denn der im Topf entstehende Geschmack spielte mir, wie ich meinte, in die Karten. Eintopf muss ziehen. Am besten schmeckt er aufgewärmt.

«Sie werden dich Mutti nennen», sagte Wenzel immer. Sollten sie.

Gegen sieben versuchte ich, die Wartenden dazu zu bringen, die Teller und Löffel aus der zerkratzten Anrichte zu holen und auf den Tisch zu stellen. Außerdem befahl ich Konstantin, mit dem Brotschneiden anzufangen und die Papierservietten zu falten. Die Wartenden maulten und taten so, als folgten sie meinen Anweisungen, sobald ich ihnen aber den Rücken kehrte, verzogen sie sich über den hinteren Ausgang in ihre Zimmer, um die Zeit bis zum Abendessen möglichst arbeitsfrei zu überstehen. Nur die Mexikaner, die den ganzen Tag mit Mundschutz an der Schleifmaschine gestanden hatten, gingen ohne Murren zum Buffet und verteilten die Teller. Ich schnitt noch eine Zwiebel in die Suppe und schüttete sie dann vom großen Pott in zwei kleine. Als ich die Teller füllte, war der Raum wieder voll.

Nun, endlich, durfte der Junge aus der Bergstraße seine Geschichte erzählen. Mit hoher gepresster Stimme und in einem Wahnsinnstempo berichtete er davon, wie sie am Anfang ganz zufrieden gewesen waren mit dem Leben auf dem Alexanderplatz; anders als vorher in Kreuzberg kamen sie hier nicht den Heroindealern in die Quere. Die hatten zum Ende des Winters in ihren Kundenbereichen am Kottbusser Tor eine positive Verkaufsatmosphäre schaffen wollen und alle Schnorrer vertrieben. Am Alex konnten die beiden dann wieder unbehelligt betteln. Nachts fuhren sie mit der S-Bahn bis zu den Endhaltestellen im Wald, wo die Bahn hell erleuchtet und mit offenen Türen stehen blieb und im Unterholz die Wildschweine zu hören waren, und schliefen dort in winterfesten Datschen und leeren Fabrikgebäuden, bis das zu unsicher wurde, weil sie auf dem Weg von und zu den Übernachtungsplätzen immer häufiger von Streifen drangsaliert wurden, die eben den Auftrag hatten, gegen Obdachlose auf dem Gelände der Reichsbahn vorzugehen.

Nach mehreren Nächten ohne richtigen Schlaf seien sie dann auf dem Alex angesprochen worden, von einem, der sich Jürgen nannte und der regelmäßig bei den Ausreißerkids herumhing, wie ein Sozialarbeiter, aber irgendwie verrückter. «Wenn du willst, kannst du bei uns pennen, und deine Freundin auch», hatte er gesagt. «Ihr bekommt ein eigenes Zimmer, umsonst.» Daraufhin seien sie ohne weitere Fragen mitgegangen.

Während er mit wachsendem Appetit den zweiten und dritten Teller Suppe aß, schwärmte der Junge von den Wohnungen im Haus in der Bergstraße, helle, warme Räume, die Leute von der Indianerkommune hatten die Küchen in den oberen Etagen zu großzügigen Badezimmern ausgebaut, mit gekachelten Jacuzzis und Tauchbädern, im Dritten gab es sogar eine Sauna. Überhaupt schien die Körperpflege bei den Indianern einen besonderen Stellenwert einzunehmen. Die Erwachsenen verbrachten den halben Tag im Bad, immerzu liefen sie nackt, bestenfalls mit Handtuch um die Hüften durch das Haus, das auch an warmen Tagen beheizt wurde. Gleichzeitig rannten unzählige Kinder durch die Flure, völlig unabhängig und ungeregelt, ein wilder Stamm von Zwergen. Es gab für sie keine festen Mahlzeiten, und einen großen Teil ihrer Energie verwandten sie darauf, Nahrungsmittel zu stehlen und sie auf den Treppen sitzend hastig zu verschlingen.

Das Haus sei ihnen so unheimlich gewesen, dass seine Freundin sofort wieder gehen wollte, sagte der Junge, er aber habe sie überzeugt, zumindest eine Nacht zu bleiben. Und als sie ihr Zimmer zugewiesen bekamen, mit einer großen Matratze in der Mitte und nach Blumen duftenden, weißen Bettlaken, war sie auch dafür zu bleiben.

Es sei ein Durchgangszimmer gewesen, «aber das war eigentlich egal, weil die sowieso alle Türen im Haus ausgehängt haben. Die Kinder rennen Tag und Nacht in Banden quer durch die Wohnungen, du musst immer ein Auge auf deine Sachen haben, die klauen alles, was sie kriegen können. Sie treiben Handel, tauschen, Zigaretten gegen Zucker, Geld gegen Brot, und andersrum. Schon am ersten Tag haben sie direkt hinter unserem Zimmer einen der kleineren Jungen brutal gefoltert, mit einem Seil die Arme auf den Rücken gebunden, haben sie ihm die Beine verknotet, ihn auf einen Stuhl gesetzt. Ich wollte eingreifen, aber die Erwachsenen haben uns das verboten. Die Kinder dürfen ihre Angelegenheiten so regeln, wie sie wollen.»

Überhaupt würden die Erwachsenen völlig entrückt zwischen den randalierenden Kindern umherstolzieren, insbesondere der Wortführer, der im Haus selten mehr trage als einen Lendenschurz. «Ihr könnt beim Vögeln ruhig laut sein», habe er gesagt, «das machen hier alle.» Dieser Punkt sei ihm sehr wichtig gewesen.

«Haben wir aber nicht gemacht.» Es war das erste Mal, dass wir die Stimme seiner Freundin hörten. Dass Gastgeber ihnen beim Sex zusehen wollten, als Gegenleistung für die Unterkunft, sei schon vor ihrem Einzug in die Bergstraße vorgekommen, das sei eigentlich normale Härte. Die Erwachsenen in der Bergstraße hätten sich aber gar nicht richtig für ihren Sex interessiert, ihnen sei es darum gegangen, vor den Kindern ein Statement abzugeben: Seht her, so machen es alle, offen und ohne Scham.

Tag für Tag hätten die beiden den Wiederauszug aus der Bergstraße vor sich hergeschoben, immer wieder nachts weinend beieinandergelegen, tagsüber seien sie damit beschäftigt gewesen, an Nahrung zu kommen. Anders als auf dem Alex konnten sie jetzt nicht mehr gemeinsam schnorren, denn einer musste immer beim Gepäck bleiben. Und wenn derjenige, der draußen war, abends mit ein paar erbettelten oder geklauten Lebensmitteln zurückkam, musste er seine Beute gegen die Kinderbanden verteidigen. Erst am dritten Abend gelang es ihnen durch einen Trick, überhaupt etwas hineinzuschmuggeln. Sie trafen sich kurz vor der Tür und teilten die Beute auf. Dann gingen sie gemeinsam ins Haus. Und während die Kindermeute sich auf den Achtzehnjährigen warf, um ihn auszunehmen, stahl sich seine Freundin unbemerkt am Pulk vorbei und rannte ins Zimmer, um zumindest einen Teil der Beute unter der Matratze in Sicherheit zu bringen.

«Das alles wäre aber noch zu ertragen gewesen, wenn nicht die Erwachsenen gewesen wären», sagte der Achtzehnjährige. «Da gibt es eine Frau, die nur nachts aus ihrem Zimmer kommt und immer schwarz angezogen ist, dann läuft sie leise durchs Haus und redet mit sich selbst und ruft nach ihren Kindern. Das sind aber keine von denen, die da sind; das sind tote Kinder.»

Aber selbst damit hätte man notfalls noch klarkommen können, die Frau war verrückt, aber harmlos. Erst nach ein paar Tagen hätten sie verstanden, was in der Indianerkommune los war. «Wir waren im Haus, als Jürgen sich mit den beiden Sylvies zum Baden eingeschlossen hat.»

Eines der Badezimmer, das bevorzugt vom Oberindianer benutzt wurde, manchmal mehrmals täglich, war der einzige Raum im Haus, der noch eine Tür hatte. Und Jürgen besaß den einzigen Schlüssel.

«Das muss ja erst mal noch nichts heißen», sagte Johnny, aber die meisten am Tisch murrten und sagten, er solle das Maul halten, es sei ja wohl völlig klar, was das heiße.

Die Erwachsenen, so erklärten es die beiden Ausreißer, hätten im Haus ein Hungerregime errichtet. Welches Kind zu essen bekam und wie viel, entschieden sie. Und was die Gegenleistung dafür war. «Der wird sich kaum nur den Rücken schrubben lassen von den Kleinen», sagte der Junge.

«Also das geht mir zu weit», schaltete sich Johnny wieder ein. «Dann frage ich mich, warum sie euch überhaupt haben einziehen lassen. Da müssten sie ja jeden Tag Angst haben, dass ihr sie verpfeift.»

«Vielleicht sollten wir mal die Westbesetzer fragen, welche Erfahrungen die mit der Indianerkommune haben», sagte ich und hatte wieder alle gegen mich.

«Wir machen ja sonst auch nicht, was die sagen», sagte Johnny durch das Murren hindurch. «Nein. Wir müssen uns ganz genau anschauen, was man den Leuten in der Bergstraße vorwirft. Was ich heute gehört habe, reicht jedenfalls nicht, um irgendwas gegen sie zu unternehmen.»

«Was brauchst du denn *noch*?», schrie das Mädchen, und ihr Freund versuchte, sie zu beruhigen. Ganz offensichtlich fürchtete er, dass sie nach dem Abendessen wieder auf die Straße oder, noch schlimmer, zurück in die Bergstraße geschickt würden. Nele legte dem Mädchen beruhigend die Hand auf die Schulter. «Also, ich bin dafür, dass ihr erst mal hierbleibt», sagte sie. «Wir werden mal mit den Leuten in der Bergstraße reden. Aber gesittet, ohne gleich in Kampfmontur da aufzutauchen.»

«Die machen euch fertig», schrie die Fünfzehnjährige. «Die haben ihre Leute, überall, beim Bezirksamt, in den anderen Häusern, sogar bei den Bullen. Die arbeiten alle zusammen.»

Johnny schüttelte den Kopf. «Ich verstehe gar nicht, wieso immer alle auf der Indianerkommune herumhacken. Für mich sind das erst mal Leute, die sich für die Rechte von Kindern einsetzen. Und die haben radikale Forderungen, das ist doch klar. Maximalforderungen! So wie wir! Die Verhältnisse sind doch das, was pervers ist! Und nicht diejenigen, die sie in Frage stellen.»

Er gefiel sich sichtlich in seiner Rolle, und weil die anderen langsam wütend wurden, versuchte Nele, wie immer, zu beschwichtigen, indem sie beide Seiten beleuchtete. Alter Hut eigentlich, funktioniert aber. «Einerseits», sagte sie, «ist die Indianerkommune ein Teil unserer Bewegung. Es kann ja wohl nicht sein, dass wir uns hier alle überbieten in revolutionärem Elan, die Frauen befreien wollen und die Schwulen und die Lesben, die Schwarzen in Amerika und die ganze Dritte Welt.»

«Und die Tiere», rief Nick, der Vegetarier.

«Nur die Kinder sollen unterdrückt und ohne Rechte bleiben, als hätte es die Linke nie gegeben!»

Zustimmend wurde mit den Löffeln an die Suppenteller geklopft. Nele setzte sich schräg auf den Tisch.

«Jetzt seid doch mal ehrlich. Geht es euch nicht genauso? Mir fällt es schwer, ein Kind als gleichberechtigt wahrzunehmen, als jemanden, der mein Gegenüber ist. Kein Wunder. Mein Verstand ist ja auch getrübt von fünftausend Jahren Patriarchat.»

«Genau!» Johnny schien nicht verstanden zu haben, dass Nele nur scheinbar seine Position einnahm, um danach umso kraftvoller umschwenken zu können, oder es war ihm egal. «Wenn ich mir angucke, was die fordern», sagte Johnny, «weg mit der Schulpflicht, weg mit dem Paragraphen 175, freie Entfaltung für alle Menschen, egal wie alt, dann finde ich mich da schon wieder. Was wir fordern, die Häuser denen, die drin wohnen, ist ja nicht weniger utopisch!»

«Nun warte mal», sagte Nele.

Ich mochte es nicht, wenn Johnny und Nele sich stritten, genauso wie ich es immer gehasst habe, wenn meine Eltern sich am Mittagstisch anmotzten und ich halb heulend zwischen ihnen saß, bis beide auf mich einredeten, das seien doch nur Diskussionen, wie man sie eben führen müsse, wenn man verheiratet sei. Die beiden hatten, vor Neles Phase als politische Lesbe, monatelang genügsam in einer Art Vernunftehe gelebt. Dann aber war Nele offiziell mit Wenzel zusammengekommen. Der Ton zwischen ihr und Johnny war kalt geworden, und anders als früher nahmen sie sich nach den Rededuellen nicht mehr in den Arm.

«Kinder, jetzt esst mal», sagte ich deshalb, «wenn die Indianer ihre Kinder hungern lassen, heißt das doch nicht, dass wir uns darüber zerstreiten müssen.» Ich war mir sicher, dass, wenn wir erst einmal gegessen hätten, sich alle wieder vertragen würden.

«Darum geht es nicht», sagte Johnny, «wir streiten uns doch gar nicht. Ich bin nur dagegen, dass wir uns in der linken Bewegung spalten lassen. Nur weil wir nicht in der Lage sind, unsere kleinbürgerliche Brille für fünf Minuten abzulegen. Wenn es uns nur darum geht, dass die Kinder essen, dann kochen wir eben für sie, einmal die Woche. Dann sehen wir ja, was an den Verleumdungen dran ist.»

Damit hatte er Nele meisterhaft den Wind aus den Segeln genommen. Und weil er gerade so in Schwung war, schlug er vor, dass Wenzel und ich die Volksküche in der Bergstraße zu organisieren hätten, wer, wenn nicht Wenzel und Brandt!

«Bis dahin haben die alle Spuren verwischt», sagte der Achtzehnjährige.

Nele hatte sich wieder gefangen. «Es stimmt ja, die Indianerkommune ist ein wichtiger Teil der Bewegung. Und wir sollten ihnen hoch anrechnen, wie sie auch uns, die wir uns für so fortgeschritten halten, zeigen, dass das Kind ein Mensch ist, mit Rechten und Bedürfnissen, genau wie wir. Ich finde auch, wir sollten sie nicht mehr Kinder nennen, Kinder, das ist doch ein Wort aus dem Setzkasten des Patriarchats. Damit reduzieren wir sie auf ihre Körpermaße. Und das ist extrem unfair.»

«Wie willst du sie denn dann nennen?», fragte Konstantin.

«Menschen im Wachstumsprozess», schlug Daniela vor.

«Menschen mit dummen Fragen», sagte Wenzel und prustete los.

Johnny schaute streng, und Nele sprach weiter. Sie kannte seine Diskussionsstrategie, als wäre es ihre eigene. Die Frage war nicht ob, sondern wie es ihr gelingen würde, der Diskussion eine überraschende Wendung zu geben. So machte sie das immer.

«Es könnte aber auch sein, dass den Indianern die Sache einfach über den Kopf gewachsen ist. Vielleicht haben sie auf einen Schlag sehr viel mehr Menschen befreit, als ihre Gemeinschaft verkraftet. Und die vielen kleineren und jüngeren Menschen, die bei ihnen wohnen, sind innerlich einfach noch nicht reif für die Freiheit.»

Jetzt endlich schwiegen alle im Raum und hörten Nele zu. Dabei zeichnete ihr Arm große Halbkreise in der Luft, ganz so, als könnte sie den Horizont, ja, den ganzen Erdkreis in ihre Rede mit einschließen. Was sie sagte, galt, hieß das, und nicht nur hier. «Oder haben die kleineren und jüngeren Menschen, von denen hier die Rede ist, etwa nicht unter unwürdigen Bedingungen gehaust, in den Zwangssystemen der bürgerlichen Familien, bevor sie den Weg hinaus gefunden haben? Sie können doch gar nicht wissen, wie sie mit ihrer Freiheit umgehen. Wir müssen der Indianerkommune helfen, die Last ihres Erfolges zu tragen!»

Allgemeines zustimmendes Raunen, außer von den beiden Jugendlichen, die überhaupt nicht mehr verstanden, worum es ging.

«Und dazu sollten wir die Lage inspizieren», fuhr Nele fort. «Wir schicken also eine Delegation von uns da hin, die sich ein eigenes Bild macht, und dann entscheiden wir, was wir tun.»

«Dazu müssen wir aber», sagte Johnny, «erst mal die anderen Häuser konsultieren. Und eine Abordnung delegieren, die dann das Haus in der Bergstraße besichtigt. Am besten, wir setzen ein Protokoll auf.»

«Na toll», sagte Konstantin. «Dann sind sie doch gewarnt.»

«Na und! Wir sind doch keine Bullen, kein Rollkommando, das im Morgengrauen kommt und Papiere kontrolliert!»

«Ich dachte eigentlich daran, dass wir jetzt sofort gehen», sagte Nele. «Wenn es stimmt, dass die Kinder dort Hunger haben, sollten wir nicht warten.» Sie stand auf, stellte den Teller aufs Buffet und schritt zur Tür. «Ich geh jetzt erst mal im Frauenhaus mobilisieren. Vielleicht kommen ein paar von denen mit.»

Ich war ehrlich gesagt froh darüber, dass Nele Verstärkung im Frauenhaus anforderte, obwohl wir nicht mehr besonders gut auf die zu sprechen waren. Die Frauen aus dem Frauenhaus hatten nämlich ein paar Monate zuvor einen ganzen Flügel im Haus besetzt, und zwar unter Vorspiegelung falscher Tatsachen. In den Vorbereitungsplena hatten sie immer behauptet, sie würden nur eine ganz normale Frauen-WG gründen. Ohne männerfreie Zonen. Das war nämlich unsere Bedingung gewesen: keine männerfreien Zonen. Klar, haben die gesagt und auf nett gemacht, und Nele und Kerstin und Rachel haben das Spiel mitgespielt, bis wir alle achselzuckend ja gesagt haben.

Ich habe damals zu verstehen begonnen, was die Feministinnen meinen, wenn sie sagen, dass zwischen Mann und Frau immer ein Machtverhältnis entsteht und dass Beziehungen, auch Liebesbeziehungen, immer eine Frage von Politik sind.

Denn am selben Tag, an dem sie sich den letzten freien Flügel klargemacht hatten, schraubten sie eine Schranke unten vor die Treppe und klebten einen Zettel an. *No males beyond this point.* Dann tauchten plötzlich Frauen auf, die sich auf den Plena, auf denen über den Einzug entschieden worden war, nicht gezeigt hatten, kleine drahtige Lesben mit wütenden Gesichtern und ausrasierten Schläfen. Die martialischste von ihnen nannte sich Doris. In Wirklichkeit hieß sie Marie-Claire Muller, durfte aber unter Strafe nicht so genannt werden, weil in Frankreich unter diesem Namen nach ihr gesucht wurde.

Ich selbst habe lernen müssen, was es heißt, in einem Dilemma zu stecken, als der Briefträger im Hinterhaus in der Küche stand und mir das Paket für Marie-Claire Muller in die Hand drückte, abgesandt von einer *Madame Muller* aus Reims. Doris hatte also eine Mutter, die ihr Päckchen schickte, vielleicht gefüllt mit *Foie gras* und anderen Köstlichkeiten aus der Heimat, die ihr das Exil erleichtern, vielleicht auch ihr Heimweh stillen und sie gleichzeitig nähren sollten. Im Treppenhaus des Frauenhauses, wohlgemerkt vor der Holzschranke, rief ich laut den Namen, der auf dem Paket stand, hatte damit ein Tabu gebrochen und war im Begriff, ein zweites zu brechen. Ich sah, wie Doris mir wütend entgegenrannte, eine Dachlatte in der Hand, die fast so groß war wie sie selbst. Ich ließ das Paket zu Boden fallen und versuchte, mit den Händen meinen Kopf zu schützen. Die Flucht gelang mir nur, weil Doris jenseits der Barriere nicht mehr ernsthaft zuschlug.

Anfangs hatten wir noch versucht, gegen die männerfreien Zonen im Haus vorzugehen, und Johnny war der Lauteste gewesen. Die Sache wurde mehrfach aufs Plenum gebracht und immer wieder verschoben. Bis in der Zeitung stand, dass in einem Park in Zehlendorf eine 24-jährige Frau vergewaltigt worden war. Das Frauenhaus begann noch am selben Tag, in unserer Nachbarschaft Flugblätter zu verteilen, in denen Vergewaltigern die Kastration und andere unangenehme Körperstrafen angedroht wurden. Solange derartige Verbrechen geschähen, hieß es von da an, sei die Notwendigkeit männerfreier Zonen offenkundig. Sie würden nicht mit uns darüber diskutieren.

Offenbar waren die Frauen, die mit uns zusammenlebten, anfangs der Ansicht gewesen, uns Männern würde ein bisschen radikalfeministischer Input guttun. Aber als sie sahen, wie das Klima im Haus rauer wurde und wie wir Männer auf dem Hof beschimpft wurden, weil irgendwo auf der Welt Verbrechen an Frauen geschahen, wurden sie kleinlaut und räumten ein, dass sie sich hatten einlullen lassen von den Gemäßigteren aus dem Frauenhaus.

Als kurz darauf Johnny auf einer selbstgemalten Wandzeitung, die an die Remise getackert war, in einer Schmähzeichnung als pornolesender Lustgreis dargestellt wurde – er war in der Tat der Älteste von uns und gerade 29 geworden –, sahen unsere Frauen ein, dass sie etwas tun mussten. Sie stiegen über die Absperrung hinweg zur Küche des Frauenhauses hinauf und handelten aus, dass wir, ihre Männer also, nicht mehr angepöbelt oder angegriffen werden durften. Wir erhielten eine Art Schutzstatus im eigenen Haus.

Trotz dieser Vorgeschichte war ich froh, dass Nele im Frauenhaus mobilisiert hatte. Denn wir waren alle ein bisschen schlaff und unbeweglich geworden, und als ich die Frauen sah, gut gerüstet, mit festen Stiefeln und schwarzen Lederjacken, wie sie voller Tatendrang in den Hof liefen, nachdem sie gehört hatten, was in der Bergstraße los war, fühlte ich mich sicherer.

Auf dem Weg zum Haus der Indianer waren wir gut

zwanzig Leute. Johnny ging vorneweg, Daniela war dabei mit ihrem tschechischen Freund, außerdem Konrad und sogar Tanya. Konstantin begann auf dem Weg, alte Schlachtgeschichten zu erzählen, von der Räumung der Mainzer Straße und vom Angriff auf das Tacheles, aber Nele und Johnny befahlen ihm, still zu sein, von Kampf könne keine Rede sein, es gehe erst einmal darum, sich ein Bild zu machen, eventuell die Übertreibungen der jugendlichen Schnorrer vom Alex zu widerlegen, den Indianern zu helfen, und sei es mit Lebensmitteln. Doris zog einen Chako aus ihrem Hosenbund, aber die anderen überzeugten sie, ihn wieder zurückzubringen. Ihre Messer allerdings ließ sie sich nicht abschwatzen. Eins steckte in ihrem Stiefelschaft, das andere, ein Springmesser, baumelte an einem kiloschweren Schlüsselbund, der wiederum an ihrem Gürtel hing.

Während wir gemeinsam mit den Lesben marschierten, hoffte ich auf einen harten Kampf, an dessen Ende wir zu einer echten Gruppe verschmelzen würden. Und obwohl Doris mir ein paar Monate zuvor fast eine Dachlatte auf den Kopf geschlagen hatte, erschien sie mir in diesem Moment ganz und gar weich und zugänglich. Sicher war ihr abgrundtiefer Männerhass auf ein traumatisches Erlebnis in der Vergangenheit zurückzuführen, irgendwo in den traurigen Industrierevieren Nordfrankreichs. Aber Wunden können heilen. Vielleicht begann ja genau hier, auf dem Weg zur Indianerkommune, eine gemeinsame Zukunft, und Männer und Lesben werden Brüder.

Es war ja auch nicht gesagt, dass Doris partout keine Männer mochte. Vielleicht war sie in Wirklichkeit auch eine politische Lesbe, die sich nur für die Zeit des Kampfes auf diese Seite geschlagen hatte. Um unterscheidbar zu sein. Um einen Standpunkt einzunehmen. Ich sah Doris auf dem Weg in die Bergstraße freundlicher an als sonst. Sie bemerkte es und knurrte böse, aber ich nahm ihr das nicht übel.

Weil wir nicht mit zwanzig Autonomen in vollem Wichs direkt an der Bullenwache vorbeilaufen wollten, gingen wir einmal um den Block, über die Wilhelm-Pieck-Straße und durch die Ackerstraße. Da kamen uns die Leute aus dem besetzten Haus in der Kastanienallee entgegen, ostdeutsche Dichter und Filmstudenten, die aber niemals einen Film drehten, sondern sich immer nur die Libretti todernster sowjetischer Spielfilme hersagten und stundenlang um die korrekte Abfolge der Szenen zanken konnten. Sie waren auf dem Weg in den Ackerladen, um sich langsam zulaufen zu lassen, wie jeden Abend außer montags, wenn der Ackerladen zu war und sie ins *Usher* gingen, also zu uns.

«Na, bei euch ist wohl wieder Faschoalarm.» Die Ostbesetzer hatten unsere entschieden antifaschistische Haltung immer für lächerlich gehalten, mochten uns aber aus irgendeinem Grunde trotzdem, vielleicht, weil wir sie immer um Rat fragten, wenn wir bei den Bezirksämtern nicht mehr weiterwussten. Normalerweise redeten sie nicht mit Wessis, bei uns machten sie aber eine Ausnahme.

«Nee», rief Doris. «Wir wollen klatschen die Indianer. Die gehen mich schon lang-ge auf die Nerven.» Ich mochte ihren französischen Akzent.

«Das kommt überhaupt nicht in Frage», sagte Johnny. «Ich lasse es nicht zu, dass hier Fakten geschaffen werden. Wir schauen bei denen nach dem Rechten, und dabei bleibt es.» Er schien keine Angst mehr zu haben, sich dem Frauenhaus entgegenzustellen.

«Genau», sagte Doris, «wir schauen nach die Reschte, und dann wir gehen wieder.»

Die Ostbesetzer kicherten. Sie verstanden nicht, warum wir die kostbare Zeit, die man doch in Kneipen verbringen konnte, verschwendeten, indem wir uns um die Probleme anderer Leute kümmerten.

«Die Indianer, da müsst ihr aber schnell sein», sagte einer. «Die sind gerade alle raus.»

«Alle?»

«Nur die Kinder und die bleiche schwarze Frau. Mit Lampions und Fackeln sind sie über den Sophienfriedhof gelaufen. Rührend, wie ernst die Kinder so was nehmen. Wenn ihr schnell lauft, seht ihr sie noch zwischen den Gräbern mit ihren Funzeln.»

«Ach so, ein Lampionumzug», sagte Johnny. «Das wird ja wohl noch erlaubt sein.»

Das Haus in der Bergstraße stand damals völlig alleine da, mit nackten Brandmauern. Es muss Unmengen an Brikettkohle gekostet haben, es im Winter halbwegs warm zu halten. Von den oberen Stockwerken aus blickte man auf den Friedhof, der bis an die Reste der Berliner Mauer heranreichte. Dahinter begann der Wedding. Die Angestellten der Friedhofsgärtnerei waren dumm genug gewesen, ihre Blumen auf die Straße zu stellen, Nele griff sich einen großen Strauß und klemmte ihn sich unter den Arm. «Dann kommen wir nicht mit leeren Händen.»

Anfangs schien es so, als sei das Haus ganz leer. Die Fenster waren dunkel. Die Tür stand auf, wir liefen durch den riesigen Torbogen, durch den einmal eine hohe Kutsche gepasst haben muss, vielleicht um Heu auf den Hof zu fahren. Rechts und links führten zwei Aufgänge ins Haus. Wir stiegen vorsichtig nach oben und sahen, dass die Treppenhäuser auf der Höhe des ersten Stockes schmaler und enger wurden, wir mussten die Köpfe einziehen, um in die Beletage zu gelangen, die uns dann umso größer erschien. Hohe Decken, höher vielleicht noch als in den Palästen der Altbesetzer im Westen, weite Räume, die mit Flügeltüren verbunden waren. Alles war dunkel, nur ein paar Kerzen standen auf den Fensterbänken. Erst nach und nach sahen wir, dass wir in dem riesigen Raum nicht allein waren.

An den Wänden saßen Menschen. Wir blickten in die Dunkelheit, wie Schauspieler auf einer Bühne. Ganz langsam begannen unsere Augen zu sehen. Es waren nur Erwachsene im Raum. Ich erschrak und fragte: «Wo sind die Kinder?», aber Johnny fiel mir ins Wort: «Die haben wir doch gerade draußen gesehen», und ich frage mich bis heute, warum wir eigentlich nie geschlossen auftreten konnten. Wir lasen in der Uni immer diese französischen Philosophen und benahmen uns auch wie sie, wir widersprachen uns notorisch, ab einer Anzahl von zwei.

«Was soll der Mist», fragte Jürgen, der Oberindianer, und ich sah, dass er seinen Federschmuck abgelegt hatte.

Stattdessen trug er ein schwarzes Tuch. Um ihn herum saßen in lockerer Formation sieben weitere Mitglieder der Indianerkommune, alle erwachsen, alle männlich. «Ihr lauft hier rein wie die SA anno 33, und genauso seid ihr drauf», sagte Jürgen.

Die Indianer hatten uns erwartet. Sie saßen im Halbkreis, und bevor wir uns überhaupt erklären konnten, begannen sie, uns anzuschreien – «Ihr lächerlichen Spasten, was wollt ihr uns denn sagen, macht hier dick auf Ordnung, haut ab, ihr seht so scheiße aus» –, und obwohl die Beschimpfungen wahllos waren und keinen Sinn ergaben, erfüllten sie ihren Zweck. Sie schüchterten uns ein. Konstantin zitterte, Daniela drängte zur Tür, und ich bekam Magenschmerzen. Die wüsten Anwürfe kamen ununterbrochen und von allen Seiten, wir wurden polyphon zusammengestaucht, geradezu melodisch und rhythmisch. In dem vielstimmigen, unverständlichen Hassgekeife waren nur Jürgens Anklagen klar und deutlich hörbar.

«Nie wieder werden wir vor der Gewalt zurückweichen und uns wie damals in Lager stecken lassen, uns ermorden lassen, für die Art, wie wir lieben. Nie wieder!»

Der schlechtgelaunte Chor brummte zustimmend und belegte uns weiter mit üblen Ausdrücken – «Ihr miesen Heten, was nehmt ihr euch da raus, ihr habt ja keine Ahnung, ihr wisst ja nicht, was läuft, in den Dreck getreten gehört ihr, haut doch ab, ihr primitiven Schweine» –, ein hingerotzter Rap aus Verwünschungen. Johnny, der am ehesten mit den Indianern sympathisiert hatte, stand mit hängenden Armen da und wusste nicht mehr weiter. «Wo sind die Kinder!», rief ich noch mal, und Nele begann schwer atmend mit ihrem Teil.

«Es geht uns ja nur darum zu verstehen, was ihr hier macht. Wir hören von Leuten, die euch kennen, Geschichten, die uns verunsichert haben.»

«Von wem denn, bitte?»

«Das ist doch jetzt egal.»

«Von dieser kleinen Nutte wahrscheinlich. Weißt du, dass sie Schwänze gelutscht hat am Alex, für zwanzig Mark? Wir haben sie da rausgeholt. Und das ist der Dank.»

«Die beiden sind in ihrer Not zu uns gelaufen, weil sie Dinge gesehen haben in diesem Haus, die» – Nele räusperte sich – «Dinge, die sie nicht einordnen konnten. Wir haben gehört, dass die Kinder bei euch im Haus nicht immer satt werden» – tapfer sprach sie gegen die anschwellende Hohnkulisse an –, «und ich denke auch mal, dass das weit übertrieben ist. Aber vielleicht hilft es euch, wenn wir hier einmal die Woche für eine warme Mahlzeit sorgen, Dienstag oder Mittwoch, und bei euch eine Volksküche ausrichten.»

Plötzlich wurde es still. Mit einem solchen Vorschlag schienen die Indianer nicht gerechnet zu haben.

«Unsere Freunde Brandt und Wenzel sind hervorragende Eintopfköche, es gelingt ihnen mit ihren streng vegetarischen Rezepten, sogar Fleischesser zu überzeugen. Konstantin hat aufgehört, zum Imbiss im Park zu gehen, und wir bekommen Besuch aus anderen Häusern, so gut sind ihre Suppen. Was haltet ihr davon?»

Jürgen, der als Einziger für alle anderen zu sprechen

schien, während die sich damit begnügten, dazwischenzukrähen, wirkte unsicher. «Aber ich will, dass ihr es draußen macht, im Hof oder vor der Tür. Ich will die Essensgerüche nicht im Haus haben.»

«Also abgemacht», sagte Johnny. «So machen wir es. Dann können wir ja wieder gehen.»

«Das könnt ihr, allerdings.»

Ich hatte ein seltsames Gefühl im Bauch und schaute Wenzel an, der dann glücklicherweise etwas sagte, ich weiß nicht mal, ob ich mich noch getraut hätte. «Ihr müsst die Kinder doch nicht vor uns verstecken.»

Johnny zog ihn am Arm, aber Wenzel ließ sich nicht aufhalten. Er mochte eine beckmesserische Krämerseele sein, ein Feigling war er nicht. Er ließ sich nicht den Mund verbieten. «Ich möchte überhaupt gern mehr wissen. Wer nimmt die Kinder auf? Wer hilft euch? Wer sind eure Freunde?»

«Genau», sagte ich. Wenzels Frechheit tat mir gut. «Habt ihr die Kinder nach Nürnberg geschickt? Oder haben sie euch da auch verjagt? So wie damals, in Westberlin?»

Jürgen wurde wütend, und das Murren seiner Leute erstarb langsam. Jetzt, endlich, ergriff ein anderer das Wort, ein düsterer Grufti mit gezupften Wimpern. «Es ist doch immer das Gleiche», sagte er. «Überall, wo die Indianerkommune auftaucht, wird sie in die böse Ecke gestellt. Du solltest dich was schämen. Warum sprichst du nicht über deine eigene Sexualität, anstatt hier andere anzuklagen? Hast du nicht gewichst mit deinen Freunden in der Schule nach dem Sport oder in der Dusche?»

«Das kann schon sein», sagte Wenzel. «Aber das macht mich noch nicht zum Päderasten.»

Als hätte dieses Wort ein Tor zu einer anderen Dimension geöffnet, zischte der Indianerchor jetzt böse, und der Grufti schaute mich und Wenzel an, als wollte er uns auf der Stelle erwürgen.

Jürgen machte mit den Armen eine beschwichtigende Geste: «Also gut», sagte er, «jetzt ist es raus. Nennen wir es also bei seinem Namen: Pä-do-phi-lie» – und er ließ den Begriff im Raum stehen, so als müsste er langsam ins Bewusstsein aller Beteiligten sickern –, «reden wir also über Pädophilie. Wisst ihr denn, was der Begriff bedeutet?»

«Knabenliebe», sagte Johnny.

«Nein», sagte Jürgen. «Es bedeutet, *Kinder* zu lieben. Und zwar so, wie sie sind.»

«Die Frage ist doch, ob die Eltern dieser Kinder überhaupt wissen, was hier los ist», sagte Nele. «Ein besetztes Haus in Ostberlin. Die Kinder bilden Banden im Haus. Dazu der ständige Hunger.»

Daraufhin machte Jürgen ein Zeichen. Zwei der erwachsenen Indianer liefen hinaus ins Treppenhaus. Es rumpelte über uns, dann hörte ich eine Stimme laut aufjaulen. Dielen knarrten, schwer schlurfende Schritte auf der Treppe, dann stand ein riesiger, bärenhafter Mann vor uns, mit dick verschwollenen Augen, er rieb sich seine Handgelenke und heulte erneut auf, als er uns sah. Er fiel auf die Knie und flehte uns an, in einem urtümlichen, wohl fränkischen Dialekt, wir mögen ihm seine Kinder lassen, sie seien alles, was er habe, alles andere ging in unverständlichem Gebrabbel unter, während er sich immer wieder mit der flachen Hand auf die Stirn schlug. Er schien uns gleichzeitig zu bedrohen und um etwas zu bitten. Er keuchte wie ein verletztes Tier. Nach wenigen Sätzen gab er auf und brach zusammen.

Alle schwiegen, auch der wütende Chor war endlich still.

Wenzel hob nun den Arm und begann, im Therapeutenton zu sprechen, ruhig und monoton. «Wir wollen Ihnen Ihre Kinder nicht wegnehmen. Ganz im Gegenteil. Wir werden dafür sorgen, dass es ihnen gut geht. Jetzt beruhigen Sie sich doch erst einmal. Welche sind denn Ihre Kinder?»

Ich mochte es, wenn er so sprach. Er hatte sich den professionellen Tonfall während seines Praktikums in einer kirchennahen psychiatrischen Anstalt in Pankow zugelegt, wo er zwei Monate lang mit Schizophrenen, Selbstmördern und Entzügigen eingesperrt gewesen war. Man fühlte sich gleich aufgehoben bei ihm.

«Alle», schrie der große Mann und warf die Arme in die Luft.

Jürgen hob die Hand und sagte: «Robert ist der Vater der beiden Mädchen und eines der Jungen. Er denkt jetzt, dass ihr seine Kinder mitnehmen wollt. Na, herzlichen Glückwunsch.»

Ich persönlich bekam jetzt Angst. «Wenn die mit den Eltern einen Deal gemacht haben, können wir nichts dagegen tun», flüsterte ich. Aber Wenzel machte einfach weiter.

«Robert, sind Sie wirklich freiwillig hier?» Und weil

Robert schwitzte und unsicher zu den Indianern schaute, möglicherweise den Begriff *freiwillig* gar nicht verstand, wurde Wenzel laut und deutlicher. «Willst du hier sein, Robert? Oder willst du zurück nach Nürnberg?»

«Nein, nein, nein», wimmerte Robert. Wenzel wurde laut und hämmerte dem Mann jedes Wort einzeln ein. «Willst du mit deinen Kindern zurück nach Nürnberg! Robert und die Kinder, nach Nürnberg! Alle zusammen! Zurück!»

Robert erschrak und schaute zu Jürgen, der kalt und leise sagte: «Nein, das will er nicht. Er will hierbleiben. Bei uns. Mit seinen Kindern.»

«Habt ihr das schriftlich?», fragte Johnny jetzt. «Zeigt uns, dass ihr es schriftlich habt. Dann hauen wir wieder ab.»

«Natürlich», sagte Jürgen. «Schriftlich. Damit ihr wieder die Listen für die Deportation schreiben könnt.»

Die Geräuschkulisse wurde wieder bedrohlich. Wir waren Nazis für sie, keine Frage. Und wie mit Nazis zu verfahren war, wusste jeder im Raum.

«Die Eltern der Kinder haben uns ihre Einverständniserklärung gegeben. Mündlich. Uns reicht das. Und jedem Richter reicht das auch. Außerdem gilt in der Indianerkommune das Wort eines Kindes genauso viel wie das eines Erwachsenen. Also haltet endlich die Fresse und verschwindet!»

Nele richtete sich auf. Immer wenn es schwierig wurde, musste sie ran. «Jürgen, jetzt wo du sagst, dass die Kinder zu Recht bei euch sind, spüre ich schon, wie ich ruhiger werde. Ich habe mir das gleich gedacht. Und trotzdem gibt es immer noch Gerüchte in den Häusern, die euch schaden können. Vielleicht sollten wir das auch noch ausräumen. Es geht dabei um das Thema Körperlichkeit. Auch im Umgang mit Jugendlichen und mit Kindern.»

«Sie hat euch belogen, die verdammte Nutte», schrie Jürgen.

«Nun warte doch erst mal. Ich glaube ja gar nicht alles, was über euch erzählt wird.» Jetzt war sie wieder diese mütterliche, alles einschließende Nele, in deren Welt jeder, und sei er noch so abseitig, seinen Platz hatte. Johnny stand neben ihr und sah sie bewundernd an. Zum ersten Mal sah ich in seinem Gesicht, wie groß der Verlust für ihn gewesen sein musste, und Wenzel, glaubte ich, bekam Angst vor ihr. Sie redete weiter, sprach von fließenden Übergängen und den Schwierigkeiten, sichere Abgrenzungen zu finden, wenn es um Kinder ging. «Zum Beispiel, wenn ich Sex habe mit meinem Freund, und da sind Kinder mit im Raum, inwiefern ich die dann ausschließe.» Ob sie gar *bis zu einem gewissen Punkt* mit im Bett sein dürften, wenn sie zärtlich würde mit ihrem Freund. Und wann es zu viel werde.

«Du schmeißt dann das Kind raus und schmust mit deinem Freund alleine weiter», sagte Jürgen.

«Das hat viel auch mit erlernten Verhaltensweisen zu tun», sagte Nele, «und ob wir offen mit unseren Gefühlen umgehen können. Und ob wir dazu stehen, dass wir sexuelle Wesen sind.» Andererseits haben ja auch Kinder ihre ganz eigenen Bedürfnisse.

«Und die kennst du», höhnte der Gruftie-Indianer,

aber Nele ließ sich jetzt nicht mehr aus dem Konzept bringen. Kinder hätten Bedürfnisse, die nicht immer denen der Erwachsenen eins zu eins entsprächen, auch wenn es manchmal so aussehe, und sie sei die Letzte, die nicht verstehe, dass man da manchmal unsicher werden könne, schließlich seien wir alle Opfer dieser sehr lustfeindlichen Erziehung.

«Also ich verstehe das nicht», rief plötzlich eine klare Stimme von hinten. Alle drehten sich um. Tanya, die Polin, von der keiner das erwartet hatte, tat, was sie sonst nie tat. Sie sprach, laut und deutlich, nüchtern und auf Deutsch.

«Ich verstehe nicht, warum hier alle um den heißen Brei herumreden», schnauzte sie, und es wurde still im Raum. Nur der rasselnde Atem des fränkischen Vaters war zu hören. «Es geht hier doch nicht darum, ob du ein bisschen mit deinem Freund rumfummelst. Hier sind Hardcore-Kinderficker im Raum! Und ihr alle tut so, als wäre nichts!»

Erstaunlicherweise sah Jürgen nicht im Geringsten schockiert aus. Ganz im Gegenteil schien ihm die plötzliche Klarheit gutzutun. Als hätte jemand einen Bann gebrochen, saß er plötzlich ganz gerade da, ruhig und wie von einer schweren Last befreit. «Ganz so ist es nicht, meine Liebe», sagte er. «Zu deiner Information: Ich stehe gar nicht so sehr auf Kinder. Mir gefallen eher Mädchen, wenn sie fünfzehn sind. Oder sechzehn. Wenn sie anfangen zu reifen.»

«Genug geredet», sagte Johnny jetzt. Tanya liefen die Tränen über die Wange vor Wut, und obwohl sie wusste, dass sie als gläubige Katholikin das Heft des Handelns nicht selbst in die Hand nehmen durfte, sondern die Rache dem Höchsten zu überlassen hatte, sagte sie: «Man sollte euch zerquetschen. Zertreten sollte man euch» – und dabei biss sie sich auf die Unterlippe –, «wie Ungeziefer. Erschlagen sollte man euch.»

«Genau», sagte Konrad, der Künstler.

«Na endlich», rief nun Doris. Sie schien diesen Ausgang des Gesprächs erwartet zu haben und tippelte ungeduldig auf den Zehenspitzen herum. Sie stand im Türrahmen, der so niedrig war, dass selbst sie ihn ausfüllte, wenn sie die Arme ganz nach oben streckte. «Ich dachte schon, ihr wollt ewig quatschen!»

Sie nahm einen der Stühle im Raum und schlug ihn auf den Boden, bis er zersprang und nur noch ein Stuhlbein in ihrer Hand übrig blieb. Die Indianer hatten bei der Planung ihres Gemeinschaftsraumes nicht auf Fluchtwege geachtet. Der Ausgang auf der anderen Seite führte nur in die oberen Stockwerke. Deshalb blieben Jürgen und dem Grufti keine Wahl, als zu versuchen, an Doris vorbeizukommen.

Sie schlug sofort und ohne Erbarmen zu.

Wie auf Kommando warfen sich die anderen Indianer auf uns, möglicherweise um Unordnung zu schaffen, damit ihre Anführer entkommen konnten. Aber an Doris kam keiner vorbei. Zahlenmäßig waren wir ihnen weit überlegen. Trotzdem dauerte der Kampf mehrere Minuten. Ihre Strategie, immer auf die Geschlechtsteile zu zielen, wirkte Wunder. Außerdem kratzten und bissen sie, mir blutete bald die Nase, auch Daniela, Konrad und

Tanya sahen schnell ziemlich lädiert aus. Als wir sie endlich zu Boden gezwungen hatten, waren Jürgen und der Grufti weg, es war aber auch klar, dass sie nur im Haus nach oben gelaufen sein konnten.

«Lasst die Idioten liegen», schrie Doris, «wir kriegen die Boss von die.»

Wir durchsuchten jedes Stockwerk, jeden Raum, die großzügigen Bäder, die stickigen und stinkenden Kinderzimmer und mehrere Räume, deren Funktion wir nicht gleich zuordnen konnten, in denen Schaukeln aus Tau und Sackleinen von den Decken hingen und die Fenster verdunkelt waren. Im dritten Stock hörten wir plötzlich die Stimme des Gruftis. «Hier bin ich», rief er, «kommt doch, wenn ich euch traut.»

Gerade wollten wir in seine Richtung laufen, als Doris uns aufhielt. «Der will nur, dass wir ihn vermöbeln und den Boss in Ruhe lassen.»

Sie hatte recht. Wir liefen in die andere Richtung und fanden den Oberindianer in einem der großen Gemeinschaftsschlafräume. Er hatte sich unter einem Matratzenlager versteckt, nicht sehr einfallsreich.

Alle begannen wortlos auf ihn einzuprügeln. Am wütendsten war Johnny, der doch bis zu seiner Ankunft in der Bergstraße der größte Sympathisant der Indianerkommune gewesen war. Mit dem Furor eines enttäuschten Liebhabers schlug er dem Mann, der sich von seinen minderjährigen Opfern Jürgen nennen ließ, das Gesicht grün und blau. Wenzel trat zu, auch Kerstin, Konstantin, sogar Nele haute ihm auf die Ohren, wenn auch nicht sehr fest. Konrad war dabei und Daniela mit ihrem tschechischen Freund, und Tanya, die es allerdings bei einer Spuckattacke und einer geballten Ladung polnischer Flüche bewenden ließ. Ich wollte ihm anfangs nur ein paar symbolische Kopfnüsse verpassen, aber als er unter mir lag, legte sich bei mir ein Schalter um. Ich deckte ihn wie blöd mit harten Schlägen ein, bis die anderen mich festhielten und zurückzogen. Nur eine beteiligte sich nicht. Doris stand etwas abseits und beobachtete die Szene.

«Wartet mal», sagte sie, «macht es ihm nicht zu leicht. Wenn er jetzt schon wird ohnmächtig, er spürt nicht mehr.»

Also ließen wir ab von ihm und legten ihn auf das Matratzenlager, für einen Augenblick schien es, als sei er bewusstlos.

«Zieht ihm die ’osen runter.»

Die Aussicht auf eine derartige Strafverschärfung brachte Jürgen augenblicklich zurück in die Wirklichkeit. Er öffnete die verquollenen Augen, seine Nase blutete, er hustete. Ich persönlich fand es bedenklich, dass auch aus seinem rechten Ohr ein Rinnsal lief, die anderen offenbar nicht. Er wimmerte und flehte und versuchte, seine Hände schützend über den Schritt zu halten, was ihm nicht gelang, möglicherweise war sein linker Arm gebrochen. Wir hatten ihn komplett zusammengeschlagen.

Doris zog das kleine Messer aus dem Stiefelschaft. Die Klinge war kurz, nicht länger als eine Scheckkarte. So konnte sie das Messer überallhin mitnehmen, sogar ins Flugzeug. «Das wird reichen.»

Während Jürgen erstickt seufzend die Augen verdrehte und sich in einer Art Vernichtungsmeditation innerlich auf den extremen Schmerz vorzubereiten schien, blickten wir schweigend auf Doris, die das Messer von einer Hand in die andere wandern ließ.

«So, Fünfzehnjährige, ja?»

Der überführte Kinderschänder verteidigte sich nicht, sondern jammerte nur noch fiepend in sich hinein. Und erzeugte Mitleid. Wir waren ja keine Maschinen.

«Ich kann das nicht», sagte Doris und ließ das Messer sinken.

«Lass gut sein», sagte ich, und jemand anders raunte: «Der hat genug abgekriegt, lass ihn abhauen.»

«So meine ich das nicht.» Doris hob das Messer. «Ich kann das nicht, solange ihr dabei seid. Geht raus.»

Wir verstanden nicht gleich und blieben stehen.

«Geht raus», sagte Doris. «Lasst mich mit ihm allein. Ich kann das nur, wenn ihr nicht dabei seid.»

Wie betäubt trotteten wir hinaus ins Treppenhaus.

In den Tagen darauf änderte sich einiges im Haus.

Konrad erklärte sein Bild nach einer letzten, ebenfalls rein schwarzen Übermalung für fertig, gab ihm einen Titel («Loslassen») und signierte es, selbstverständlich auch in Schwarz, nur bei schrägem Gegenlicht konnte man seinen Namen auf der Kruste erkennen. Er hatte endgültig darauf verzichtet, Tanyas Menstruationsblut mit einzuarbeiten, und uns allen eingebläut, sie dürfe von dem Plan, es ihr zu rauben, nichts erfahren. Die Punks auf dem Hof hörten ganz plötzlich auf, dumme

Witze zu reißen, und Konrad machte kein Aufhebens mehr um den Morgen, an dem er angeblich in den Arsch gefickt worden war. Sein Bild hängte er ins *Usher*, an die große Wand gegenüber der Bar, nachdem es zwei oder drei Wochen ausgedünstet hatte. Zwei Jahre später, als die Schrottkunst aus Ostberlin langsam in Mode kam, kaufte es ein Sammler aus Hamburg, und heute soll es im Obergeschoss des Pudel-Clubs herumstehen. Heißt es. Wir konnten das nie nachprüfen, weil wir seit einem gemeinsamen Ausflug nach Sankt Pauli Mitte der neunziger Jahre dort alle Hausverbot hatten.

Konstantin schlief kaum noch auf dem Sofa in der Küche. Dafür wurde er immer häufiger gesehen, wie er morgens aus Tanyas Zimmer taumelte, und alle im Haus freuten sich darüber, weil sich da zwei gefunden hatten, die aufeinander gewartet zu haben schienen: Tanya entdeckte die Monogamie, was ihr ebenso gut tat wie Konstantin die Nächte in einem ordentlichen Bett, und beide wurden im Gesicht etwas runder.

Wenzel stieg auf Kräuterlimonade um, die es seit einigen Wochen auch in der Kaufhalle an der Ackerstraße gab, die von den Ostlern aber nicht gekauft wurde, sondern nur von süddeutschen Geschäftsleuten, die inzwischen in die Gegend zogen. Nur noch ganz selten peppte er die Limo mit den geistigen Getränken aus seinem Bücherschrank auf.

Die größte Neuigkeit aber war, dass Nele schwanger war. Johnny musste laut vernehmlich schlucken, als sie die Neuigkeit am Mittagstisch verkündete, und verschwand gleich darauf für vierundzwanzig Stunden in seinem Zimmer. Nachdem Nele Wenzel als Vater benannt hatte, fragte Kerstin noch kurz, ob sie sich sicher sei und überhaupt, ob sie wisse, was sie damit anrichte, ein Kind in diese Welt zu setzen, und als Nele laut und deutlich *ja* sagte, schwieg sie und war von nun an offiziell genauso glücklich wie die anderen.

An einem Vormittag im Herbst kamen Kerstin und Nele mit lauter ausgeblichenen Babysachen ins Haus, Strampelanzüge in allen Farben, Stoffwindeln, kleine gehäkelte Jäckchen und winzige Ganzkörperanzüge, die man unten auf- und zuknöpfen konnte. Sie hatten alles vom Flohmarkt am Reichpietschufer mitgebracht und legten den ganzen Stoß auf den großen Küchentisch. Wir sahen uns an, was sie mitgebracht hatten, und strichen lange gedankenverloren mit den Händen auf der weichen Wäsche herum.

FÜNF

Der Sommer verging, und im September verbrachte ich zwei ganze Wochen im Bett, weil Rachel, die ja offiziell nicht mal meine Freundin war, mir sehr gekonnt einen Schlag versetzt hatte, von dem ich mich lange nicht erholte. Konstantin, der mit siebzehn mehr Frauen gehabt hatte als ich, war der Erste, der mich warnte. Er begriff, dass sie sich veränderte, lange bevor mir etwas aufgefallen wäre. Ich war ja zufrieden mit dem, was wir hatten.

Tagsüber berührten wir uns heimlich mit den Fingerspitzen, beim Vorbeigehen in der Küche, oder wir griffen uns in die Hüften, im Treppenhaus, und wir küssten uns, wenn keiner hinsah, schnell auf den Hals. Nachts, wenn wir glaubten, dass alle schliefen, ging ich hoch zu ihr. Manchmal waren wir vorher zusammen im *Usher* und machten uns stille Zeichen mit den Augen, dann ging sie zuerst, und später, mit Abstand, ich.

Trotzdem wussten es alle im Haus, und Nele wusste es am allerbesten, weil sie uns jeden Morgen, bevor wir aufstanden, besuchte. Die Bullen begannen, sporadisch Häuser zu räumen, täglich mussten Demos organisiert werden. Nele setzte sich auf Rachels Bettkante und ging mit ihr die Einkaufslisten durch, Plakatfarben für die Transparente, sodass genug für die Farbbeutel übrig blieb, geladene Autobatterien für die Lautsprecheranlage, Zettel mit den Telefonnummern der Anwälte, Wasserzerstäuber, um das Reizgas aus den Augen zu waschen, Müsliriegel und Vanillemilch als eiserne Ration für die Eingekesselten, in Turnbeutel gewickelt und fest verknotet, damit wir sie über die Polizeiketten werfen konnten. Feige, wie die Bullen waren, räumten sie zuerst die kleineren und weniger wichtigen Häuser, weitab vom Schuss, in Lichtenberg und Köpenick, weil sie glaubten, dass wir die nicht richtig verteidigen würden. Gleichzeitig hatte der Senat von Berlin uns und den anderen großen Häusern Mietverträge angeboten, zu sehr komfortablen Bedingungen. Wir würden faktisch unkündbar, hieß es, und die Mieten sollten kaum steigen. Uns konnten sie allerdings nichts vormachen. Wir durchschauten ihre Strategie, die darauf abzielte, die besetzten Häuser ruhigzustellen. Wir sollten zahm werden, Miete zahlen, Türrahmen streichen und die Erneuerung der Welt auf später verschieben. Deshalb demonstrierten wir gegen die Verträge, so laut und so wütend wir konnten.

Während die Frauen also jeden Vormittag darüber spekulierten, ob die Bullen heute wieder provozieren würden oder ob es auf eine harmlose *Latschdemo* hinauslief, lag ich unter Rachels Decke und versuchte, so leise wie möglich weiterzudösen. Rachel war gegen *Latschdemos*. Sie war dafür, den Staat einen möglichst hohen Preis für jedes plattgemachte Haus zahlen zu lassen. Die meisten von uns dachten so, ich inzwischen auch. Nele dagegen, die die Demos anmeldete und mit ihrem Namen auf der Bullenwache unterschrieb, beteiligte sich nie am Entglasen von Geschäften, sie kritisierte aber auch niemanden, der es tat. Sie war der Meinung, dass jeder und jede von uns die Form des Widerstandes finden müsse, mit der er oder sie leben könne. Seit ein Kind in ihrem Bauch wuchs, hielt sie Abstand zur Randale und beschimpfte die Bullen aus der Ferne. Wenn sie morgens zu Rachel ans Bett kam, nickte sie aufmunternd und sagte: «Ihr macht das ganz richtig so. Wir haben schon genug Spießerpärchen im Haus. Zwei autonome Menschen, die sich lieben und geben, was sie brauchen, die aber nicht aneinanderklammern. Wer loslässt, hat die Hände frei zum Kämpfen!»

Nele und Rachel waren beste Freundinnen, und sie teilten alles miteinander. Das jedenfalls glaubten die anderen im Haus, ganz besonders Kerstin, meine Feindin, die nur auf eine Gelegenheit wartete, mich vor den anderen bloßzustellen, der nun aber die Hände gebunden waren. An manchen Tagen sah sie uns, wie wir gegen Mittag zu dritt aus Rachels Zimmer kamen, wir redeten laut über den perfekt geplanten Tag und verabschiedeten uns mit Küssen auf die Wangen und auf den gespitzten Mund. Wir saßen bei jeder Gelegenheit zusammen, und die beiden Frauen lagen sich in den Armen, so oft sie konnten. Nicht nur Kerstin, alle vermuteten etwas, aber niemand konnte uns etwas nachweisen. Und da ich so offensichtlich unter dem Schutz der beiden Frauen stand, traute sich keiner mehr an mich ran. Wenzel war eingeweiht, er wusste, dass nichts lief mit Nele. Unser Arrangement war so perfekt, ich begriff über Wochen nicht, dass Rachel längst ausgestiegen war.

An einem der Abende im *Usher* zog Konstantin mich beiseite und sagte: «Brandt. Du musst höllisch aufpassen.» Dabei kicherte er und drückte mich in die Ecke neben dem Tresen, damit die anderen uns nicht hörten. «Deine Frauen. Die Sache entgleitet dir.»

Konstantin war in der Regel bestens informiert. Er saß jede Nacht bis morgens auf dem alten braunen Sofa in der Küche, und manchmal, aus alter Gewohnheit, schlief er noch dort, obwohl er ja seit dem Abend bei den Indianern seinen Platz bei Tanya im Bett hatte. Er hörte, was die Hausbesetzer redeten, und hatte einen guten Überblick, wer nachts noch wann zu wem ging.

«Es ist nicht ganz so, wie du denkst», sagte ich. «Ich hab das mit Rachel genau besprochen. Wir machen tagsüber nicht auf Paar. Da geht es auch darum, dass wir uns weiter als Teil unseres Zusammenhangs begreifen. Und uns als Zweierkiste nicht von den anderen abspalten.»

«Blödsinn, Brandt. Tagsüber tust du so, als wäre nichts. Nachts gehst du hoch und vögelst sie. Manchmal bist du betrunken, weil du zu lang im *Usher* warst. Und weil es da mit keiner von den Musikerinnen geklappt hat.»

Ich wurde ärgerlich, weil ich mir sicher war, dass ich voll und ganz nach den Regeln spielte. Ich hatte nämlich, als ich merkte, dass Rachels und mein Verhältnis enger wurde, was mir in Wahrheit sehr gefiel, das alles zwischen uns zur Disposition gestellt. Ich hätte sofort wieder damit aufgehört, wenn sie es gewollt hätte. Obwohl es alles war, was ich wollte. Ich hatte mich auf ihre Bettkante gesetzt, wie Nele, wenn sie Demos plante, und ihr die Lage aus meiner Sicht erklärt. Wir hatten zwar schon miteinander gevögelt, aber das war im Überschwang des Sommers gewesen, nach der Schlacht im Tacheles, ich hatte mich gefühlt wie ein Kriegsheld und sie sich wie eine Prinzessin, die aus den Klauen eines Ungeheuers gerettet worden war, im Übrigen hatten die Leute aus dem Querhaus Pillen verteilt, was danach geschehen war, galt quasi nicht. Rachel hatte vier Europaletten nebeneinandergelegt und die Matratze darauf, auf den hervorlugenden hellbraunen, rauen Brettern standen Kerzen. Dort saß ich also eines Nachts, hörte auf, mit ihr zu knutschen, drückte meinen Rücken durch und betete einen Teil der langen Argumentationskette der feministischen Theorie herunter, die, in sich schlüssig, unanfechtbar nachwies, dass der Mann, solange die Verhältnisse waren, wie sie waren, der Unterdrücker war, strukturell natürlich nur. Dies galt auch dann, wenn die Machtverhältnisse zufällig einmal anders waren, wie etwa bei uns im Haus, wo die Männer gern lange redeten, am Ende aber die Frauen entschieden, was gemacht wurde. Ich ging die Sache also *systemisch* an und erklärte Rachel, die durch unsere Fummelei ziemlich in Fahrt gekommen war und die wohl auch ohne meinen Vortrag bald zur Sache gekommen wäre, dass ein Sexualakt auch dann *eine Zementierung des patriarchalen Machtgefüges* sei, wenn er beidseitig freiwillig *erscheine*, weil ja die Verhältnisse insgesamt, in der Gesellschaft, noch auf Unterdrückung der Frau ausgelegt seien. Dies gelte insbesondere für die Penis-Vagina-Situation, die im Zweifel deshalb zu vermeiden, zumindest aber zu überdenken sei. «Penetration», sagte ich, um die Sache beim Namen zu nennen. «Bist du dir sicher, dass du das willst?» Und während ich dasaß und stundenlang noch weiter hätte dozieren können, nicht einmal die Hälfte der Argumente angeführt hatte, die es gab, unterbrach sie mich und sagte: «Wenn ich mit einem Mann schlafe, dann will ich ihn in mir spüren.»

Ich war also wirklich auf der sicheren Seite. «Wenn jemand damit ein Problem hat», sagte ich zu Konstantin, «dass wir euch keine Pärchenromantik vorspielen und trotzdem miteinander ins Bett gehen, dann soll er oder sie uns auch direkt damit konfrontieren. Und muss nicht frühmorgens in der Küche über uns lästern. Wir können es auch *gern* auf dem Plenum besprechen.» Ich wurde regelrecht laut und hätte am liebsten dort, wo ich war, an der Theke im *Usher*, begonnen, die lächerlichen Kleinbürger unter uns zu entlarven, die nichts Besseres zu tun hatten, als ihre ängstlichen Vorstellungen von der korrekten Liebe zu zweit zur Regel zu erheben. «Die bürgerliche Familie muss zerstört werden», rief ich, «wahre Liebe findet zwischen Menschen statt, und sie muss sich nicht verstecken», aber es drehten sich nur ein paar von den Trinkern am Tresen zu mir um, und Johnny, der dienstags mit Konstantin die Theke schmiss, sagte: «Is ja gut, Brandt. So toll sind deine Fickgeschichten auch wieder nicht.» Vor meinem inneren Auge sah ich, wie

Rachel und ich auf dem Plenum, vielleicht sogar auf dem großen Gesamtplenum der Berliner Häuser, Zeugnis ablegten für eine neue, solidarische Liebe zwischen Männern und Frauen, die nicht mehr unterdrückt und spaltet, sondern Beispiel gibt für eine zärtliche Gesellschaft, Rachel und ich, und Nele würde uns in einer ihrer wohlformulierten Reden über den grünen Klee loben, die Schwulen und die Lesben würden laut applaudieren, und Kerstin würde sich auf die Unterlippe beißen vor Wut.

«Darum geht's doch gar nicht», sagte Konstantin. «Sie trifft sich heimlich mit Jakob, dem Körpertrainer.»

Konstantin hatte die beiden vom braunen Sofa aus belauscht. Sie trafen sich meist gegen fünf Uhr früh, wenn außer ihm, von dem sie glaubten, dass er schlief, niemand in der Küche war. Jakob saß grundsätzlich mit Kräutertee da, Rachel mit Rotwein, den sie aus der oberen Küche abgezweigt haben musste, wo sich Kerstin mit den Ihren langsam von uns abkapselte und im Bauernbuffet, versteckt hinter Reis und Haferflocken, hochwertiges hedonistisches Gut hortete. Alle wussten es, aber keiner redete darüber, weil jeder glaubte, er sei der Einzige, der dort heimlich Luxusgüter stahl, Markenschokolade, tütenweise italienischen Espressokaffee, ohne Zweifel äußerst unfair hergestellt und aus Diktaturen importiert, weiches Klopapier und Thunfisch in Dosen. Und Rachel, wie Konstantin mir raunend versicherte, beklagte sich fast jeden Morgen bei Jakob, dem Körpertrainer, darüber, dass ich so oft spät und angetrunken zu ihr ins Bett stieg. Ich hätte jede Spur von

Einfühlsamkeit und Zärtlichkeit verloren, und Anstand und Benimm fehlten mir schon seit jeher.

Ich konnte kaum glauben, welches Bild von mir sie da vor anderen zeichnete. Ein Grobian, der harten Sex im Morgengrauen einforderte, es sei vorgekommen, dass ich sie genommen hätte, als sie noch schlief, um dann, nach dem Vollzug, in Sekunden wegzusacken und komatös zu schlafen.

«Habt ihr denn nie darüber gesprochen?», fragte Konstantin

«Das schon. Aber sie hat sich nie beklagt.»

Das war nicht die ganze Wahrheit, denn bei sehr genauer Überlegung musste ich mir eingestehen, dass Rachel seit einiger Zeit herumnölte, wenn ich zu ihr ins Bett kam, fragte, warum es wieder so lange gedauert hatte und wer denn da noch im *Usher* gewesen war, allerdings auch niemals wirklich was dagegen hatte, dass wir danach miteinander vögelten. Und einmal, als sie, wie sie nun behauptete, bereits geschlafen hatte, war ich mir sicher, dass sie wach war und den Schlaf nur vortäuschte und dass ihr sehr gefiel, was ich tat. Sie musste ihre Meinung geändert haben, über Nacht oder schneller. Denn wie ich jetzt erfuhr, stieg sie neuerdings frühmorgens aus dem Bett, in dem ich, matt von Bier und spätem Sex, nichts ahnend schlief, und suchte sich Gesprächspartner, die ihr zuhörten.

«Jakob, der Körpertrainer, kuckt immer ganz verständnisvoll. Dann bietet er ihr seine Massagen an. Er stellt sich hinter sie und drückt ihr am Rücken und am Nacken rum. Sie macht die Augen zu und stöhnt sogar, wenn er irgendwelche Knoten an ihrer Wirbelsäule auflöst. Etwa so.»

Konstantin imitierte ihr Stöhnen so laut, dass die Gäste im *Usher* sich umsahen.

«Das würde ich erst mal ganz anders interpretieren», sagte ich. Ich wollte souverän bleiben, weil ich wusste, dass ich Konstantin ein Vorbild war. «Soll er sie halt massieren, wenn sie so verspannt ist. Und was da nachts zwischen uns abgeht, da hat sie nichts dagegen, glaub mir das.»

«Das weiß ich doch, Brandt. Du verstehst mal wieder gar nichts. Sie erzählt natürlich Jakob Details aus eurem Sexlife, um ihn *aufzugeilen*. Und Nele macht mit.»

«Nele sitzt auch morgens in der Küche?»

«Ja, meist kommt sie dazu, wenn die beiden schon beim Massage-Part sind, und hält Reden über freie Liebe. Und sagt, dass sie dich auch für einen Klotz im Bett hält.»

Ich muss bleich geworden sein, und plötzlich waren meine Bauchschmerzen wieder da.

«Was weiß Nele denn schon», sagte ich und orderte zwei Wodka, die bei uns immer in kleinen Wassergläsern ausgeschenkt wurden. Das taten wir, um den Ostbesetzern, die manchmal bei uns soffen, zu zeigen, dass wir wussten, dass es auf dem Gebiet der DDR keine kleinen Schnäpse gab und geben durfte und dass Wodka in Einheiten zu hundert Gramm gemessen wurde.

«Du bist so naiv, Brandt. Die beiden machen den Masseur für sich klar, weil sie von dir genug haben.» Konstantin kicherte wieder und nippte an seinem Schnaps.

«Es ist ganz anders, als du denkst», sagte ich und erklärte ihm so präzise wie möglich, dass wir eben kein polyamouröses Verhältnis hatten, wenngleich wir nichts dagegen taten, dass viele im Haus es glaubten. Ich erzählte ihm von Neles Besuchen auf Rachels Europalettenbett, von den täglichen Demovorbereitungen und davon, wie sehr sie unsere *offene Beziehung* lobte und als nachzuahmen anpries, *wie bei Sartre und Simone de Beauvoir*, und dass es bei meiner einseitigen Fixierung auf eine Person geblieben war und dass ich auch mit gar keiner anderen als mit Rachel ins Bett gehen wollte. Irgendwann nickte er, vielleicht um sich zu erlösen und das Thema abzuschließen, und sagte: «Wenn du wirklich nicht mit Nele gevögelt hast, dann solltest du es tun.»

«Wozu das denn?»

«Du verstehst wirklich nicht das Geringste von Frauen. Was ihre Freundin hat, das will sie auch.»

«Konstantin. Nele ist schwanger.»

«Na und? Schwangere brauchen Sex.»

«Ja, aber doch nicht von mir. Sondern von Wenzel.»

«Als ob das so wichtig wäre.»

«Die Frauen meiner Freunde knalle ich nicht. Prinzipiell nicht. Und das solltest du auch so halten.»

«Sartre hätte da aber nichts dagegen gehabt. Meinst du nicht?» Konstantin lachte. Er hatte natürlich nicht die geringste Ahnung von französischer Philosophie, bei uns aber so viel aufgeschnappt, dass er immer mal so tat, als könnte er mitreden. «Außerdem wäre das ja plumpe Männerkumpanei. Wenn die Typen unter sich entscheiden, wer welche Frau knallen darf. Das geht doch nicht.»

«Doch, das geht», sagte ich, leerte den Wodka in

einem Zug und ging zum ersten Mal seit langer Zeit nicht vom *Usher* direkt zu Rachel. Ich blieb alleine an der Theke stehen, bis Johnny den Laden zuschloss und die restlichen Gäste in den *Eimer* auf der Rosenthaler wankten, ein ausgedientes Bordell aus den Zwanzigerjahren, in dem sich ab vier Uhr morgens die Hausbesetzer aus der Gegend trafen, für die es zu spät für die Kneipen und zu früh für die Technodiscos war. Ich warf mich in mein eigenes Bett und ließ Konstantin-artig die Stiefel an den Füßen, um Rachel so bald wie möglich mit dem zu konfrontieren, was ich wusste. Ich wälzte mich den Rest der Nacht in den Decken herum und schlief so gut wie gar nicht. Mit den Besuchen bei Rachel hatte ich ein perfektes Mittel gegen meine Schlaflosigkeit gefunden, das jetzt fehlte. Schmerz pochte in meinen Schläfen, und ich verstand, dass etwas zu Ende gegangen war, für lange Zeit.

Jakob, der Körpertrainer, massierte nach den Mondphasen und las den Leuten den Lebensweg aus den Handflächen ab. Wie viele von uns hieß er in Wirklichkeit anders, hatte sich aber umbenannt, um Abstand zu seinem Elternhaus zu schaffen, einem Pfarrhaus im Marschland bei Bremen. Dass sein wahrer Name Volker war, erfuhren wir erst, als eine Abordnung der Punks vom Hof den Briefträger abfing, die Postkarte seiner Mutter laut vorlas und höhnisch seinen Namen rief und sich beölte vor Lachen, weil die Mutter ihn vor kaltem Zug im Berliner Winter warnte und damit endete, sie und der Vater schlössen ihn in ihre Gebete ein. Ich hatte Jakob nie sonderlich ernst genommen, meist ignorierte ich ihn oder ging aus dem Raum, wenn er die Punkte aufzählte, die seiner Ansicht nach für die Theorie eines lebendigen Feldes sprachen, das uns mit allen anderen Wesen verband, und darüber dozierte, welcher Auftrag des Universums hieraus abzuleiten war. Die meisten Frauen im Haus erkannten seine wöchentlich wiederholten Angebote, sie gratis zu massieren, als das, was sie waren, plumpe Versuche, sie flachzulegen. Einer winzig kleinen Minderheit der Frauen gefiel sein Unsinn allerdings, sie hörten zu, wenn er erklärte, dass schon eine Zwiebel ein starkes Medikament sei und ein guter Masseur an der Körperhaltung des Patienten erkenne, welches sein Krafttier sei. Sie schienen ihm wirklich zu glauben.

Zu dieser Minderheit gehörte Rachel, die wie gesagt offiziell ja nicht mal meine Freundin war, die ich aber, wie ich nun feststellte, mit einer Exklusivität begehrte, die mir noch Tage zuvor als kleinkariert und bürgerlich vorgekommen wäre. Ich wollte sie partout nicht teilen.

Als ich am späten Vormittag verkatert und traurig erwachte, nahm ich mir vor, mich besser um sie zu kümmern, sie nicht immer nur nachts zu besuchen, sondern dies ab jetzt auch tagsüber zu tun. Ich wartete pro forma bis zur Mittagszeit, dann lief ich, wie ich war, zu ihr und blieb wie erstarrt in ihrem Türrahmen stehen. Rachel lag ohne T-Shirt bäuchlings auf ihrem Europalettenbett, die Augen fest geschlossen. Jakob hatte sich rittlings auf ihren Arsch gesetzt, der, wie ich mit Erschrecken feststellte, nackt war. Sie hatte sich für die Massage komplett ausgezogen. Auch er saß ohne Hemd auf ihr, trug zumindest aber seine Hose noch. Er malte langsam

Schlangenlinien, vielleicht auch chinesische Schriftzeichen auf ihren Rücken, der mit einem stark riechenden Öl eingerieben war. Sein Oberkörper glänzte im grauen Licht.

Anstatt ihn von ihr herunterzureißen oder wenigstens etwas zu sagen, blieb ich stehen und schwieg. Jakob drehte sich um und legte den Finger auf die Lippen.

Ich rannte raus und knallte die Tür zu. Im Gemeinschaftsraum öffnete ich eine Flasche Bier an der harten Kante des Küchentischs. Konstantin setzte sich neben mich und sagte: «Du solltest wirklich aufpassen, Brandt. Wenn er sie nicht schon geknallt hat, wird er es bald tun.»

Ich holte Luft, um Konstantin zu erklären, dass Frauen kein Besitz seien, sondern Partnerinnen, die Verantwortung für ihre Beziehungen und ihre Taten trügen, aber ich bekam kein einziges Wort heraus. Ich wusste, dass er recht hatte.

Als zehn Minuten später Rachel und Jakob im Raum standen und Jakob triumphierend in die Runde schaute, begann Rachel mit hochrotem Kopf, mich zu beschimpfen, wes Geistes Kind ich sei, ich hätte mit dem Türenknall den Fluss der Massage zerstört. Ich solle mich nicht so aufregen, da ich selbst ja viel zu faul sei, sie zu massieren, und zu ungeschickt. «Wenn *du* mich überhaupt mal anfasst, dann nur aus einem Grund.»

«Mir persönlich ist es so was von egal, was ihr da treibt», sagte ich. «Nur müssen es ja nicht alle im Haus mitbekommen. Vielleicht könnt ihr euch einfach woanders befummeln.»

«Ja, das werden wir auch», sagte Rachel, und Jakob sagte: «Mach dich mal locker, Brandt. Du bist ja total verspannt, merkst du das nicht? Das war noch gar keine erotische Massage.»

Bei anderer Gelegenheit wolle er mir die Unterschiede erklären, heute aber nicht.

«Meinetwegen», sagte ich und sog wütend am Bier. «Von mir aus könnt ihr ficken. Ist ja ein freies Land.»

«Worauf du dich verlassen kannst», sagte Rachel, drehte sich um und rauschte ab, Jakob im Schlepptau.

Ich wusste sofort, dass sie es ernst meinte. Deshalb ging ich, nachdem ich eine knappe Stunde schweigend in die Leere geglotzt hatte, hoch in mein Zimmer und beschloss, es nicht mehr zu verlassen, bis Rachel zu mir kommen und alles zurücknehmen würde.

Aber sie kam nicht.

Sechs Tage und fünf Nächte lag ich da, eine grauenhafte Zeit, in der ich niemals schlief und nur die Decke anstarrte und auf meinen rasenden Puls hörte. Ich aß nicht mehr und ignorierte die vielen Versammlungen im Haus; selbst als Tommi Rosso mit seiner Trillerpfeife mitten in der Nacht im Hof stand und alle aufweckte und «Die fangen wieder an, Häuser zu räumen im Friedrichshain, wir müssen nach Westberlin und den Ku'damm entglasen» rief, da tat ich so, als hörte ich ihn nicht.

Am vierten Tag trank ich kein Bier und keinen Kaffee mehr. Ich rauchte nur noch Zigaretten und trank schwarzen Tee mit Milch und viel Zucker, und sehr langsam wurde mir besser.

Die einzigen Menschen, die ich empfing, waren Konstantin, der mir Tabak und Getränke brachte, und Nele, weil ich insgeheim hoffte, sie wäre auf meiner Seite, aber sie schüttelte nur den Kopf, strich mir die verschwitzten Haarsträhnen aus der Stirn und sagte: «Da kannst du jetzt nichts machen, Brandt. Du musst sie loslassen. Dann kommt sie ganz allein zu dir zurück.»

«Nele», sagte ich, «schlaf mit mir.»

«Ich glaube nicht, dass das eine gute Idee ist.»

«Bitte! Nur ein Mal!»

Nele lächelte und steckte mir ihre halb aufgerauchte Zigarette in den Mund. Dann ging sie. Ich konnte sie verstehen. Ich war nach den Tagen der Selbstkasteiung krank geworden und sah grauenhaft aus. Meine Augen hatten schwarze Ränder, und die Wangen waren aufgedunsen, die Augenlider rot und geschwollen. Ich zitterte. Nachts, wenn die meisten schliefen, verließ ich das Zimmer und ging ins große Bad, starrte dort aber nur stumm auf die Waschmaschine, deren Trommel sich Tag und Nacht drehte, um die Kleidung von siebzig Hausbesetzern zu waschen, und ich hörte dem schlürfenden Geräusch der Pumpdusche zu, die niemals abgestellt werden durfte, weil sie dann nicht mehr anging.

Am Morgen des sechsten Tages standen Nele, Konstantin und Frank Wohlgemut, den alle nur Küste nannten, in meinem Zimmer. «Du stehst jetzt auf», sagte Nele. «Du fährst mit den Jungs an die Müritz, Aale fangen, so wie letztes Jahr. Keine Widerrede.»

Im Hof warteten West-Markus und Tommi Auge in Küstes altem VW-Bus, den er sich von West-Markus aus Wolfsburg hatte mitbringen lassen. Nele packte aus dem kleineren Wäschehaufen auf dem Boden, den sie für den mit der gewaschenen Kleidung hielt, ein paar T-Shirts, Unterhosen und Sweatshirts zusammen, und Konstantin drückte mir seine Armeeumhängetasche mit drei Flaschen Ostbier und einer doppelten Schinkenstulle in die Hand. «Habe ich selbst geschmiert», sagte er, und ich verstand zum ersten Mal, dass er mich aufrichtig liebte.

Erst als ich im Bus saß, wurde mir klar, dass Rachel auf genau diesen Moment gewartet hatte. Sie wollte, dass ich wieder bei Kräften war, wenn sie mich mit Jakob, dem Körpertrainer, betrog. Ähnlich wie ein zum Tode Verurteilter, der erst gesund gepflegt werden muss, bevor man ihn hinrichtet, sollte ich bei vollem Bewusstsein sein, wenn ich meine Strafe empfing. West-Markus, der früher zu den Technikern in der Vier gehört hatte, versuchte, mich mit Witzen aus dem Volkswagenwerk in Wolfsburg abzulenken. Er hatte es nach der Räumung der Mainzer Straße für klug befunden, für ein paar Monate die Stadt zu verlassen. Denn die Bullen suchten nach den Konstrukteuren des riesenhaften *Supermollis*, einer mit fünfzig Litern Benzin gefüllten bauchigen Flasche zur Weingärung, die sie nach der Schlacht in einem der Keller gefunden hatten. Der Brandsatz hätte leicht Menschen töten können, wäre er geworfen worden, und jetzt fahndeten die Bullen nach Hausbesetzern mit polytechnischem Geschick. West-Markus ließ sich die Rastalocken vom Kopf nehmen, drehte das Metall aus den Ohren und besorgte sich an seiner Universität in Westberlin auf die Schnelle ein Praktikum bei Volkswagen in Wolfsburg, wobei ihm einer seiner Professoren half, ein Achtundsechziger, der sofort verstand, was gemeint war, wenn West-Markus von einem *sicheren Haus* sprach, und einen seiner Freunde bei den Gewerkschaften anrief, der auch keine überflüssigen Fragen stellte. Die halbe Republik hatte vor dem Fernseher gesessen, als in Ostberlin drei Tage lang die Barrikaden brannten und Polizeipanzer Baugerüste einstürzen ließen, aus denen Hausbesetzer purzelten wie reife Früchte aus den Bäumen. Die alten Kämpen wussten, dass es Zeiten gab, in denen man besser verschwand. In Wolfsburg war West-Markus außer Gefahr, er konnte sein Wissen über Explosionsmotoren verbessern und gutes Geld verdienen, denn VW zahlte fürstliche Gehälter, schon für Praktikanten. Anstatt sich aber diskret fortzubilden, veränderte sich West-Markus in Wolfsburg total. Ihm gefiel die sozialdemokratische Komplettversorgung im Werk und im ganzen Raum Wolfsburg so sehr, dass er sie zu seiner neuen Religion erhob. Während seiner Besuche im Haus schwärmte er vom VW-Spirit, an dem eine ganze Welt gesunden sollte, erzählte von Motoren, die mit Wasser fuhren, von billigen Autos für Inder und Chinesen und von langen Grillnachmittagen in den Gärten der befreiten Arbeiter, denen ihr Werk bald ganz gehören sollte. *Sozialismus in einem Betrieb, das ist Volkswagen.* Und er begann zu fotografieren, hatte aber nur ein Motiv: Die vier Schornsteine des Wolfsburger Werkes, in allen denkbaren Perspektiven, Lichtverhältnissen und Schattenstufen. Seine Besessenheit ging so weit, dass er in Konflikt mit dem Wachschutz geriet, weil er sich nachts an das Bassin vor den Schornsteinen heranschlich und über Zäune kletterte, um *seinem* Werk möglichst nahe zu sein, und zwar allein. West-Markus hatte sich verliebt, und mehr als das, er hatte einen Sinn in seinem Leben gefunden, der alles überstieg, was wir ihm geben konnten, weshalb er nie wieder ins Haus einzog. Er blieb uns aber freundschaftlich verbunden und versorgte die Hausbesetzerszene mit gebrauchten VWs, die er den Arbeitern in Wolfsburg für kleines Geld abschwatzte.

Küste, der uns im Sommer 90 geholfen hatte, das Haus zu finden, selbst aber nie bei uns gewohnt hatte, steuerte den Bus. Tommi Auge saß hinten neben mir und erzählte von seinem Plan, eine Diplomarbeit in Soziologie über das Verhältnis der Geschlechter in besetzten Häusern zu schreiben. Er machte sich seit geraumer Zeit Notizen und horchte die Leute unauffällig nach ihren Sexgeschichten aus. Ich hatte plötzlich den Verdacht, dass er nur meinetwegen mitgefahren war, wegen meiner Erfahrungen mit Rachel, erstklassiges Material für seine Forschungen. Wir fuhren auf die Autobahn, und kurz hinter dem Dreieck Wittstock/Dosse brach meine Abwehr zusammen, kein Wunder nach fünf Nächten ohne Schlaf, und ich erzählte ihm und den anderen sturzbachartig meine Geschichte. Es gefiel mir, dass Tommi Auge mich nicht unterbrach, meine Version auch nie in Zweifel zog und nur aufmunternde, unaufdringliche Fragen stellte. Sicher würde er ein brillanter Soziologe werden. Ich erzählte jede Einzelheit, von der Knutscherei kurz vor der Schlacht ums Tacheles, von den späten Erschöpfungsficks nach den Gelagen im

Usher und, als Abschluss jeder Runde des Gedankenkarussells, von Jakobs Halbnacktmassage auf ihrem Arsch, und West-Markus sagte: «Du meinst, er hat ihn ihr da schon einmassiert?»

«Glaub ich nicht», sagte ich. «Ich glaube, dass sie wartet, bis ich weg bin. Außerdem war ich ja krank.»

«Das macht ihn sicher wahnsinnig, so lang zu warten. Bestimmt bedrängt er sie jetzt ohne Pause mit seiner schleimigen Art. Sehr wahrscheinlich, dass er es vermasselt und ihn gar nicht mehr in sie reinsteckt.» Ich wusste, West-Markus sagte das nur, um mich wieder aufzumöbeln. Was aber nicht gelang, denn mein Gehirn hatte sich in den vergangenen Tagen den Sex zwischen Jakob und Rachel in jeder nur denkbaren Form ausgemalt; ich konnte die Bilder sekündlich abrufen, wenn das Gespräch nur entfernt in die Richtung lief. Rätselhafterweise kreisten meine Gedanken aber langsamer, je weiter wir von Berlin wegkamen.

«Du hättest mal lieber rausfahren sollen, anstatt in deinem Zimmer zu liegen und zu brüten bei Bier und Zigaretten», sagte Tommi Auge. «Wenn du krank warst, dann sicher nicht nur wegen dieser Frau. Sondern wegen dem ganzen Haus.»

«Ich hab am Ende kein Bier mehr getrunken. Sonst wär ich jetzt nicht hier.»

«Sag ich doch. Dein Kranksein hatte andere Gründe. Ich meine, was wäre denn so schlimm daran, wenn sie diesen Typen ein- oder zweimal vögelt. Wenn sie auf dich steht, kommt sie wieder. Wenn nicht, war es nicht so wichtig. Dann kannst du froh sein, dass sie weg ist.»

Die Jungs meinten es wirklich gut mit mir. Trotzdem waren plötzlich diese Bilder wieder da, und ich kaute schweigend an meinen Fingernägeln, bis West-Markus sagte: «So kommen wir nicht weiter. Ich schlage vor, dass mit dem Thema jetzt Schluss ist. Bis wir wieder in Berlin sind.»

Bevor es an die Müritz ging, fuhren wir zu Küstes Vater. «Kaffeetrinken», sagte Küste. «Pflichttermin.» In Rostock endete die Autobahn, wir überquerten einen Fluss und bogen links in ein Viertel voller Plattenbauten. An einem Hochhaus, an dessen Seite ein Mosaik aus drei riesigen Sonnenblumen prangte, parkte Küste den Wagen, stieg aus, lief zum Hauseingang, kam nach zwei Minuten zurück und hielt eine Stange West in der Hand. «Wir müssen ihm was mitbringen», sagte er, «fast egal was.»

Küstes Vater, Zweiraumwohnung, Platte fünfter Stock, nahm die Zigaretten kommentarlos entgegen und legte sie auf das Buffet. Er gab Küste erst die Hand, dann wollte er ihn umarmen, wogegen der sich ungelenk wehrte, und in den Minuten darauf verstand ich, warum Küste so selten sprach, denn sein Vater redete von nun an ohne Pause, überfiel uns mit seinen Geschichten und stellte lauter Fragen, die er alle selbst beantwortete. Keiner von uns kam zu Wort. *Früher*, und früher, das hieß immer vor 89, in einer nur zwei Jahre entfernten, aber unerreichbaren Vergangenheit, *früher* hatten sie zu dritt in der Wohnung gewohnt, eng war es, aber gut war es auch, besser eigentlich als heute, «es hat uns ja nichts gefehlt». Dann war die Frau plötzlich weg, «als das losging mit den Botschaften», inzwischen lebte sie im Westen, und Küste in Berlin. Am Ende waren alle weg, Freundeskreise hatten sich aufgelöst und drüben nie wieder gefunden, sich aus den Augen verloren. «Ein ganzes Land ist ausgelaufen.» Nur Küstes Vater war geblieben. Wegen Küste.

«Du warst ja noch bei der Armee. Die hätten dich fertiggemacht, wenn ich weg wäre. Aber guck mal: Viele kommen ja wieder. Die Ersten schon, kurz nachdem die Mauer weg war, standen sie wieder vor ihren Wohnungen, Türen auf und rinn. Als wäre nichts gewesen.»

«Die haben mich auch so fertiggemacht», sagte Küste. Dabei blickte er auf den Wohnzimmertisch, in den Keramikfliesen eingelegt waren, als stünde dort der Text, den er jetzt aufsagen musste. Die halbe Nacht schrubben, die angepappten Nudelreste aus den Alu-Töpfen, die Zwischenschweine, die die Hemden aus dem Spind reißen. Acht Stunden lang Rotkohl schnibbeln.

«Schon klar», sagte der Vater, «aber wenn ich rüber wäre, hätten sie dich ganz eingemacht.»

«Glaub ich nicht», sagte Küste. «Du hast dich nicht getraut. Deswegen bist du nicht rüber. Das ist alles.»

Wir sanken immer tiefer in die weichen Kissen der Sofagarnitur ein, die Schrankwand mit falschem Furnier, daneben Möbel aus alten Erbschaften, Anrichten aus dunklem Holz, geschnitzte Verzierungen und Löwenfüße, Bücher hinter blindem Glas, alles viel zu groß für die Wohnung, enge Wände, niedrige Decken, Plastikfensterrahmen und Vorhänge aus billiger Spitze. Als wir uns verabschiedeten, gab Küstes Vater uns ein Paket in die Hand, graues Wachspapier, mit einem Bindfaden zusammengehalten. «Hier sind die Aale, eingelegt. Die könnt ihr essen, wenn ihr draußen seid, an der Müritz. Und die, die ihr fangt, bringt ihr mir wieder mit, zum Einlegen. Anders sind die nicht genießbar.»

«Wir werden die Aale aber wieder freilassen», sagte Tommi Auge, und ich hätte ihn schlagen können dafür. Ich starrte ihn so durchdringend an, wie ich konnte, sein linkes Lid hing wie immer halb übers Auge, sein funktionierendes schaute uns umso größer an. Er meinte es ernst. Hilfesuchend sah ich nach West-Markus, der sich intensiv mit der Struktur des Teppichbodens zu beschäftigen schien.

«Kommt, Leute», sagte Tommi. «Das war Bedingung.»

Küstes Schultern gingen in die Höhe, und ich konnte sehen, wie peinlich wir ihm waren, vegetarische Wessis. Küstes Vater verstand auch gar nicht, was gemeint war, und grinste, er schien es für einen Witz zu halten. Dann standen wir schon in der Tür und hätten es dabei belassen können, aber Tommi Auge, der Idiot, sagte es noch einmal laut und deutlich: «Doch, die lassen wir wieder frei. Tiere töten machen wir nicht.»

Küstes Vater griff nach der Lesebrille, die ihm fast aus dem Gesicht gerutscht wäre. «Ihr fangt die Fische, dann lasst ihr sie wieder frei?»

«Quatsch, Vadder, alles gut», sagte Küste und schob uns raus ins Treppenhaus. Tommi Auge wollte wieder rein, um dem Vater genau zu erklären, was wir seiner Meinung nach vorhatten, aber jetzt schüttelte ich den Kopf und hielt ihn fest. Als wir wieder im Auto saßen, stritten wir. Tommi Auge wollte augenblicklich aussteigen und zurück nach Berlin: «Wenn ihr die Aale tötet, werde ich das nicht decken.»

Küste packte sich nur an den Kopf und sagte: «So viele Aale, wie er uns gegeben hat, müssen wir ihm wieder mitbringen. Ich kann ihm das sonst nicht erklären.»

Tommi Auge sah stumm aus dem Fenster, und West-Markus versuchte, ihn zu beruhigen: «Vielleicht beißen sie ja gar nicht», meinte er. Küste fuhr den Wagen auf die Autobahn und brachte uns dann auf Nebenstraßen an die Stelle, an der die Müritz eng wie ein Fluss ist, langes Gras und grüne Weiden, schwimmende Inseln aus Heu und Seerosen. Wir warteten, bis es dunkel war, erst dann bauten wir das Zelt auf. Wir zündeten kein Feuer an, damit die Nazis uns vom Campingplatz aus nicht sahen. «Die Stelle ist perfekt», sagte Küste. «Ganz leicht fließen muss das Wasser, nicht zu schnell. Stehen darf es nicht.»

Dann steckten wir die Köder an die Haken, alter Fisch, verdorbenes Fleisch, «darauf geht der Aal, das liebt er.» Wir warfen die Angeln weit aufs Wasser hinaus. Tommi, der beleidigt im nassen Gras saß, versuchte die Fische mit Steinwürfen zu warnen, bis Küste ihn böse anschnauzte.

Ich war der Erste, bei dem einer biss. Die Schnur wackelte, und ich versuchte, den Aal herauszuziehen, was der anfangs mitmachte, aber kaum war er an der Luft, ließ er den Haken einfach los. Ganz kurz sah ich das Mondlicht auf seinem glatten Körper. Dann landete er im Gras und kroch davon, wie eine Schlange, zurück ins Wasser, viel zu schnell für uns.

Küste fluchte auf Plattdeutsch und fragte: «Warum ziehst du den denn raus? Ist doch klar, dass er abgeht.»

Schwer zu sagen, was überwog, sein Mitleid mit uns Wessis, die nicht einmal wussten, wie man einen Aal fing, oder der Verdacht, ich könnte den Fisch mit Absicht von der Angel gelassen haben, um Tommi Auge seinen Willen zu lassen. Vorsichtshalber kontrollierte Küste den Haken, dann nahm er mir die Angel aus der Hand: «Lass mich das man machen. Sonst wird das nichts bis morgen früh.»

Tommi Auge dagegen war zufrieden. «Aale sind sehr intelligente Tiere», sagte er. «Sie können Mäuse fangen, im nassen Gras. Die verarscht ihr nicht so leicht.»

West-Markus war geschickter. Seit er im Wolfsburger Schifffahrtskanal mit seinen Kollegen auf kleine Barsche ging, war er gut in Form. Bei VW wurde neuerdings mit der 28,8-Stunden-Woche experimentiert, da blieb viel Zeit für Hobbys. West-Markus verbrachte die freien Stunden in der Regel in Sichtweite der Fabrik, die er nur ehrfürchtig ‹das Werk› nannte. Er war davon überzeugt, in einem Kunstwerk zu arbeiten. Kurz vor Mitternacht fing er seinen Aal, den er mit langsamen, fast schon zärtlichen Zügen aus dem Wasser holte und zu den beiden anderen legte, die Küste zuvor mit schlafwandlerischer Sicherheit geangelt hatte, in einen weißen Plastikeimer mit Deckel, der zur Hälfte mit Müritzwasser gefüllt war. Die Aale sollten leben, bis Küstes Vater sie umbrachte, weil das Töten eines Aals, wie das Einlegen, eine komplizierte Angelegenheit ist.

Küste packte das Paket seines Vaters aus und reichte

uns die daumengroßen kalten Stücke auf der Messerspitze. Tommi Auge ging demonstrativ ein paar Schritte weg, während wir anderen auf den Brocken herumkauten, die zäh waren und elastisch zugleich und schmeckten wie nichts, was ich kannte.

«Einmal im Jahr kann man so was wohl essen», sagte West-Markus, der den Aal offenkundig auch nicht gewohnt war. Küste dagegen kaute und schmatzte mit großem Appetit und aß Tommi Auges Portion mit. Er griff in seine braune Cordjacke, holte einen silbernen Flachmann hervor, trank, dann reichte er uns die Flasche und sagte: «Weinbrand. Muss sein, sonst ist er zu fettig.»

Ich hätte gern probiert, konnte aber nicht, weil mir vom Aal schon übel war und mein Magen nach der Tortur der letzten sechs Tage nichts mehr aushielt. Ich torkelte zum Fluss, wo Tommi Auge alleine saß und kleine Steinchen ins Wasser warf, die aber niemals sprangen. Mir war nach Kotzen, und weil es nicht sofort ging, hockte ich mich still neben ihn. Er nutzte die Situation nicht aus und machte sich nicht über mich lustig, weil ich ein Tier gegessen hatte und mir nun schlecht war.

«Danke, dass du mitgekommen bist», sagte ich.

«Schon okay. Ich musste ja auch mal raus.»

«Ich hoffe, du hast bald genügend Stoff für deine Diplomarbeit.»

Dann stand ich auf und reiherte ins Wasser. Der Aal hatte sich sehr gut erhalten, er war fast in demselben Zustand, in dem ich ihn heruntergeschluckt hatte, notdürftig zerteilt und eilig zerkaut. Der Rest war Flüssigkeit.

«Sei froh, dass du ihn los bist», sagte Tommi Auge. Ich setzte mich neben ihn und hüstelte. Langsam wurde mir wohler. Obwohl der Aal nur wenige Minuten in meinem Körperinneren verbracht hatte, fühlte ich mich wie von einer schweren Last befreit. «Sie können fünfzig Jahre alt werden, wusstest du das?» Tommi Auge sagte das mit der Ruhe eines Zen-Meisters, der die Fehler seiner Schüler nicht korrigiert, weil er weiß, dass sie an ihnen wachsen.

«Ich wundere mich wirklich, warum ein Vegetarier zum Angeln fährt», sagte ich. «Wir hatten letztes Jahr schon so viel Ärger mit Nick, der nicht wollte, dass wir überhaupt fahren.»

«Dieses Jahr hatte er nichts dagegen. Nur selbst wollte er nicht mit. Darum bin ich gefahren.»

«Damit du hier auf uns aufpasst?»

«Ja. Damit die Schlachterei nicht ausartet. Bis jetzt habt ihr ja nur so viel gefangen, wie wir Küstes Vater wiedergeben müssen.»

«Hast du das mit Nick abgesprochen?»

«Wir haben das auf dem Vegetarierplenum so beschlossen. Konstantin ist im ganzen Haus rumgerannt, um Leute zu suchen, die mit dir hier hochfahren. Sogar uns hat er gefragt. Das hat er noch nie getan. Da haben wir beschlossen, einen mitzuschicken, der aufpasst und nachher Bericht erstattet. Besser, als euch allein mit einem Ossi, der das Töten gewöhnt ist, in die Wildnis fahren zu lassen. Am Ende hättet ihr noch Kaninchen gejagt, im Blutrausch.»

«Konstantin hat die Fahrt organisiert?»

«Ja, Brandt. Er hat sich Sorgen gemacht und wollte,

dass du Rachel vergisst. Oder einfach mal was anderes siehst als die Tapeten in deinem Zimmer.»

Und weil ich schwieg vor lauter Rührung, sagte er: «Du bist einfach ein Vollidiot. Es gibt so viele Leute im Haus, die auf deiner Seite sind. Wir haben eine Abordnung zusammengestellt, die mit dir hier hoch fährt. Damit du wieder gesund wirst. Sogar die Vegetarier haben zugestimmt, nachdem Konstantin uns hoch und heilig versprochen hat, dass die Aale wieder reingeworfen werden. Aber der wusste natürlich auch, dass das mit Küste nicht zu machen ist. Konstantin hat gelogen, vor dem Vegetarierplenum, für dich, um dich zu retten.»

«Ach, Konstantin. Der ist doch der Einzige, der zu mir hält. Alle anderen sind gegen mich.»

«Quatsch. Nick hat auch für dich Partei ergriffen. Ohne sein Wort hätten die Vegetarier niemals zugestimmt. Du hast sogar Freunde bei den Lesben im Frauenhaus. Die Künstler mögen dich und die Punks, auch wenn sie es nicht zeigen. Der Einzige, der glaubt, dass er das Haus gegen sich hat, bist du.»

Ich schwieg und sah den Kotzebrocken hinterher, die sehr langsam von der Strömung weggetragen wurden.

«Aber warum tut Rachel mir das dann an?»

«Verstehst du denn gar nicht, was Rachel da tut?»

«Sie versucht, mich fertigzumachen. Irgendwann hat sie mich sturmreif geschossen. Dann machen die andern mich ein.»

«Sie hält sich genau an eure Abmachung.»

«Sich von irgendwelchen Masseuren flachlegen zu lassen? Das gehört nicht zu unserer Abmachung.»

«Dann sag mir doch mal, was ihr abgemacht habt.»

«Wir geben uns, was wir brauchen, aber wir klammern nicht. Tagsüber spielen wir nicht das Pärchen vor den anderen. Nachts vögeln wir. Ich würde mir ja wünschen, ich könnte es hinnehmen, mich darüber freuen, dass sie mit Jakob auch noch zusammen ist, aber ich kriege es nicht hin. Wenn ich könnte, wie ich wollte, würde ich ihn ermorden.»

«Und das nennst du nicht klammern? Außerdem bist du ja genauso drauf wie sie. Nachts im *Usher* versuchst du, die Frauen aus der Vier anzugraben. Wenn das nicht klappt, gehst du zu Rachel. Und mit Tanya, da war ja wohl auch was, im Sommer, auf dem Hoffest.»

«Das hast du mitbekommen?»

«Sie stand am offenen Fenster und hat es in den Hof gebrüllt.»

Ich wollte widersprechen, tat es aber nicht.

Dann sah ich wieder lange auf den See hinaus. Es gurgelte leise, dort wo die Bäume mit ihren alten Wurzeln das Ufer umklammerten. In den kleinen Buchten stand das Wasser, das in regelmäßigen Abständen schwappte und kleinste Strudel entstehen ließ, wo vermutlich die Aale, die uns entkommen waren, warteten, bis wir verschwanden. Die ausgekotzten Aalstücke waren fortgetrieben. Für einen Augenblick erschien mir die Welt unbegreiflich schön.

«Kann sein, dass ich mich da in was reingesteigert habe», sagte ich.

«Das ist der erste vernünftige Satz von dir. Seit Monaten.»

«Lass uns morgen weiterreden. Ich bin müde.»

«Wir sind nicht deine Feinde, Brandt. Nicht mal Kerstin ist deine Feindin.»

«Warum behandeln mich dann alle so?»

Statt einer Antwort nahm Tommi einen Stein und warf ihn in hohem Bogen ins Wasser. Er plumpste dumpf gurgelnd in den See. Im fahlen Mondlicht sahen wir, wie sich die Wellen kreisförmig ausbreiteten und nach wenigen Sekunden ans Ufer plätscherten.

«Der Mond hat einen Hof», sagte er, und ich nickte, aber ich verstand nicht, was er damit meinte.

Als wir endlich schlafen gingen, vier Männer im Dreimannzelt, wurde mir trotz der Kälte bald wohlig, und vor meinen Augen tanzten kleine Sterne. Die Aale blieben draußen im Eimer, wo sie manchmal an die Plastikwände kratzten. Küste legte sich quer vor den Eingang, jeder, der rauswollte, musste über ihn hinwegsteigen. Die anderen redeten, aber ich schlief nach wenigen Minuten ein.

Am nächsten Morgen rollten wir uns aus den Schlafsäcken, ich hätte ewig liegen bleiben können, aber Küste sagte: «Raus, sonst werden wir hier weggejagt.» Er war lange vor uns aufgestanden, um den weißen Eimer zu kontrollieren.

«Ich war heute Nacht zum Schiffen draußen», sagte Tommi Auge. «Ohne dass du das gemerkt hast. Ich hätte sie spielend leicht ins Wasser setzen können. Hab ich aber nicht gemacht.» Mit zufriedenem Gesichtsausdruck ging er an den Fluss und stellte seine Haare mit Seife wieder auf. Der frische Morgenwind hatte die Müritz aufgewühlt, und auf den Wellenkronen ritten kleine Blitze, hinter den Hügeln ging die Sonne auf. Langsam tuckerte ein Boot auf uns zu, zwei Männer mit tief in die Gesichter gezogenen Mützen darin. Als sie uns sahen, machten sie eine lange Kurve und riefen uns etwas zu, was nur Küste verstand, der seine Hand zum Megaphon geformt an den Mund legte und rief: «Is ja gut. Wir sind schon weg.» Die Männer fuhren mit dem Boot zurück, und Küste sagte: «Die holen jetzt Hilfe vom Campingplatz, wir müssen los.»

Ich wollte unbedingt noch bleiben. Ich war ganz sicher, dass ich den schönsten Ort der Welt gefunden hatte. «Wisst ihr was», sagte ich, «es war falsch, die Aale zu fangen. Ich bin jetzt auch dafür, sie wieder freizulassen. Küste, für deinen Vater kaufen wir in Rostock schönen feinen eingelegten Aal.»

West-Markus, aber auch Tommi Auge sahen mich an, dann sahen sie sich an, und offensichtlich fragten sie sich, ob es wieder losging mit mir.

«Jetzt spinnst du auch schon», sagte Küste. «Kommt nicht in Frage. Außerdem ist Sonntag. Da ist in Rostock alles zu.»

«Brandt, lauf doch schon mal zum Auto», sagte Tommi Auge, «wir müssen uns beeilen. Und nimm die Fische mit und stell sie unter die Rückbank. Aber bitte vorsichtig.»

Ich spürte das Gewicht der Aale, als ich den Eimer anhob, sie bewegten sich. Auf dem Weg zum Auto öffnete ich den Plastikdeckel. Als Tageslicht in den Eimer fiel, begannen sie zu zucken und sich ineinander zu verschlingen, und dieses Mal konnte ich ihre Augen sehen.

«Bist du bekloppt», rief Küste, riss mir den Eimer aus der Hand und schloss den Deckel mit einem Ruck. «Die springen raus und hauen ab. Los jetzt, Abflug. Nie wieder», sagte er auf dem Weg zum Auto, «nie wieder fahre ich mit einer Bande von Tierschützern zum Angeln.»

Die anderen folgten, West-Markus hatte das Zelt, an dessen Leinen noch die Heringe hingen, kurzerhand aus dem Boden gerupft und zusammengeknüllt unter die Arme geklemmt, Tommi Auge trug die Taschen. Als wir im Auto saßen und Küste den Motor anlassen wollte, rollte ein Wagen hinter ein paar Bäumen hervor und versperrte uns den Weg zur Landstraße. «Wartburg Limousine», sagte West-Markus. «Mit Sicherheit vor 74 gebaut. Gut gepflegt fahren die ewig.»

Die vier Türen des Wagens öffneten sich gleichzeitig, vier Männer stiegen aus. Sie mochten in unserem Alter sein, sahen aber anders auch, mit ihren sorgsam gekämmten Dauerwellen, Ohren halb frei. Ohne jede Eile umrundeten sie den Wartburg. Küste kurbelte die Scheibe herunter. Dabei befahl er uns mit eindeutigem Handzeichen, dass wir jetzt das Maul zu halten hatten.

Außer West-Markus, der bei seinen Jobs in Wolfsburg so tun musste, als wäre er normal, hatten wir alle gefärbte Haare. Sogar Küste hatte sich die Schläfen ausscheren lassen und operierte seit einigen Wochen mit einer hellgrünen Tönung. Er hatte nur am Rande mit uns Hausbesetzern zu tun, war aber heimlich in eins der Mädchen im Querhaus verliebt, und damit die ihn überhaupt wahrnahm, versuchte er, nicht so auszusehen wie die anderen provinziellen Ostler.

«Moin», sagte er. «Alles klar so weit?» Er klang sehr bemüht norddeutsch.

«Nein», sagte einer der Männer. «Ist es nicht.» Alle vier hatten die Arme verschränkt.

«Scheiße», murmelte Tommi Auge. «Faschos.» Er nestelte in seiner Tasche und zog seinen Chako heraus. Ich hatte in meiner Trauer überhaupt nicht daran gedacht, mir irgendetwas mitzunehmen, Tommi Auge aber, der, wie die anderen Autonomen bei uns, nicht mal über die Kastanienallee flanierte, ohne sich zu bewaffnen, hatte natürlich vorgesorgt. Er versteckte den Chako zu seinen Füßen.

«Tu den weg», zischte West-Markus. «Das sind keine Faschos. Siehst du das nicht?»

«Sind sie doch», sagte Tommi Auge. «Die tarnen sich, als harmlose Ost-Spießer.»

«So ein Unsinn», flüsterte West-Markus. «Du bist ja schon total vernagelt.»

«Ruhe da hinten», sagte Küste. Er sorgte sich offenbar um seine Autorität als Fahrzeugführer.

«Wo kommt ihr denn her?», fragte der Sprecher der Truppe.

«Aus Berlin», sagte Küste.

«Das sehe ich. Ich bin ja nicht blind. Ich meine *jetzt*. Wo kommt ihr jetzt her?»

«Wir waren ein bisschen am Wasser.»

«Ein bisschen zelten am Wasser, meinst du wohl.»

«Ja. Ist ja schon ziemlich frisch jetzt nachts.»

«So. Hier ist aber Naturschutzgebiet. Und Wasserschutzgebiet. Zelten ist nicht erlaubt.»

Tommi Auge kicherte. «Jawohl, mein Blockwart», sagte er laut. Die schweigenden Männer stellten sich näher an den Bus und versuchten durch die Scheiben auszumachen, wer noch alles im Wagen saß. Tommi stieß mich an und drückte mir einen langen Schraubenzieher in die Hand, dessen Drehfläche zu einer scharfen Klinge gefeilt worden war. «Die schaffen wir spielend», sagte er.

«Tommi», sagte ich. «Ich glaube auch nicht, dass das Faschos sind.»

«Sei nicht so feige, Brandt.»

«Wir haben hier zu Ostzeiten aber immer gezeltet», sagte Küste, wieder sehr norddeutsch.

«Und geangelt? Ihr habt doch auch geangelt», fragte der Mann.

«Allerdings», rief Tommi Auge, und Küste sagte: «Nur ganz kurz.»

«So. Das ist hier aber ein Pachtgewässer. Hier kannst du nicht angeln. Es gibt Leute, die jedes Jahr Geld dafür zahlen, dass sie das dürfen.»

«Zu Ostzeiten haben wir hier immer geangelt», sagte Küste, aber der Mann unterbrach ihn: «Erzähl mir keine Scheiße. Schwarz zelten, schwarz angeln. Das war zu Ostzeiten genauso verboten wie heute. Angelschein und Fischereischein mal bitte.»

Tommi Auge lachte so laut, dass Küste achselzuckend aufgab. Er versuchte nicht mehr, so zu tun, als habe er irgendwas zu sagen. «Ich zeig euch gleich meinen Angelschein», sagte Tommi Auge. West-Markus stieß ihn wieder an und sagte: «Steck den Chako weg. Die sind doch total harmlos.»

«Wenn ihr keine Scheine habt, dürft ihr hier nicht angeln.»

«Wir haben aber geangelt», sagte Tommi Auge.

«Allerdings nichts gefangen», sagte West-Markus.

«Haben wir wohl», sagte Tommi Auge. «Drei Aale. Leben noch. Alle drei.»

«Wenn ihr Fische gefangen habt, dürft ihr sie nicht mitnehmen», sagte der Mann. «Wir zahlen Pacht dafür. Ihr müsst sie hierlassen.»

«Scheiße», sagte Küste, stieg aus, öffnete die Schiebetür, hob den weißen Eimer heraus und stellte ihn auf den Boden. Einer der Männer öffnete den Plastikdeckel vorsichtig und schloss ihn gleich wieder.

«Sehr gut», sagte er. «Die sind aber noch nicht sehr fett. Ihr lasst sie hier, und wir werden sie selbstverständlich wieder einsetzen.»

«Ha», rief Tommi Auge. Ich hatte ihn seit unserer Abfahrt nicht so glücklich gesehen.

«Ich werd euch dieses Mal nicht anzeigen. Beim nächsten Mal aber seid ihr reif», sagte der Chef der vier und reichte den Eimer dem anderen, der ihn umständlich auf die Rückbank des Wartburg stellte.

Auf dem Weg nach Rostock schwiegen wir. Nur Tommi Auge, der immer noch mit seinem Chako spielte, sagte immer wieder: «Wir hätten sie erledigen können, ganz leicht. Die hatten gar nichts drauf», aber keiner von uns ging darauf ein.

In Rostock hielt Küste wieder vor dem Haus mit dem Sonnenblumenmosaik, ging hinein und kam fünf Minuten später wieder raus, zwei Stangen Zigaretten in der

Hand und eine kleine Plastiktüte. «Die verkaufen fast alles», sagte er, als er wieder einstieg.

Küstes Vater nahm die Zigaretten, sah in die kleine Plastiktüte und sagte: «Oha. Den hast du bei den Fidschis gekauft. Der soll gar nicht so schlecht sein.»

«Wir haben nichts gefangen, Vadder.»

«Den holen die Fidschis aus Polen. Ganze Märkte, nur mit Eingelegtem. Köstlich. Was hast du dafür bezahlt?»

«25 Mark das Kilo.»

«Das ist zu viel. Die haben dich betuppt.»

«Das geht doch eigentlich.»

«In Polen zahlen die nur zehn dafür. Wenn überhaupt. Den musst du zurückbringen.»

«Wir dachten, weil wir deinen gegessen haben, und dann hat keiner angebissen.»

Küstes Vater schob seine Lesebrille auf die Nase und sah Küste schräg von unten an. «Du willst nichts gefangen haben? An unserer alten Stelle? An der Müritz? Das glaube ich dir nicht.»

«Doch, Vadder. Es war wie verhext.»

Küstes Vater sah uns an, dann sagte er: «Mir könnt ihr es ruhig sagen. Ihr habt sie wieder freigelassen.»

«Haben wir nicht, Vadder.»

«Weil du keinen Ärger wolltest mit deinen Kumpels. Darum hast du sie wieder reingeworfen. Ich versteh dich ja.»

«Sie sind uns weggenommen worden, Vadder.»

«Wäre auch das erste Mal, dass du nichts fängst. Das war bei Frank schon so, als er noch ganz klein war. Leine rein, und sie beißen.»

«Das hat sich nicht geändert», sagte Tommi Auge. «Aber die Aale sind uns von einer Gruppe Faschos weggenommen worden. Die setzen sie jetzt wieder ein, in die Müritz.»

«Das glaubst auch nur du, dass die die wieder einsetzen», sagte Küste. «Die kommen in die Pfanne.»

Jetzt meldete sich West-Markus, der wieder tief ins Sofapolster eingesunken war: «Was sollen denn das für Faschos sein, die Anglern ihren Fisch wegnehmen und ihn dann freilassen.»

Küstes Vater versuchte, seine Enttäuschung zu verbergen. Sein Sohn war vor vegetarischen Wessis eingeknickt. «Ist ja egal», sagte er. «Schwamm drüber. Ihr hattet ein paar schöne Stunden da draußen. Das ist die Hauptsache.»

«Vadder, wir müssen dann mal wieder.»

«Na denn. Ich dank euch für die Zigaretten.»

Auf der Fahrt nach Berlin wurde mir kalt. Küstes Schweigen war anders als sonst, beharrlicher. Als wir in Berlin waren, fuhr er uns nicht zum Haus. Er ließ uns an der Ecke Dimitroff aussteigen und fuhr allein in seine Wohnung.

In den Monaten darauf sprach er nur noch wenig mit uns, obwohl er häufig im Hof herumlungerte, mit den Jugendlichen aus dem Wedding Basketball spielte und auf irgendetwas zu warten schien.

Im Haus hatte Rachel endlich mit Jakob, dem Körpertrainer, gevögelt, und alle wussten es. Während sie mich sonst immer mit einem Blick und einer Berührung begrüßt hatte, sah sie jetzt nicht mal auf, als ich durch die Küche ging.

In meinem Zimmer zog ich die Tür hinter mir zu und löschte das Licht. Als ich die Augen schloss, konnte ich die dunklen Wasser der Müritz träge an mir vorbeiziehen sehen, darin die Aale, die jetzt wieder ohne unsere störenden Angelversuche in aller Ruhe zwischen den Wurzeln nach toten Krebsen suchten und vielleicht, wenn sie fett waren, wieder zurücktrieben, durch die Flüsse ins Meer, bis in die flachen Wasser vor New York, wo sie Sex hatten, Millionen von Eiern legten und starben.

Am nächsten Vormittag wollte ich die Sache hinter mich bringen. Ich nahm mir vor, Rachel von meiner kurzen Romanze mit Tanya zu erzählen, möglichst vor den anderen. Immerhin hatte Tanya sich im Sommer nach dem Hoffest an Konrads Atelierfenster gestellt und gerufen, ich sollte sie auf dem Bild flachlegen, es gab also genug Zeugen. Was wirklich gelaufen war, war nicht so wichtig. Tanya würde sich ohnehin nicht an Einzelheiten erinnern und mir nicht widersprechen. Also setzte ich mich an den großen Tisch in der Küche, Rachel war da, Johnny, Wenzel und Nele, Kerstin, Konstantin und Tanya. Jakob fehlte allerdings. Vielleicht musste er sich irgendwo im Haus von den vielen Massagen erholen, die er Rachel gegeben hatte, oder aber, und das hielt ich für wahrscheinlicher, er schlich sich schon an die nächste Frau heran, die dumm genug war, auf seine Tour reinzufallen. Ich wartete also, bis eine Pause im Gespräch entstanden war, und behauptete dann mit lauter Stimme, mit Tanya gevögelt zu haben, nicht nur einmal, sondern mehrfach, und ich ging ins Detail.

«Ich will euch ja nicht vergleichen», sagte ich, «aber sie hat eine ganz andere Haut als du.» Rachel sah nicht gleich auf, ich wusste aber, dass sie mir zuhörte. «Ihre Haut ist richtig fest. Ich kann zupacken, ohne dass sie gleich rumjammert. Es gefällt ihr sogar. Bei dir ist die Haut ja ganz weich. Wie Kuchenteig. Man hat richtig Angst, dich kaputt zu machen, wenn man dich anfasst.»

Rachel lachte nur auf und schaute mich an und sagte: «Brandt, die Story glaube ich dir nicht. Die denkst du dir nur aus. Um vor den anderen besser dazustehen.»

«Dann frag doch die anderen», sagte ich. Aber plötzlich waren alle im Raum furchtbar beschäftigt. Johnny ließ sich von Wenzel ein kompliziertes Computerproblem schildern, Konstantin war mit Kopf und Armen im großen schwarzen Suppentopf verschwunden, den er mit Hingabe reinigte, Nele schrieb Demotermine an die Tafel, und Kerstin saß in der Ecke und las im wöchentlichen Besetzerbulletin, neben ihr Tanya, beide tief in denselben Artikel versunken, Tanyas Lippen bewegten sich lautlos.

«Es stimmt aber», sagte ich. «Wir haben gevögelt. Konrad hat es versucht, und nichts ist dabei herausgekommen. Dann hab ich das eben übernommen.»

«Ich glaube, du erträgst es nicht, dass Jakob und ich uns nahgekommen sind. Darum spinnst du dir das jetzt zurecht.»

«Frag doch Tanya», sagte ich.

Tanya stand auf und sagte: «Brandt, du bist so ein

Arschloch.» Dann lief sie raus. Kerstin sprang ihr hinterher, drehte sich in der Tür um und sagte: «Du glaubst doch nicht ernsthaft, dass irgendeine Frau sich hier im Haus so was bieten lässt. Sich so zum Objekt machen lässt und nur zum Vögeln zur Verfügung steht und keine eigenen Ansprüche hat.»

Rachel lachte spöttisch und schüttelte den Kopf. «Also *ich* war ganz bestimmt kein Objekt. Da lief doch gar nichts mehr, wenn der nach dem Saufen im *Usher* zu mir ins Bett gefallen ist.»

«Rachel», sagte ich. «Ich kann's ja verstehen, dass du wütend bist, weil ich dich total fies ausgenutzt hab. Monatelang. Wie Männer das so machen mit Frauen.»

«Hast du nicht.»

«Und dass ich auch nur zu dir hoch bin, weil es mit den Musikerinnen im *Usher* nie geklappt hat. Obwohl ich jedes Mal versucht habe, eine von denen klarzumachen.»

«Quatsch, Brandt. Das wüsste ich doch. Keine einzige von denen hast du angesprochen. Du hast nur stumm am Tresen gesessen und Bier in dich hineingeschüttet.»

Rachel, die nun weder offiziell noch inoffiziell meine Freundin war, stand auf und ging ohne ein weiteres Wort. Die anderen sprachen wieder über ihre Angelegenheiten und verzogen sich nach und nach. Der Einzige, der blieb, war Konstantin.

«Lass sie», sagte er. «Sei froh, dass du sie los bist.»

Ich schwieg.

Die nächsten Tage verbrachte ich wieder in meinem Zimmer. Wenn es dunkel wurde, versuchte ich, quer über den Hof in Rachels Zimmer zu sehen, analysierte die Schatten an der Wand, ob es ein Kopf war oder zwei oder nur das Flackern der Kerze auf dem Bettgestell aus Europaletten. Ich blieb, wo ich war, und wartete auf den Winter.

SECHS

Ich wollte den anderen nicht in die Arme rennen und war deshalb schon kurz vor neun aufgestanden. Aber immer, wenn sich etwas Unheilvolles ankündigte, war die Küche schon am frühen Morgen voll, so auch heute. Die Mexikaner saßen am großen Tisch und schlürften ihren Kaffee, an den Füßen feste Schuhe, der Mundschutz hing ihnen locker um den Hals. Gleich würden sie aufstehen und die schwere Schleifmaschine aus der Remise holen, sie im Hof auf den Ello wuchten, den wir für ein paar hundert Ostmark bei den Grenztruppen ersteigert hatten, und losfahren, um im Westen die Parkettböden gutsituierter Wohngemeinschaften abzuschleifen. Aber auch Konstantin war da und Nele, außerdem Johnny, Wenzel und ein paar Leute aus der Vier und aus dem Querhaus.

Ich hatte bis nach Mitternacht an meinen Zufallstexten und dem Langgedicht gearbeitet, das Konrad, dem Künstler, so gut gefiel, weil in ihm so gut wie nichts geschah. Als mir die Augen zugefallen waren, hatte ich mich nicht hingelegt, sondern mehr Bier geholt und weitergemacht. Einige Wochen zuvor war einer der Texte, die ich immer auf meinem koffergroßen PC schrieb, gedruckt worden, in einem der halboffiziellen Bulletins, die im Friedrichshain in den Cafés auslagen. Von der Besetzung einer Villa im feinen Dahlem hatte ich berichtet, die wir angestiftet hatten, um unter den Studenten der Freien Universität Werbung zu machen, damit sie mit uns in den Osten gingen, er war mir, wie ich fand, recht gut gelungen. Meine Mitbewohner waren nicht zufrieden. Sie waren der Meinung, ich hätte die Handelnden zu genau beschrieben.

«Hättest du gleich so an den Staatsschutz schicken können», meinte Tommi Rosso, «dann sparen die sich die erkennungsdienstliche Behandlung, wenn sie uns abgreifen.»

Außerdem war ihnen der Stil zu schnörkelhaft und irgendwie nicht revolutionär genug. Seit der Computer im Haus war, suchten immer wieder Leute irgendwas auf meinem Schreibtisch, wenn ich nicht da war. Nachdem Nele dabei mein Langgedicht gefunden und gelesen hatte, sagte sie: «Das hat mir aber sehr viel besser gefallen als deine sogenannte Reportage.»

Später konnte ich nicht einschlafen. Die Leute in der Küche redeten laut aneinander vorbei, während sie immer wieder den letzten Joint des Abends rollten, und irgendwo im Haus vögelte jemand bei offenem Fenster. Ich achtete schon seit Wochen nicht mehr darauf, wer es war, nur in schlaflosen Nächten wie diesen wurde ich rückfällig und lauschte, ob es die Schreie waren, die ich so gut kannte. Dann begann es zu regnen, und ich konnte dem Wasser zuhören, wie es gegen die Fassaden schlug und die löchrige Regenrinne herunterlief. Seit kurz nach vier quietschte die Straßenbahn; ich war todmüde, als ich morgens in die Küche kam. Ich hatte kaum Kraft, mich zu verteidigen, und war zu allem Unglück auch noch verdächtig gut gekleidet. Ich war auf dem Weg zur kommunalen Wohnungsverwaltung am Alexanderplatz, um mir auf legalem Weg eine Wohnung zu besorgen, das mussten die anderen nicht unbedingt mitbekommen.

Es ging mir sehr viel besser als noch im Herbst. Meine Trauer um Rachel hatte sich Anfang Dezember in eine jener typischen Berliner Winterdepressionen verwandelt, die ich kannte und mit denen ich halbwegs umgehen konnte. Ich aß und trank normal und verließ das Haus hin und wieder, um nicht so viel nachzudenken. Kurz vor Weihnachten hatte Wenzel mich auf der Rosenthaler Straße abgefangen: «Wir müssen mal reden, am besten irgendwo, wo uns keiner zuhört.» Im Café Cinema am Hackeschen Markt rührte er dann minutenlang in seinem Teeglas herum, löste unwahrscheinliche Mengen an Kandiszucker in ihm auf und sagte: «Ich weiß nicht, wie ich es dir beibringen soll, ohne dass du wieder wütend wirst.»

«Wenzel. Wir sind Freunde. Raus damit.»

Wenzel war schon seit Wochen hochnervös. Je näher Neles Entbindungstermin rückte, desto fahriger rannte er im Haus herum. Er schraubte einen Wickeltisch aus Holzresten zusammen, putzte die alte Zinkwanne und versuchte, sie neben der Pumpdusche zu installieren. Es hätte mich nicht gewundert, wenn er mir jetzt eine Co-Vaterschaft angeboten hätte, Teilung aller Rechte und

Pflichten am Kind, ein Modell, das in einem der Häuser im Friedrichshain angeblich sehr gut funktioniert hatte, bis sich das dortige Männerplenum heillos über die Impffrage zerstritten und der biologische Vater das Sorgerecht entnervt wieder an sich gerissen hatte. Aber das war es nicht. Nachdem er sich unauffällig einen Überblick über das Spirituosenangebot verschafft hatte, sagte er: «Brandt. Ich finde, du solltest ausziehen.»

«Du also auch», sagte ich.

«Hör auf mit der alten Leier. Von den anderen will keiner, dass du ausziehst. Und ich will es auch nicht. Ich will aber, dass es dir besser geht. Und dass du wieder ganz gesund wirst.»

«So schlecht geht's mir gar nicht mehr. Rachel ist mir scheißegal.»

«Mach mir nichts vor, Brandt. Ich bin Psychologe. Du sollst auch gar nicht abtauchen, irgendwo in Westberlin, wie die anderen, die ausgezogen sind. Du sollst in der Nähe bleiben. Aber in deiner eigenen Wohnung. Du kannst kommen und uns sehen, wann immer du willst. Du wirst ein Freund des Hauses sein, wie Küste. Oder wie West-Markus.»

«Ich soll also alleine wohnen», sagte ich. «Vereinzelt und vereinsamt.»

«Wir werden dich besuchen, ganz oft. Du wirst wie eine Außenstelle für das Haus sein. Ein Vorposten inmitten der bürgerlichen Gesellschaft. Unser Botschafter. Es muss ja auch keine kleine Wohnung sein, sondern eine, in der wir auch mal Gäste unterbringen können. Für ein paar Tage. Oder länger. Denen es im Haus zu viel wird.

Eine Wohnung mit einem richtigen Bad, vielleicht sogar mit Gasöfen. Ich glaube, dass dir das sehr guttut. Hier im Haus geht's dir doch nur noch beschissen.»

Ich hatte natürlich gleich begriffen, dass Wenzel in Wirklichkeit an einer Alternative für sich selbst bastelte, nahm ihm das Manöver aber nicht übel. Er wollte vorbereitet sein, falls das Haus wider Erwarten geräumt wurde, die Flügelkämpfe unter den Besetzern wieder aufflammten oder es einfach zu viel Dreck und Krach gab für das Leben mit einem Säugling. Natürlich hätte ich jetzt ihm sagen können, dass es sehr viel sinnvoller war, wenn er auszog und nicht ich. Aber die Aussicht, Botschafter eines Landes zu werden, in dem ich nicht mehr leben musste, gefiel mir.

«Schöner Plan», sagte ich. «Nur leider nicht zu verwirklichen. Wer gibt uns denn legal eine Wohnung? Und wenn wir uns eine aufmachen, wie früher, wird sie gleich geräumt.»

«Ich glaube, ich weiß einen Weg», sagte Wenzel.

Seit einigen Wochen saßen er und Johnny als unsere Abgesandten am Runden Tisch im Roten Rathaus und verhandelten sehr zäh über Mietverträge für besetzte Häuser. Die Vertreter des Senats hielten uns zwar für Terroristen, die Polizisten mit Gehwegplatten bewarfen und in ihren zu Trutzburgen ausgebauten Abbruchhäusern Drogen und Waffen versteckten. Und wir sahen in ihnen verkappte Faschisten, die ihr ausgeklügeltes System der Ausbeutung brutal verteidigen mussten. Aber am Tisch moderierten bärtige und langhaarige Bürgerrechtler, denen es tatsächlich gelang, dass man miteinander redete.

Nach ihrer traurigen Revolution waren sie Kommunalpolitiker geworden oder hatten Posten in der Verwaltung bekommen. Wir ließen uns von ihnen zwar nichts sagen, weil wir uns besser mit Schweinesystemen auskannten als sie und sicher nicht mitten im Aufstand das Volk hätten abstimmen lassen, aber wir vertrauten ihnen, und der Senat tat es auch. Die Verhandlungen zogen sich hin, und vor und nach den Runden gab es Gelegenheit, privat zu plaudern. Bald duzten sich Johnny und Wenzel ganz selbstverständlich mit vielen am Tisch, sogar mit einem SPD-Politiker aus Reinickendorf, was sehr verdächtig war und die Autonomen im Haus in ihrer Überzeugung bestätigte, dass dieser Staat einfach jeden absorbierte, der auch nur mit ihm redete. Als Wenzel die Chefin der Kommunalen Wohnungsverwaltung kennenlernte, zögerte er nicht. Sie gehörte zu den Bürgerrechtlern und war an ihren Posten gekommen, weil sie in der DDR ein paar Mietshäuser vor dem Abriss gerettet und in der Oderberger Straße Hinterhöfe in grüne Gärten verwandelt hatte. Er fragte sie rundheraus, ob es eine Möglichkeit gebe für Einzelne im Haus oder für kleine Grüppchen, in Wohnungen im Viertel zu ziehen, und sie sagte, ohne nachzudenken, ja. Während der Schlacht um die Mainzer Straße hatte sie mit anderen Bürgerrechtlern versucht, die Räumpanzer mit einer friedlichen Sitzblockade aufzuhalten, und war durch den gezielten Strahl eines Wasserwerfers der Westpolizei von der Straße gefegt worden. Sie hatte Grund genug, dem Senat eins auszuwischen, und sorgte dafür, dass wir für immer im Viertel blieben.

«Du gehst dienstags oder donnerstags zur KWV», erklärte Wenzel mir, «und sagst, wie du heißt, füllst die Anträge aus und lässt deinen Ausweis kopieren. Dann kriegen wir die Wohnung.»

Noch während er redete, sah ich die Wohnung vor mir. Ich sah riesige Zimmer mit hellen Holzfußböden, in die die Sonne schien, ich sah, wie ich einen langen Tisch aufstellte und große Essen ausrichtete für all die Hausbesetzer, die noch mit mir sprachen und sich an meine Eintöpfe erinnerten, wir saßen bis spät in der Nacht und redeten, sie tranken meinen Wein und prosteten mir zu, die Wände behängte ich mit Schrottkunst aus der Oranienburger Straße, und meine Haustür stand immer offen, für jeden, ich saß am Kopf der Tafel und schenkte nach, wir erzählten uns alte Geschichten aus dem Haus und lachten über alles, was geschehen war.

«Alles klar», sagte ich. «So machen wir's.»

Ich wartete bis nach der Weihnachtszeit. Dann begann ich, frühmorgens zur Wohnungsverwaltung zu gehen, ohne mit jemandem darüber zu reden. Wenzel war der Einzige, der es wusste, und ich hätte eigentlich erwartet, dass er es für sich behielt. Denn ich wollte, sobald ich den Mietvertrag in der Tasche hatte, auf dem Plenum sehr beiläufig erklären, dass ich ausziehen würde, und zwar allein und sofort, dass aber alle, die dies wollten, mich ab morgen *sehr gern* in meiner geräumigen Altbauwohnung besuchen könnten. Um zu baden beispielsweise. Oder einfach nur, um kurz durchzuatmen. Vorher aber brauchte ich die Zusage, und die hatte ich nicht. Die Angestellten in der Verwaltung misstrauten einer Chefin aus den Kreisen derer, die man früher auf Abstand gehalten hatte, und die jetzt mit Hausbesetzern gemeinsame Sache machte. Wo sie konnten, sabotierten sie ihre Anweisungen und sorgten dafür, dass ich den Antrag, von dem sie wussten, dass sie ihn hätten bewilligen müssen, gar nicht erst stellen konnte. Ich hatte hoch und heilig versprochen, ganz allein auf Wohnungssuche zu sein, bei Einzug jeden noch so schwerwiegenden Mangel zu beseitigen und keine Transparente aus dem Fenster zu hängen. Trotzdem war es Anfang März geworden, und ich hatte außer immer neuen Terminen zwei Wochen später nichts erreicht.

«So machen sie es immer», sagte Wenzel, «sie lassen dich warten und wiederkommen. Du musst hartnäckig bleiben. Und freundlich. Irgendwann lassen sie dich rein. Dann stellst du deinen Antrag und bekommst die Wohnung, die steht ja quasi schon für dich bereit.»

Als ich also an besagtem Morgen, an dem ich den anderen eigentlich nicht begegnen wollte, in kariertem Hemd und mit sauberer Hose, die Haare gekämmt und nach hinten gegelt, die Küche betrat, kicherte Konstantin und sagte: «Was hast du denn vor? Du rennst ja rum wie ein Freigänger.» Dabei hatte er die geputzten Budapester noch gar nicht gesehen, die draußen standen, vor der Küchentür.

«Warum bist du nicht in der Schule», fragte ich.

«Zu gefährlich.»

«Was soll denn da gefährlich sein?»

«Hast du natürlich wieder nicht mitgekriegt», sagte Johnny. «Weil du nie aufs Plenum gehst.»

Ich fuhr mir mit den Fingern durch die Haare, um den geleckten Eindruck zu verwässern, aber es änderte nicht viel.

«Faschoalarm», sagte Konstantin. Er grinste.

«Schon wieder?»

«Ja, aber anders als sonst. Alarm für die Faschos.»

Tommi Rosso stand im Hof, neben ihm Tobias, der Arzt im Praktikum, beide trugen Wollkappen mit dünnen Schlitzen für die Augen, lange Lederhosen, Ellenbogenschützer und Skihelme. Tommi Rosso hielt eine teleskopartig ausfahrbare Stahlrute in der Hand, Tobias hatte sich seine Arzttasche über die Schultern gehängt, die mit einem roten Kreuz aus Gaffertape beklebt war. Rätselhafterweise nahmen es die Bullen auf den Demos hin, wenn unsere Sanis die Verletzten bargen, sie machten ihnen sogar eine Gasse.

Alle liefen auf den Hof. Ich wollte die Unordnung nutzen und mich verdrücken, aber Johnny hielt mich am Ärmel fest. «Du kommst mit, Brandt. Wir brauchen jeden jetzt. Den Leuten bei der KWV kannst du auch morgen noch in den Arsch kriechen.»

Konstantin dagegen wurde wieder hochgeschickt. Er protestierte, aber Tommi Rosso blieb hart. «Keine Kinder. Und du ziehst dich um, Brandt. Du brauchst feste Schuhe. Und bind dir was vors Gesicht.»

Ich durchsuchte mein Zimmer nach einer geeigneten Vermummung, fand aber nur das blaurote Paisley-Tuch, das ich zu offenem Hemdkragen um den Hals trug, wenn wir Cocktails trinken gingen in den illegalen Bars am Potsdamer Platz und mit englischen Touristen ins Gespräch zu kommen versuchten, damit sie unsere Drinks bezahlten und wir ihre Freundinnen anbaggern konnten. Es war gerade groß genug für Nase, Mund und Kinn.

«So erkennen sie dich doch erst recht», sagte Tobias und verdrehte die Augen. «Überhaupt, was ist das für ein Style? Egal, wir müssen los.»

Auf dem Weg brach die Sonne durch die Wolken, die Luft war klar und alles leuchtete, fast wie im Frühling. Wir gingen eng beieinander, den sicheren Weg durch die Linienstraße, dabei schauten wir sorgfältig in die Seitenstraßen und achteten auch auf spielende Kinder, von denen es hieß, sie würden manchmal die Bewegungen der Linken an die Nazis verraten. Auf Höhe der Gartenstraße stießen wir auf die Späher vom Tacheles, unter ihnen der Verbrannte, dessen Narben vom großen Hooliganangriff im Sommer 90 inzwischen gut verheilt waren und der die Truppe anführte. «Heute ist es relativ ruhig», informierte er uns, und dass ein großer Teil der Nazis nach Leipzig gefahren sei, wo sie noch eine Rechnung mit den Ostbullen offen hätten. «Aber die, die ihr sucht, sind noch da. Wenn ihr euch beeilt, erwischt ihr sie.»

An der Grenze zum Wedding, wo die Straße den Mauerstreifen kreuzte, sahen wir sie, ein winzig kleines Grüppchen, gar nicht bedrohlich, eher verloren und schutzbedürftig standen sie zwischen nackten Betonpfeilern, die von der einst so furchteinflößenden Berliner Mauer übrig geblieben waren. Tommi Rosso steuerte mit sicherem Schritt auf sie zu, vier Leute, ein Kameramann, der Tonmann mit der langen Mikrophonangel, dazu einer, der die Fragen stellte. Der Mann, der sich hier vor historischer Kulisse interviewen ließ, war Enrico Nordhausen, einer der bekanntesten Nazis der Stadt.

Keiner von den großen Bossen, aber alle kannten ihn, wir auch, weil er gut mit Presseleuten konnte und oft im Fernsehen war. Sein Vater hatte in der DDR Bücher und Artikel geschrieben und ihm früh beigebracht, wie man Bilder für sich nutzt und mit Worten umgeht, dass sie treffen.

Während der Nazi also ohne Punkt und Komma in die laufende Kamera sprach, von seinem nationalen Aufstand faselte und davon, wie er und die Seinen schon in den Jahren der DDR stille Hilfe von den Mitarbeitern der Staatssicherheit bekommen hätten, dass die Kräfte der Ordnung doch insgesamt zusammenhalten müssten gegen das Unreine und Fremdartige, welches, seit die Grenzen offen waren, das Land überflute, schlug ihm Tommi Rosso ohne Vorwarnung mit seiner Stahlrute auf den Hinterkopf. Er ging sofort zu Boden. Der Kameramann, ganz Profi, hielt drauf und filmte weiter. Dann wurde auch ihm sein Arbeitsgerät aus der Hand geschlagen. Kamera- und Tonmann versuchten nicht ernsthaft, sich zu wehren. Sie duckten sich unter den Schlägen, wimmerten, sie hätten nichts damit zu tun. Sie seien nur gebucht worden. Verantwortlich sei der Holländer.

«Wer ist hier der Boss?», schrie Tommi Rosso.

«Wir drehen einen Film über Nazis in Ostberlin», sagte der Interviewer mit unüberhörbarem holländischem Akzent. Nach diesem Schuldeingeständnis wurde er nach allen Regeln der Kunst zusammengeschlagen.

Als der Holländer sich am Boden krümmte, wandten

wir uns wieder dem Filmteam zu, das versucht hatte, sich unauffällig zu verdrücken. Dabei wäre der Neonazi beinahe wieder entwischt. Es war komplizierter, als wir dachten, vier Erwachsenen, die sich nicht einmal richtig wehrten, gleichzeitig die Abreibung zu verabreichen, die ihnen zustand.

«Um den Nazi kümmern wir uns später», sagte Tobias. Ihm ging es darum, den Dokumentarfilmer fertigzumachen, der dem Fascho ein Forum geboten hatte; im Grunde war er ja der Hauptschuldige, neben seinen deutschen Helfershelfern, die sich für hundert Mark Tagesgage hatten kaufen lassen. «Auf die Knie, du Nazischwein», rief Tobias.

«Ich bin doch Holländer», rief der Journalist, aber das half ihm nicht.

«Kollaborateur», schrie Wenzel.

Nach einigen Minuten des Tumults griff Tobias in die Arzttasche und holte die Pistole heraus. Er hielt sie hoch und zielte abwechselnd auf die Köpfe der vier.

Die meisten von uns wussten von der Existenz der Waffe, und manche waren ganz scharf darauf gewesen, sie zu berühren, als sie unterm Kneipentisch im *Usher* herumgereicht worden war. Jetzt aber, als ihr Lauf in der Sonne blitzte, erschraken wir doch.

«Lass das, Tobias», sagte ich, nicht, weil ich besonders mutig war, sondern nur, weil ich direkt neben ihm stand, und legte meine Hand auf seinen ausgestreckten Arm, «steck die wieder ein», aber Tobias brüllte nur: «Halt's Maul, Brandt. Jetzt haben wir das Pack endlich, jetzt machen wir sie fertig.»

Der Neonazi hockte auf den Knien vor uns, das Filmteam und der Holländer standen hinter ihm, alle starrten in den Lauf der Pistole, die Tobias weiter abwechselnd auf ihre Köpfe richtete. Er schwitzte wie ein Junkie. Auch Johnny schien plötzlich besorgt, und sogar Tommi Rosso sagte: «Also, das habe ich mir anders vorgestellt. Ich dachte, wir machen den Nazi fertig und das war's. Und dass die Waffe nur für Notfälle ist.»

Aber Tobias war nicht zu beruhigen: «Das wollen die doch nur», schrie er, «dass wir vor ihnen einknicken! Ihr mit eurem pazifistischen Gelaber! Glaubst du denn, dass die Nazis nicht längst bewaffnet sind?»

Er ging ein paar Schritte auf den Neonazi zu und versuchte, ihm mit dem Griff der Pistole eine Kopfnuss zu verabreichen, der aber duckte sich geschickt weg.

«Lass uns doch erst mal zusammenfassen, was überhaupt gegen ihn vorliegt», sagte Johnny.

«Quatsch», blaffte Tobias. «Reicht doch, dass wir ihn haben.»

Jetzt fingen wir alle an, auf ihn einzureden. Wir könnten doch niemanden fertigmachen, ohne überhaupt zu wissen, warum genau, wir seien doch nicht so feige wie die Bullen, die zuschlugen, ohne zu fragen, wir seien doch nicht so primitiv wie die Faschos, wir machten Unterschiede und sähen genau hin. Schließlich knickte Tobias ein. «Meinetwegen», sagte er. «Dann aber schnell. Wird nicht lange dauern, bis er Hilfe bekommt.»

Während er die vier weiter mit der Pistole bedrohte, begann der Prozess. «Ich übernehme die Anklage», sagte ich. Ich wollte das Schlimmste verhüten. Aber Tobias sagte: «Nein, das dauert mir zu lange. Mach du das, Johnny.» Johnny streckte die Brust heraus und räusperte sich.

«Ich mach es mal kurz», sagte er. «Enrico Nordhausen ist einer der wichtigsten Nazis in der Berliner Szene. Wir wissen, dass er besonders schwulenfeindlich ist. Dass er die Angriffe auf den *Stillen Don* und andere Schwulenkneipen am Prenzlauer Berg koordiniert hat. Obwohl er selbst ein *Hinterlader* ist, wie das bei den Nazis heißt. Oder gerade deshalb. Wir wissen von einem Fall, wo seine Leute zwei Hausbesetzer aus der Scharnweberstraße fast totgeprügelt haben, am S-Bahnhof Lichtenberg. Nordhausen ist dazugekommen, und als die beiden flehten, er solle sie nicht mehr schlagen, hat er gesagt, ein Führer schlägt nicht. Ein Führer lässt schlagen.»

Dann gab es, fuhr Johnny fort, noch die Episode mit den Pimpfen aus der Wiking-Jugend, die Nordhausen als Gespielen zugeführt worden seien, auf Geheiß irgendwelcher Neonazis aus Westdeutschland und mit der Absicht, Informationen über ihn zu sammeln, die man gegen ihn verwenden könnte, dieses Detail solle deshalb nicht ins Gewicht fallen. Wir seien ja auch nicht dafür da, die dreckige Wäsche der Nazis zu waschen. Alle nickten, sogar der Holländer.

«Ich bin nicht schwul», sagte der Nazi halblaut. Johnny trat ihm mit seinem alten Ostschuh leicht unters Kinn. Der Nazi hustete und schwieg.

Tommi Rosso lachte. «Wir brauchen einen, der ihn verteidigt», sagte er. «Bevor er sein Urteil kriegt. Das könnte ich übernehmen.»

Auf dem Bürgersteig waren Passanten stehen geblieben und sahen uns zu. Sie wagten nicht, näher zu kommen, gingen aber auch nicht weiter. Tobias hatte die Pistole keine Sekunde gesenkt.

«Wir haben keine Zeit. Die Bullen kommen jeden Moment.»

«Er braucht einen Verteidiger! Sogar Eichmann hatte einen Verteidiger!»

«Ja, aber vielleicht nicht gerade dich, Tommi Rosso. Da hat er ja gar keine Chance.»

Bei Tobias war, trotz der Pistole in seiner Hand, plötzlich ein Anflug richterlicher Unabhängigkeit zu spüren. «Es soll jemand anders machen», sagte er. «Einer, dem man das abnimmt.»

Ich musste gar nicht in die Runde sehen, um zu wissen, dass alle mich ansahen. Es hatte keinen Sinn, sich zu wehren. «Okay», sagte ich, «ich mach's.»

«Bravo, Brandt.»

«Ich glaube zu wissen», sagte ich, «dass die Sache ein bisschen komplizierter ist, als sie aussieht. Konstantin, der ja eine Zeitlang gezwungen war, im Haus der Nazis zu übernachten, hat mir ein paar Einzelheiten über die Faschos erzählt.»

«Nix da gezwungen», sagte Tommi Rosso. «Freiwillig ist er zu denen gegangen. Weil ihm zu kalt war auf der Straße.»

«Darum geht's doch jetzt nicht», sagte Tobias. «Über Konstantin reden wir später. Mach weiter, Brandt.»

Jetzt hatte ich die Aufmerksamkeit für einen Augenblick ganz. Sogar die zitternden Angeklagten schienen kurz innezuhalten, um zu hören, was ich zu sagen hatte.

«Die Neonazi-Szene in Brandenburg und Ostberlin ist kein monolithischer Block», sagte ich.

Tommi Rosso verdrehte die Augen. «Schon wieder sein geschwollenes Gelaber. Mach's kurz, Brandt.»

«Denn – und damit will ich keinesfalls Individuen in Schutz nehmen – wir können davon ausgehen, dass die Nazis denselben Mechanismen kapitalistischer Marktbereinigung ausgesetzt sind wie die anderen Bereiche der Gesellschaft seit der Wende. Ausgenommen sind nur unsere von uns in Ostberlin besetzten Häuser. Weil wir eine Ausnahme geschaffen haben! Bei uns bleibt die Marktwirtschaft vor der Tür!»

«Jawoll», riefen die anderen, «die Häuser denen, die drin wohnen», und der Nazi wagte zum ersten Mal aufzublicken, wurde aber von Tommi Rosso sofort wieder zu Boden gedrückt. Der Holländer und das Filmteam schnieften leise und versuchten, nicht aufzufallen.

«Auch die Nazis wurden von den Wessis überrollt», sagte ich, «von den Westnazis. Und nur wenigen ist es gelungen, sich dagegen zur Wehr zu setzen. Es gibt eine Besonderheit unter den Ostnazis, was nur wenige wissen: Sie sind keine Anhänger von Adolf Hitler.»

Gemurmel.

«Sie hängen dem Strasser-Flügel der Nationalsozialisten an! Den – wenn man so will – Linken unter den Nazis! Als der Westneonazi Christian Worch im Frühjahr 90 zum ersten Mal in das von Nazis besetzte Haus in der Weitlingstraße kam, staunte er nicht schlecht, dass man hier Führers Geburtstag nicht beging. Bis heute wird er unter Ostnazis nicht begangen. Hitler gilt als Verräter! Man glaubt an Strasser, und an Röhm!»

«Was macht denn das für einen Unterschied?», fragte Johnny, aber Tommi Rosso stupste ihn an. «Lass ihn ausreden. Verteidigung ist Verteidigung.»

«Na ja, jedenfalls», sagte ich, «kursiert bis heute in Faschokreisen die Anekdote, wie man die Westnazis hat auflaufen lassen und die völlig pikiert wieder abreisten und die Ostnazis von nun an nicht mehr für echte Nationalsozialisten hielten. Was ich sagen will: Das Schwein, das hier kniet, ist ein minderbelastetes Schwein. Ein Nazi, ohne Zweifel, aber einer, der dem weniger falschen Flügel angehört und, noch wichtiger, der was riskiert hat dafür und es bis heute tut, für seine Meinung, und sich nicht schleimerisch der Meinungsmacht der Westnazis unterworfen hat. Wie viele Ostnazis haben ihre wahre Meinung verleugnet! Um mit dem Strom zu schwimmen! Kurzum: Dies ist eines der letzten Exemplare eines echten Ostnazis.»

Die anderen schienen ins Grübeln gekommen zu sein, und auch der Holländer guckte verstört. Ich hatte gut gesprochen und genoss für einen Augenblick meinen Triumph, der vor allem darin bestand, dass nicht wieder jemand dazwischenblökte.

«Nicht schlecht, Brandt», sagte Johnny. «Aber was bedeutet das? Willst du ihn laufenlassen? Jetzt, wo wir ihn einmal haben?»

Zustimmendes Grummeln der anderen.

«Das nicht», sagte ich. «Ich plädiere nur dafür, ihm

nicht die Höchststrafe zu geben. Machen wir ihn fertig, geben wir ihm, was er verdient, tun wir ihm an, was er so vielen von uns angetan hat, treten wir ihn in den Staub, lassen wir ihn bluten und schreien. Das reicht.»

Während die anderen tuschelten und die Köpfe zusammensteckten, klickte Tobias mit der Waffe herum. «Ich hab genug gehört», sagte er. «Er bekommt die Höchststrafe.» Er entsicherte die Pistole und steckte sie dem Fascho in den Mund. Durch den Schalldämpfer war sie so lang, dass er würgen musste. «Zubeißen!»

Der Nazi biss zu. Die Waffe steckte zwischen seinen Zähnen. Tobias ließ sie los. «Weißt du, was das für eine Waffe ist?»

Der Nazi nickte.

«Dann sag es!»

Dann sagte der Nazi etwas, was klang wie *Gangah Geh Gangaigih*. Er hatte den Waffentyp präzise identifiziert, was offenbar eine Kleinigkeit für ihn war.

«Jawohl», sagte Tobias. «Eine Walther P-38. Mit Schalldämpfer. Und weißt du, was das bedeutet?»

Der Nazi schloss die Augen. Tobias zog den Lauf aus seinem Rachen und legte sie auf seinen Hinterkopf. Er drückte ab.

Es machte Klick, und der Nazi brach heulend zusammen. Nach einer Schrecksekunde, die mir ewig vorkam, begannen Tobias und Johnny abwechselnd auf den Nazi, den Filmemacher und das wimmernde Team einzutreten, bis Tommi Rosso die beiden an den Armen zurückriss.

«Lasst sie. Es ist genug.»

Tobias packte die Walther wieder in seine Arzttasche. Und dann kam schon die Polizei.

Vielleicht hatte einer der Passanten sie gerufen. Aber wir konnten im Haus schon seit einiger Zeit nichts mehr besprechen, ohne dass die Bullen es sofort mitbekamen. Was wiederum die Frage aufwarf, warum sie so spät kamen. Als gälte es, uns auf der Flucht zu warnen, stellten sie ihre Sirene schon auf der Anklamer Straße an. Wir rannten los, in verschiedene Richtungen.

Tommi Rosso und Tobias liefen den Mauerstreifen hinunter Richtung Nordbahnhof, um die Arzttasche loszuwerden. Kurz vor der S-Bahn, erzählten sie später, begegnete ihnen eine Horde Faschos, die auf dem Weg waren, ihrem Kumpan zu helfen, aber weil Tommi und Tobias ihre Hasskappen nicht mehr trugen, wussten die Faschos nicht, wer ihnen da entgegenlief, und hielten sich nicht mit ihnen auf. Am Friedhof der Sophiengemeinde bestand die ehemalige deutsch-deutsche Grenze nur noch aus einer mannshohen Ziegelmauer, die die beiden leicht überwanden. Sie versteckten die Tasche in einem riesigen Komposthaufen unter abgeschnittenen Eibenzweigen, vergammelnden Kränzen und dem Dreck von den Wegen des Friedhofes.

Johnny und die anderen rannten hoch bis zur Swinemünder, wo die Mauer von jugoslawischen Bauarbeitern auseinandergebrochen und mit Sattelschleppern nach Pankow gebracht wurde, um dort langsam, aber sicher zu einem feinen Granulat zermahlen und dann, weit vor der Stadt, in das neue Bett der Autobahn versenkt zu werden, die Berlin umschlang und mit den fernen Städten verband, mit Frankfurt, Hamburg, Hannover und Köln.

Ich lief mit Wenzel durch eine der Straßen am Mauerstreifen. Plötzlich blieb er stehen und keuchte. Ich hatte ihn noch nie so bleich gesehen.

«Wusstest du, dass die beiden die Knarre dabeihaben?»

«Ja», sagte ich. «Ist ja nicht das erste Mal. Nur ist sie bisher immer in der Tasche geblieben.»

«Und was glaubst du, warum sie sie dieses Mal rausgeholt haben?»

«Ich glaube, es ging ihnen um die Geste. Die sollen wissen, dass wir sie haben.»

«Abschreckung?»

«Nein. Das war eine Aufforderung. Und die Faschos werden das auch so verstehen.»

«Was verstehen?»

«Dass Linke auch töten können. Wenn es drauf ankommt. Dass wir ihnen ebenbürtig sind.»

Wir kämpften uns Hauseingang für Hauseingang vor und gaben uns gegenseitig Deckung, so wie wir es bei Johnny, Tobias und Tommi Rosso gelernt hatten. Wir konnten die Bullen hören, aber wir sahen sie nicht. An der Schwedter Straße, wo einmal die Fluchttunnel gewesen waren, fanden wir einen komplizierten Weg über die Höfe zurück ins Haus. In der Küche warfen wir uns schwer atmend in die Sperrmüllsessel und sagten für lange Zeit kein Wort.

SIEBEN

Der U-Bahnhof am Rosenthaler Platz war abgesperrt, zwei Ausgänge hatten sie blockiert, am dritten wurden die Ausweise kontrolliert. Der Beamte sah mich lange an, dann ließ er mich passieren. Ich war, wie die meisten von uns, nicht hier gemeldet, sondern irgendwo in Westdeutschland. Aber natürlich konnten wir den Bullen nichts vormachen. Sie wussten, wer wir waren.

Schräg gegenüber vom Burger King hatte die Polizei den Tatort mit roten Bändern abgetrennt. Der Laden im Haus neben dem freigebombten Eckgrundstück hatte lange leer gestanden, nachdem euphorische Ostler, nach Mauerfall und Währungsunion, schnell damit gescheitert waren, mit Strickbildern und importierten grusinischen Weinen Geschäfte zu machen. Dann war Beate Uhse eingezogen. Die Firmengründerin höchstselbst war zur Eröffnung angereist und hatte in abgehackter Diktion eine Rede gehalten, in der es um die sexuelle Freiheit der Menschen in der DDR gegangen war, um den Zauber des Anfangs und die Wirtschaftswunderjahre, an die sie seit dem Mauerfall so oft denken müsse. Dann hatte sie von Franz Biberkopf und dem alten Hurenviertel gesprochen und dass man hier genau richtig sei. Ein Vertreter des Bezirksamtes berichtete von seiner Idee, in Mitte einen kommunalen Puff einzurichten, und sagte: «Willkommen zu Hause, Beate Uhse.» Die alte Dame, um sie herum ein Haufen alter Trinker vom Rosenthaler Platz, zerschnitt das violette Band mit einer großen Schneiderschere, die Trinker applaudierten.

Jetzt standen hier Feuerwehrleute in schwerer Montur, und eine Gruppe von Angestellten, die sich Tücher vor den Mund hielten.

Ich betrat den Burger King an der Ecke Wilhelm-Pieck und holte mir, weil ich nicht auffallen wollte, eine Cola im Pappbecher. Im ersten Stock saßen wie immer Faschokids, die sich mit Pommes und Plastikmüll beschmissen, dazu die anderen Schaulustigen. «Wer macht denn so was?», fragte ein einzelner Mann in einem weiten, abgerissenen Anzug mit Plastiktüte in der Hand.

Von hier aus war der Schaden gut zu sehen. Die Scheiben waren eingeworfen, schwarzer Rauch quoll aus dem Laden. Offenbar war das eigentliche Feuer schon gelöscht, und der Rauch entstand nur durch das Nachglühen der heißen Pressspanmöbel. Auf die Fassade und den Gehweg davor waren Parolen gesprüht worden, in hellem Neongrün, sodass sie selbst durch den Ruß zu sehen waren. *Porno ist Mord*, stand da, *Wichser in den Mixer* und *Kastration auf Krankenschein.*

Auf dem Boden lag eine Frau. Ein Krankenwagen fuhr langsam heran, zwei Männer in Krankenpflegerkleidung sprangen heraus, legten sie auf eine Trage und schoben sie in den Wagen.

In der Gruppe, die sich im ersten Stock des Burger Kings gebildet hatte, entstand nun aus den Gerüchten und Augenzeugenberichten eine plausible Version über das, was geschehen war. Ich musste nur zuhören.

«Die waren zu Fuß», sagte der Mann mit der Plastiktüte. «Alles Frauen. Und alle vermummt.» Zuerst hätten zwei von ihnen die Fassade und das Schaufenster besprüht. Dann sei eine reingelaufen und hätte eine beißend stinkende Chemikalie verteilt.

«Buttersäure», sagte ich. Das Feuer hatte den Geruch der Stinkbombe über den ganzen Platz verteilt, er hing in den Eingängen der Gebäude und war sogar hier, im ersten Stock, wahrzunehmen.

Nachdem alle Kunden und Angestellten aus dem Sexshop gelaufen waren, sei ein weiteres Einsatzteam aufgetaucht, zuerst eine vermummte Person, die mit einem gezielten Zwillenschuss die Schaufensterscheibe habe zerspringen lassen. Dann eine weitere, eine ganz kleine, die den Brandsatz, eine Flasche mit Taschentuch im Flaschenhals, mit einem Benzinfeuerzeug entzündet und hinterhergeworfen habe. Dann die Explosion, der Rauch, die Flammen.

«Saubere Arbeit», sagte ich.

«Dachte ich auch zuerst», sagte der Mann mit der Plastiktüte. «Dann ist aber noch eine Frau aus dem Laden gelaufen. Das war die Filialleiterin, die dringeblieben ist. Draußen ist die sofort zusammengebrochen. Und liegen geblieben. Bis der Krankenwagen gekommen ist. Wer macht denn so was, frag ich mich, wer war denn das?»

Ich wusste, wer es war.

Ich hatte diesen schweren Rucksack dabei, mit dem ich nicht über die Mauer im Park klettern konnte, also trank ich in Ruhe aus, warf den Becher in den alten Lastenaufzug und verließ das Restaurant. Ein Zugang zur U-Bahn war noch offen, ich lief runter und fuhr eine Station Richtung Wedding und kam dann von der anderen Seite zum Haus und tat so, als wüsste ich von nichts.

«Was ist denn hier schon wieder los?», fragte ich den Bullen an der Straßensperre.

«Das sollte ich wohl lieber Sie fragen», sagte der.

Im Rucksack hatte ich den Einkauf für die Show im *Usher* verstaut, italienische Roggenbrötchen, dazu feinen Parmaschinken, Butter, verschiedene süße türkische Teilchen, Schweizer Käse, Hackepeter und ein paar Gemüsesorten, nichts, was die Bullen wirklich interessierte. Mürrisch winkte er mich durch.

Auf unserem Hof hörte ich ein Scharrgeräusch in der Remise und wollte nachsehen, was es war. Aber vor dem Eingang stand Doris, die kleine französische Lesbe, und sah mich finster an. Seit wir gemeinsam die Kinderficker aus dem besetzten Haus in der Bergstraße vertrieben hatten, war unser Verhältnis zum Frauenhaus besser geworden; oft unterhielten wir uns einfach so übers Wetter oder über irgendwelche Konzerte, und Doris trug ihren Chako auf dem Gelände nicht mehr offen. Aber heute war wieder irgendwas, und ich ging wortlos an ihr vorbei.

Den Nachmittag verbrachte ich mit Wenzel Brötchen schmierend in der großen Küche. Pünktlich um vier schlossen wir das *Usher* auf und verteilten die Teller auf den Tischen. Ab halb fünf kamen die ersten Gäste, Viertel nach fünf die Kabarettisten, irgendwelche Vorlesekünstler aus dem Umfeld der besetzten Häuser in Mitte und im Friedrichshain. Die Dichter aus dem Prenzlauer Berg kamen nie zu uns, sie hatten ihre eigenen Bühnen, auf denen sie besoffen ihre schwarzen Oden ins Mikrophon schluchzten.

Um siebzehn Uhr fünfzehn dann, das akademische Viertel war den Literaten wichtig, bestieg Bruno Brom die Bühne, der Conférencier, mit Frack und polierten Schuhen. Bruno Brom hieß in Wirklichkeit Norbert und war ein arbeitsloser Lehrer aus dem Ruhrgebiet. Er hatte einige Jahre lang als Redakteur bei einer linken Zeitung eine satirische Zeitungsseite verantwortet und war wegen eines dämlichen Schwulenwitzes vor die Tür gesetzt worden. Seine Show hieß Brunos Brotzeit.

Seit es Brunos Brotzeit gab, hockte ich weniger in den Cafés herum und blieb auch nicht mehr tagelang bei irgendwelchen Bekannten im Westen. Ich war wieder im Haus präsent und hatte den Plan, auf legale Weise an eine Wohnung zu kommen und auszuziehen, aufgegeben, nicht ohne den Angestellten der KWV, die mich monatelang hingehalten hatten, in einem Brief zu schreiben, dass sie mich am Arsch lecken könnten. Ich ging brav aufs Plenum und organisierte den Auftritt, jede Woche war das so. Die Gäste bezahlten fünf Mark, dafür bekamen sie, neben dem Brötchenteller, zwei bis drei Stunden subversives Kabarett geboten. Bruno Brom war alt, Mitte dreißig oder älter, niemand wusste es genau. Alle anderen auf der Vorlesebühne waren Studenten, die schon lange keine Scheine mehr machten, wie wir. Das eigentliche Geschäft machte das *Usher* mit den Gästen, die nach der Show blieben. Nicht selten hockten wir bis weit nach Mitternacht zusammen, wobei die Künstler ihre Gage in der Regel komplett versoffen, besonders Bruno Brom, der in der ganzen Stadt für seine dreistelligen Deckel bekannt war.

Ich liebte das Haus wieder, und Wenzel tat es auch, und das fiel natürlich auf. «Schön, wie ihr euch einbringt», sagte Nele, wenn sie uns beim Brötchenschmieren sah, und Rachel guckte wieder auf diese besondere Art, wenn sie an mir vorbeiging, wie am Anfang.

Nicht alle im Haus mochten die Kabarettisten. Denn einige der Witze gingen auf unsere Kosten, auf Kosten der Hausbesetzer, ihrer Gastgeber. Es waren mit Abstand die besten Witze.

Natürlich amüsierte sich das Publikum, wenn Bruno Brom sich behäbig bramarbasierend über Helmut Kohl lustig machte oder über Klaus-Rüdiger Landowsky, Eberhard Diepgen und die anderen korrupten Politiker in Berlin. Ein paar Lacher gab es auch für das Nachäffen rechtsradikaler Kiezgrößen. Am lustigsten aber wurde es, wenn die Brotzeit-Boys die linke Szene persiflierten.

Es kamen Lehrer, Beamte und Künstler, Journalisten, Rechtsanwälte, Zahnarztpärchen. Die Punks im Querhaus rümpften die Nase, wenn gutgebügelte Blusen durch den ersten Hof getragen wurden, es kamen Frauen in Stöckelschuhen, ein Accessoire, das bei uns den politischen Tunten vorbehalten war.

Zur Show gehörte das Essen. Vom eigentlichen Gedanken, ein paar proletarisch belegte Brötchen auf jeden Tisch zu stellen, waren Wenzel und ich schnell abgekommen. Bei jedem Auftritt wurde der Schnittchenteller raffinierter, feine luftgetrocknete Schinken, eingelegte Gemüse aus Spanien, Roastbeef, Käse mit unaussprechlichen Namen und Dips, die in kleinen braunen Tonschalen gereicht wurden. Selbst Konstantin, dessen Kenntnis ausländischer Küche über Letscho nicht hinausging und der, wie er immer wieder betonte, in der DDR nichts vermisst hatte, kam wegen des Essens immer öfter.

«Ich fänd's ja toll, du würdest dich auch für unsere anderen Projekte so reinhängen», sagte Kerstin, wenn sie sah, wie ich voller Hingabe Gurkenscheiben schnitt, «zum Beispiel für die Soliarbeit für die Gefangenen.» Aber unsere Feindschaft war erkaltet, es schien ihr nicht mehr wichtig zu sein, auf mir herumzuhacken. Mir ging es ähnlich. Ich bemerkte sogar, wie ich in den großen Diskussionsrunden immer öfter geneigt war, Kerstins überspannten Thesen zuzustimmen, nicht etwa weil ich sie bejaht hätte, sondern weil mir die Art gefiel, wie sie sie vortrug.

Wenn die Türen aufgeschlossen wurden, stand meist noch kalter Zigarettenrauch im Raum, weil das *Usher* selten vor acht Uhr morgens zumachte und das Thekenteam in der Regel zu betrunken gewesen war, noch sauber zu machen, oder zu beschäftigt damit, einen der Gäste abzuschleppen.

Konstantin ließ sich gern zum Spülen der Gläser des Vortages abkommandieren, weil er so gleich zu Anfang des Abends den strategisch wichtigen Platz hinter der Theke einnehmen konnte. Wenn es nach ihm gegangen wäre, hätte es gar keine Gläser gegeben. «Wer nur Flaschen ausgibt, hat am Ende keinen Abwasch», sagte er. «Und am Kaffee verdienen wir eh nichts.»

Aber Wenzel und mir ging es ums Prinzip. Der Kaffee, der Orangensaft, die Club Cola und die anderen nichtalkoholischen Getränke sollten, gemeinsam mit den Schnittchen, den Eindruck eines hedonistischen Fünfuhrtees erzeugen, etwas, was man in einem besetzten Haus so nicht erwartete.

Den ersten Gästen gaben wir meist ein Kehrblech in die Hand, was die sich bereitwillig gefallen ließen.

Um fünf Uhr war das *Usher* voll. Die Künstler hatten sich im Café Cinema warm getrunken und kamen pünktlich um Viertel nach. Bruno Brom stellte sich auf die Bühne und begann die Show mit seiner ironischen Zeitungsschau, die selten wirklich witzig war, die die Leute aber einstimmte auf eine Weltsicht, in der es galt, ein raffiniertes Ausbeutersystem zu entlarven, dem es gelang, sein Gift in alle Ritzen des Bewusstseins sickern zu lassen. Und in der Bruno Broms verbale Bomben den Blick auf die Wirklichkeit wieder frei sprengten.

Heute verlas er die Erklärung von Dieter Kaufmann, der auf Wolfgang Schäuble geschossen hatte, den Innenminister der Republik. Bruno las laut und ließ Pausen, damit das Publikum wusste, wann es zu lachen hatte.

«‹Ich musste mich an Wolfgang Schäuble rächen›, schreibt Herr Kaufmann, ‹weil er eine Symbolfigur dieses Systems ist.›» Das Publikum kaute schweigend auf den Brötchen herum. Nur zwei oder drei Autonome klatschten verstohlen. «‹Ich wollte, dass jemand bezahlt, für den psychischen und physischen Druck, den der Staat mir angetan hat.› Also ich weiß gar nicht, warum man Herrn Kaufmann so für psychisch krank erklärt! Das klingt doch ganz vernünftig!» Nun lachte das Publikum ein wenig. Bruno begann aus dem Krankenbericht vorzulesen, in dem präzise stand, wie die Kugeln des verwirrten Attentäters den Kopf des Innenministers getroffen und seinen Kiefer zertrümmert hatten, in den Rücken eingedrungen und in der Wirbelsäule stecken geblieben waren. Unter den Zuschauern sah ich Leute aus dem Haus, Tobias war da, Doris und Tommi Rosso. Und ich dachte tatsächlich kurz, dass sie sich Anregungen für ihre knallradikalen Flugblätter und Bekennerschreiben holen wollten.

Kunze, Koch und Meierlein, Bruno Broms Sidekicks, lasen nun abwechselnd kurze Prosastücke vor, launige Alltagsbeobachtungen und Berichte kleiner und größerer Missgeschicke, zu denen es gekommen war, weil man zu spät war, keine Lust hatte, mal wieder zu besoffen war oder sich die Welt gegen einen verschworen hatte. Es waren die deutlich besseren Texte, sie wurden aber vom Publikum meist nur mit Grinsen und höflichem Applaus quittiert. Denn man war gekommen, um die politischen Unkorrektheiten von Bruno Brom zu hören, der immer wieder mit seinen Aperçus die Lesung unterbrach und bekannt dafür war, auch auf die eigenen Leute zu zielen. Momentan ging es aber noch gegen das Establishment.

Nun wurde der Fall Lafontaine im gleichen süffisanten Ton abgehandelt. Auch der Kanzlerkandidat der SPD war von einer psychisch kranken Täterin fast umgebracht worden, sie hatte ihm Blumen auf die Bühne gebracht und ein Poesiealbum und ihn dann mit einem Messer lebensgefährlich am Hals verletzt.

«‹Ich wollte irgendeinen Politiker aus Protest töten›, gab Adelheid Streidel bei der Polizei an, ‹um damit bekannt zu machen, dass überall in Deutschland tagtäglich Menschen in unterirdischen Fabriken ermordet und zu Wurst verarbeitet werden.› Die Täterin hat schon einmal versucht, eine Druckerei in Brand zu stecken, in der sie eine Menschentötungsfabrik vermutete. Der Gedanke ist ja gar nicht so falsch, nur verkennt Frau Streidel, dass das System die Menschentötungsfabriken längst nach oben verlagert hat, wo alle sie sehen können.»

In der Pause wurde der erste Alkohol ausgeschenkt, insbesondere die Künstler auf der Bühne brauchten Nachschub. Ich stellte mich neben das Podium mit den Vorlesern und hielt ein zusammengeklammertes Heft in die Höhe.

«Es gibt die neue *Elke* auch vorn an der Theke zu kaufen», sagte ich laut.

Für mehr reichte mein Mut nicht. Umständlich stieg ich wieder ab und bahnte mir den Weg zur Bar, und weil die meisten im Publikum nicht verstanden, wovon die Rede war, stieg Johnny hoch und erklärte die Sache.

«Die *Elke* ist eine Zeitschrift, die immer mal erscheint, von, ja, befreundeten Comiczeichnern aus unserem Kiez hier, sie kostet drei Mark, praktisch die gemalte Brotzeit.»

«Buh!», rief Doris aus der letzten Reihe. «*Elke* ist frauenfeindlich!»

«Nee, das stimmt nicht, also ich verstehe natürlich, dass die Frauen da noch ein bisschen sensibel sind, aber das ist Satire. Kunst. Comic darf das.»

«Nix da sensibel! *Elke* ist von Macker für Macker! Ist Wichsenvorlage!»

In der Tat war *Elke* mit Bruno Broms Nummernrevue insofern vergleichbar, als dass sie fast ausschließlich von schüchternen, dürren jungen Männern gemacht wurde, die in den besetzten Häusern hockten und mit kratzenden Federn kleine Miniaturen aus dem Großstadtleben zeichneten, daneben aber auch skurrile Witze, und weil sie sich dabei an französischen Vorbildern orientierten, war reichlich Sex dabei, Seiten voller Geschlechtsteile und kopulierender Körper, Titten, Ärsche und misslungener Gruppensexversuche. Da aber alle handelnden Figuren bis an die Schmerzgrenze verzerrt dargestellt waren und in der Regel nicht an ihr Ziel gelangten, konnte von einer Wichsvorlage wirklich keine Rede sein. Es gab nur eine Zeichnerin unter ihnen, die ihren Nachnamen mit einem -owa russifiziert hatte und die verträumte Geschichten aus einem Einpersonenmädchenhaushalt zeichnete, in dem es fliegende Tassen und sprechende Haushaltsgeräte gab. Die hatte aber ihre Fühler bereits zu den großen Tageszeitungen im Westen ausgestreckt, selbst die verabscheuungswürdige FAZ hatte Interesse an ihren bunten Bögen gezeigt, weshalb sie als weibliches Feigenblatt nicht mehr taugte. *Elke* war mein besonderes Anliegen, ich hatte sie ins Haus gebracht und war für den Verkauf verantwortlich. Hinter dem Tresen wurde ich mutiger.

«*Elke* ist nicht frauenfeindlich!», rief ich. «Ihr müsst halt mal genauer hinschauen!»

«Brandt, du Arsch, wenn ich genau hinschaue, stehst du nicht mehr auf», rief Doris und reckte mir tatsächlich eine Faust entgegen. Trotz ihrer Wut blieb sie sonderbar still auf ihrem Barhocker sitzen. Sie schien nicht wegen der *Elke* gekommen zu sein.

«Wenn eine Frau sagt, dass sie etwas als frauenfeindlich empfindet, dann ist das auch so», sagte Tommi Rosso. Konstantin pfiff demonstrativ die Melodie von ‹Die Partei, die Partei, die hat immer recht›, während er die Gläser polierte, aber Tommi Rosso und Doris reagierten nicht, und Tobias tat so, als hörte er es nicht.

Dem bürgerlichen Publikum gefiel der Streit, sie glaubten für einen Moment, das sei eine kalkulierte Pauseneinlage, die Karikatur einer Diskussion im besetzten Haus. Da hatten sie unsere Selbstironie aber überschätzt.

Als Bruno Brom wieder auf die Bühne kam, hatte er sich mit ein oder zwei Screwdrivers gestärkt, einen dritten in der Hand und einen Wust von Zetteln, Zeitungsausschnitten, Kopien und Handschriftlichem in der anderen.

«Ich weiß nicht, ob Sie es auch gemerkt haben. Es war ja nicht so ganz leicht, heute hierherzukommen. Als ich am Rosenthaler Platz aus der U-Bahn steige – alles grün.»

Verhaltenes Lachen im Publikum.

«Schon auf dem U-Bahnhof musste ich zweimal den

Ausweis zeigen. Ich dachte erst: Ist die Grenze wieder dicht? Aber da hatte ich mich zu früh gefreut.»

Wieder wurde gekichert.

«Der Kerl von Heckelmanns Trachtenverein guckt nur grimmig in meine Papiere. Fast hätt' ich ihm gesagt: Ganz wie früher hier.»

Nun lachten alle, auch die Autonomen.

«Sagen Sie mal, Herr Wachtmeister, es riecht so komisch hier. Waren Sie das? Ein ganz starker, beißender Geruch. Was ist das denn? Ich komm nicht drauf.»

«Buttersäure!», rief Konstantin von der Theke hinter der Säule.

«Da kennt sich aber einer aus!»

Wieder lachten alle, die Autonomen diesmal nicht. Tobias und Tommi Rosso schauten sich um. Doris hatte nichts gemerkt, vermutlich, weil sie nichts verstanden hatte.

«Als ich auf dem Rosenthaler Platz stehe, seh ich den Salat. Na, das tut mir aber leid!»

Hämisches Lachen bei den Autonomen.

«Nein, ehrlich, ich habe noch gar keine Gelegenheit gehabt, mir das anzusehen. Also nicht, dass ich da reinwollte. Aber ich muss. Kabarettistische Sorgfaltspflicht! Waren Sie schon mal bei Beate Uhse?»

Langgezogenes *Nein!*. Kichern.

«Natürlich nicht, das dachte ich mir. Gehört sich ja auch nicht! Ihr dahinten, die Hausbesetzer, ihr auch nicht?»

Jetzt eisiges Schweigen bei den Autonomen. Das bürgerliche Publikum drehte sich um und lachte.

«Also, wir haben uns vor ein paar Tagen gedacht, wir nehmen uns und Ihnen die lästige Chronistenpflicht mal ab und schicken einen hin, der aufschreibt, was da vor sich geht. Gerade noch rechtzeitig, was?»

Jetzt lachten die Autonomen wieder mit, Bruno Brom drehte sich um und rief: «Kunze, Koch, Meierlein! Wer war's? Vortreten.»

Scheinbar schüchtern trat Kunze vor und kramte in seinen Zetteln. Wie immer um diese Zeit schwankte er schon etwas, was seiner Performance den Hauch von Boheme gab, der den anderen, eher spießig daherkommenden Germanistikstudenten fehlte. Er wühlte in seinen Haaren und schob sich die Brille auf der Nase zurecht.

«Also», begann er, «ich hab so was Ähnliches geschrieben.»

Erwartungsvolles Raunen, Kunze räusperte sich.

«Mit Sexshops ist es wie mit der *Bild am Sonntag*. Keiner, den ich kenne, will sie gelesen haben. Trotzdem hat das Blatt jede Woche wieder vier Millionen Leser, und ich frage mich, wer sind die eigentlich? Komischerweise wissen meine Freunde, die die *BamS* nicht lesen, trotzdem, was drinsteht. Hat ihnen der Bäcker erzählt. Oder ein Freund, der beim Fernsehen arbeitet und das lesen muss. Ich mach gleich mal die Probe aufs Exempel: Würde ich die *Bild am Sonntag* jemals lesen? Tod und Teufel, nein. Weiß ich trotzdem, was drinsteht? Ja! Wie kommt das nur? Sollte ich doch mal reingeschaut haben irgendwo, beim Kiosk, beim Friseur, und es sofort wieder vergessen haben?

Bei meinem Friseur gibt's keine Springer-Presse. Zu einem Friseur, bei dem die *BamS* liegt, würd ich niemals gehen! Abgesehen davon gehe ich gar nicht zum Friseur, meine Freundin schneidet mir seit drei Jahren die Haare. Ich darf quasi gar nicht zu einer anderen. Da dürfte ich wahrscheinlich eher in einen Sexshop reingucken, schon gar, wenn es nicht nur für mich ist, sondern für die Kunst!

Ich also rein in den Laden. Das ist allerdings schon ein paar Tage her. Wie soll ich sagen: Ich wüsste gar nicht, wie man so einen Stinkbombenanschlag plant und ausführt. Ich hab auch mal bei Butter Lindner nachgefragt. Nur so aus Neugierde. Buttersäure haben die nicht! Wüsste hier vielleicht jemand, wie man so was bastelt? Kann ich mir nicht vorstellen.»

Im Publikum breitete sich wohliges Kichern aus.

«Ich also rein in den Laden, sagte ich ja schon. Verstehen Sie mich nicht falsch: Ich bin nicht so unerfahren, wie ich aussehe. Aber damit hatte ich nicht gerechnet. Volle Lotte. Tuttifrutti. Sofort Vollgas. Ich war umstellt von Zumutungen. In allen Farben!»

Kunze erging sich in süffisanten Formulierungen, beschrieb genüsslich seine Expedition, erzählte von überquellenden Regalen voll mit Dildos und Vibratoren, Reizunterwäsche, Peitschen, aromatisierten Präservativen, Gummipuppen und anderen, schwer zuzuordnenden Sexspielzeugen, und den Leuten gefiel es. Ich hatte meinen sicheren Platz hinter der Bar verlassen und lehnte mich an die Säule. Das war es, weshalb ich überhaupt nach Berlin gekommen war. Eine linksradikale Bühne, in einem befreiten Haus, vor mir mischte sich im Publikum der alternative Mittelstand aus Schöneberg mit Hardcoreautonomen aus Friedrichshain. Natürlich wurde die Brotzeit im Haus von denen, die sich für ganz linksradikal hielten, noch immer voller Misstrauen angesehen. Aber die würden sich, da war ich mir sicher, mit der Zeit auch an die Bühne gewöhnen und sie am Ende mögen. Warum sollte es nicht gelingen, ein großes linksautonomes Kulturzentrum zu schaffen, im Osten, als Gegengewicht zu den eingebildeten Westlinken in ihren Hinterhoffabriken am Mehringdamm? Während Kunze seinen Gang durch den Sexshop an der Ecke beschrieb, erstand vor meinem geistigen Auge ein Kino, vielleicht eine Schule für die Straßenkids, ein richtiges Theater, und alles würde auf meine Initiative zurückgehen, Sebastian Brandt, der Student aus Westdeutschland, dem anfangs keiner irgendwas zugetraut hatte. Und mein Kulturzentrum wäre völlig anders als das in Kreuzberg, das regelmäßig von den Bullen gestürmt wurde und nur mit hässlichen Nachrichten in den Zeitungen war. Hier würde eine Weiche entstehen zwischen den Radikalen und den Gemäßigten, Ideen würden hin und her fluten, Mauern abgetragen, und Brunos Brotzeit wäre die Keimzelle.

Als Tommi Rosso und Tobias hinten im Raum zu randalieren begannen, sah es zunächst so aus, als sei das Teil der Show, die Gäste wandten interessiert die Köpfe. Dann stiegen Doris und Tommi Rosso auf die Bühne. In ihren Händen hatten sie die großen Kochtöpfe, die für die Volksküche benutzt wurden, sie drängten Kunze beiseite und schlugen mit Kochlöffeln auf den Töpfen herum. Hinten im Publikum lärmte Tobias weiter, indem er leere Bierflaschen aneinanderschlug.

«Aufhörn!», schrie Doris, «Schluss mit die Schweinerei!», und donnerte jetzt die Töpfe gegeneinander. Durchs Publikum strichen immer noch wohlige Wellen des Amüsiertwerdens, und Kunze, Koch und Meierlein guckten interessiert, aber nicht ängstlich aus den Mauselöchern ihrer ungeschnittenen Haare hervor. Nur Bruno Brom schien den Ernst der Lage zu verstehen. Er versuchte, sich hinter Kunze, Koch und Meierlein zu verstecken, was seiner Körpermaße wegen nicht gelang.

Tommi Rosso stellte sich an den Bühnenrand: «Bruno Brom und seine ganze Brotzeit sind Sexisten! Sexisten haben bei uns keinen Platz! Wir fordern ein sofortiges Ende der Brotzeit! Raus!»

Ich wollte sofort auf die Bühne rennen, aber Johnny hielt mich fest. «Lass mich mal machen», sagte er so, dass nur ich es verstehen konnte, «du hast schon genug Ärger.» Ich schüttelte den Kopf, blieb aber, wo ich war.

Johnny stieg auf die Bühne. «Ich finde, wir sollten es ernst nehmen, wenn Einzelne hier aus dem Haus Brunos Brotzeit kritisieren», sagte er.

Im Publikum wurde leise applaudiert. Man schien es zu würdigen, dass wieder jemand das Ruder übernommen hatte. Das Chaos war einen Moment lang lustig gewesen, jetzt war es genug.

«Ich schlage vor, dass wir die Verlesung des inkriminierten Textes jetzt abbrechen und über Sexismus diskutieren!»

«Halt's Maul, Johnny, es sind nicht Einzelne, die das

kritisieren. Es sind alle hier im Haus, die so was nicht aushalten.» Tobias stand noch immer hinten im Zuschauerraum, die leeren Flaschen in der Hand. «Die Einzigen, die diese Scheiße gut finden, seid ihr beiden, du und Brandt.»

Dabei zeigte er mit einem Flaschenhals auf mich. Alle sahen mich an. Im Publikum machte sich Unruhe breit. Bisher war die Performance unterhaltsam gewesen, Aktionstheater, die Widersprüche in einem besetzten Haus werden über die Zuschauer hinweg ausagiert. Jetzt aber war der Ton aggressiver geworden. Einige griffen nach ihren Jacken. Johnny war allerdings noch nicht fertig.

«Wir sind bestimmt nicht prüde. Aber darum geht es auch gar nicht. Ich fände es gut, wenn Sie sich mal in uns hineinversetzen. Vor wenigen Monaten hat in unserer direkten Nachbarschaft ein Sexshop aufgemacht, und das ist für einige von uns natürlich schon ein Problem, weil manches, was dort verkauft wird, von uns für sexistisch gehalten wird.»

«Halt's Maul, Johnny! Du immer mit deinen Relativierungen! Der Laden ist von vorne bis hinten sexistisch und damit basta! Und der Text von eben ist es auch! Sexisten raus, da gibt es nichts zu diskutieren!»

«Okay, Tobias, ich verstehe deinen Standpunkt und respektiere ihn auch, und ich finde, wie gesagt, wir sollten darüber jetzt diskutieren. Ist doch gut, wenn auch mal klarwird vor einer bestimmten Öffentlichkeit, dass es bei uns auch unterschiedliche Meinungen gibt.»

«Johnny, geh runter von der Bühne, sonst passiert was. Wenn eine Frau ihn sexistisch findet, dann reicht das. Dann müssen wir uns nicht auch noch in die Niederungen der Sexisten begeben und uns rechtfertigen!»

Jetzt rumorte es wieder im Publikum, Unmutsäußerungen waren zu hören, Einzelne riefen «Weitermachen» und «Wir wollen das hören». Und Johnny war immer noch nicht fertig.

«Das stimmt, Tobias, aber welche Frau findet ihn denn nun sexistisch? Ich sehe dich und Tommi Rosso. Und Doris, da neben euch, hat nur ‹Schweinerei› gesagt. Das ist mir zu wenig. Dann soll sie nach vorne kommen und genau benennen, was an dem Text sexistisch ist.»

Doris hatte ihren Namen gehört und rief vorsichtshalber «Halt's Maul, Johnny», schien es aber nicht ganz mitbekommen zu haben und hörte deshalb erst mal weiter zu.

«Du mit deinen Spitzfindigkeiten!», sagte Tobias. Er schleuderte eine der Bierflaschen auf die Bühne. Johnny duckte sich weg, die Flasche traf einen der Kabarettisten, die nicht rechtzeitig reagiert hatten, an der Schulter und am Hinterkopf, ohne größeren Schaden anzurichten. Darauf warf Tobias die zweite Flasche, und die traf. Sie zersplitterte an Johnnys rechtem Ohr; er sank, sich die Hand vor den Kopf haltend, zusammen. In der Flasche war noch ein Rest Bier gewesen, weshalb sie eine Unwucht beim Werfen entwickelt hatte und mit besonderer, möglicherweise nicht beabsichtigter Wucht Johnny auf den Kopf geprallt war. Erst lief nur Bier zwischen seinen Fingern auf die Schulter herab, dann mischte sich ein Faden Blut dazwischen. Johnnys Trommelfell war geplatzt, was Tobias als Arzt sofort klar war.

«Oh, das wollte ich nicht», sagte er.

Ich stand da, noch immer starr vor Angst, aber ich wusste, dass ich mit nach vorne gehen musste.

«Wir machen jetzt hier eine Zäsur», hörte ich mich sagen, und ich war erstaunt, wie leise meine Stimme war, jetzt, da ich entschlossen war. Alle anderen schwiegen, auch Doris. «Wir unterbrechen die Brotzeit, aber sie ist noch nicht zu Ende. Wir unterbrechen sie nicht wegen einem der Texte, die hier vorgetragen wurden. Wir unterbrechen sie auch nicht, weil ein paar Flaschen zu Bruch gegangen sind. Wir machen hier einen Punkt, weil ein Tabu gebrochen worden ist.»

Immer noch Schweigen im Raum. Auch Doris und Tommi Rosso, die bekannt dafür waren, jede Veranstaltung, die ihnen nicht passte, zu sprengen, hielten den Mund. Es war das erste Mal, dass ich mehr als einen Satz vor einer so großen Menschengruppe gesagt hatte. «Gewalt unter uns, das war bisher tabu. Aber du hast auf uns gezielt, Tobias, auf Johnny und mich. Auf deine Genossen. Du hast die Gewalt in unsere eigenen Zusammenhänge getragen.»

«Bist du denn überhaupt noch unser ‹Genosse›, Brandt?» Beim Wort Genosse malte Tommi Rosso Anführungszeichen in die Luft.

«Das bin ich. Wie am ersten Tag.»

«Dann beweis es! Hilf uns mit, diese Sexisten für immer aus dem Haus und allen linken Zusammenhängen zu entfernen! Zeig uns doch, dass du noch einer von uns bist!»

«Das ist kein Sexismus. Das ist ein *Text über* Sexismus!»

«Spitzfindigkeiten schon wieder! Halt's Maul, Brandt, und geh von der Bühne!»

«Aber um diese Feinheiten zu unterscheiden, müsstet ihr zuhören.»

«Aber nicht hier!»

«Nein. Hier nicht. Meine Damen und Herren, ich bitte vielmals um Entschuldigung für die Unterbrechung. Wir gehen jetzt alle gemeinsam raus, bitte bleiben Sie zusammen, lassen Sie sich nicht provozieren, wir gehen zusammen auf die Straße, dann über den Platz, die Rosenthaler Straße runter bis zum Hackeschen Markt. Von dort aus laufen wir die Oranienburger rauf bis zum Tacheles. Dort, im *Café Zapata*, gibt es genügend Platz, und vor allem Raum, für uns alle.»

Tobias, der, auch wenn er es hier nicht zeigte, durchaus einen Sinn für Anspielungen und Details hatte, rief mir noch «Der Lotse geht von Bord» hinterher. Er wusste, dass ich verstand, was er damit meinte.

Am Abend, als Wenzel und ich wiederkamen – Konstantin hatte sich nicht getraut, mit uns und den Brotzeitlern ins Exil zu gehen –, war das *Usher* komischerweise aufgeräumt. Die Autonomen hatten keine Mühen gescheut, um jeden Rest des Kabaretts und seines traurigen Endes verschwinden zu lassen.

Konstantin hatte die Bar schon aufgemacht und sagte, als er mich sah: «Brandt, siehst du scheiße aus. Ich hab in meinem Zimmer noch ein bisschen altes Speed gefunden, kannst du haben. Das baut dich wieder auf.»

Alle anderen taten so, als wäre nichts.

Konstantin stellte mir ein Weinglas auf den Tresen,

das ich in einem Zug austrank. Dann griff ich mir ein Bier und ging hinter die Bar. Es dauerte eine ganze Weile, bis die Leute aus dem Haus kamen. Zuerst die Musiker, die im Keller geprobt hatten. Sie mochten es, wenn ich Barmann war, man sah es meinen Screwdrivers nicht an, dass sie zur Hälfte aus Wodka bestanden, und ich mochte sie, weil man mit ihnen blöde Witze machen konnte und nie über Politik reden musste. Nach den Musikern kam die Schwabenposse aus dem Querhaus. Ihr Anführer war Nick, der mich damals auf dem Plenum verpfiffen hatte, aber wir redeten nicht mehr über die Sache.

Die Schwabenposse hatte im Querhaus eine besonders radikale Idee des Zusammenlebens umgesetzt, die weit über alles hinausging, was in den Häusern so ausprobiert wurde. Im Querhaus war die Utopie des *funktionalen Wohnens*, von der Nick ja früher schon immer geredet hatte, Wirklichkeit geworden.

Hier hatte niemand mehr sein eigenes Zimmer, alle Zimmer waren für alle da, und jeder Raum hatte eine Funktion: zum Schlafen, zum Essen, zum Arbeiten, zum Zusammensein, zum Spielen, für die Liebe. Es gab keine Türen und keine Tabus, man war immer grundsätzlich mit allen zusammen in dem dafür vorgesehenen Raum. Um die schrankenlose Offenheit dieser Wohnform zu betonen, hatten die Schwaben – die nur zu gut der Hälfte wirklich aus solchen bestanden, aber Nicks dominanter Rolle wegen so genannt wurden – in der turnhallengroßen Wohnküche eine mit Glaswänden abgetrennte Toilette installiert. Wer hier saß und schiss, tat dies vor allen anderen, die in der Küche aßen oder kochten. Interessanterweise führte das Experiment zu vermehrten Besuchen der Schwaben in den Toiletten der anderen Hausteile, wo sie dann stundenlang hockten, um ihre Verstopfungen aufzulösen. Auch der Raum für die körperliche Liebe, der selbstverständlich immer für alle zugänglich war, wurde nur spärlich benutzt. Die sexuelle Unterversorgung der funktional Wohnenden war so eklatant, dass die Frauen nachts leise heulten und die Männer im Schlaf kamen, wie Vierzehnjährige, denn auch zum Onanieren gab es keinen Rückzugsraum. Darüber hinaus war die Etage selbstverständlich streng vegan organisiert, das schiere Vorhandensein von Fleisch, aber auch von Eiern, Milchprodukten oder Fisch war streng verboten, und immer wieder wurden Besucher barsch zurechtgewiesen, die es gewagt hatten, nichtvegane Gastgeschenke mitzubringen, Schokolade zum Beispiel oder ein Stück Bienenstich. So streng das Verbot animalischer Nahrung auf der Etage war, so lax gingen die Schwaben mit dem Thema um, wenn sie nicht zu Hause waren. Außerhalb galt das Verbot nämlich nicht, auch nicht für diejenigen, die es innerhalb des Wohnbereiches eingeführt hatten, und immer häufiger sah man sie gemeinschaftlich Sahnetorte und Milchkaffee schlemmen, in den Cafés am Hackeschen Markt, und luchshaft umlauerten sie die Kühlschränke der anderen Hauskomplexe, insbesondere den im Hinterhaus, in dem ich mit den anderen Studenten wohnte, und der ein Fach für Fleisch und Wurst hatte.

Obwohl das Projekt des funktionalen Wohnens langsam vor sich hin scheiterte, wollte Nick nicht aufgeben. Er hatte Verständnis entwickelt für die Unreife der Menschheit im Allgemeinen und seiner Mitbewohner im Besonderen. Es würde eben eine Weile brauchen, bis die Ruinen der bürgerlichen Erziehung geschleift waren.

Nick setzte sich an die Bar und bestellte Spreequell Aktiv. Wenn es nach ihm gegangen wäre, wäre die Schwabenetage nicht nur fleischlos, sondern auch rauch- und rauschfrei geworden, aber so weit reichte sein Einfluss nicht. Er selbst trank im *Usher* seit einiger Zeit demonstrativ keinen Alkohol mehr.

«Du siehst müde aus», sagte ich und stellte ihm die Flasche vor die Nase. «Du solltest besser ein Bier trinken. Dieses isotonische Zeug führt dazu, dass du nicht schlafen kannst.»

«Damit kennst du dich wohl besser aus als ich.» Er sog an der Flasche. «Geil gelaufen heute, oder? Endlich sind wir diese Klugscheißer los. Ich konnte eh nicht über die lachen.»

«Das ist doch kein Grund, sie rauszuwerfen», sagte ich. «Selbst wenn kein einziger ihrer Witze zünden würde, wäre das kein Grund, sie rauszuwerfen.»

«Bruno Brom ist ein altes, versoffenes, perverses Arschloch.»

«Ja, und? Trotzdem will ich, dass seine Show hier gezeigt werden kann!» Doris hatte den Raum betreten, zwei Flaschen Bier aus dem Kasten geangelt und sich, ohne Nick und mich zu beachten, an die Theke gestellt. Sie rechtfertigte sich nicht, klagte aber auch nicht an. Sie hatte gehandelt, und damit war genug gesagt.

«Und ich kann es verstehen, dass das Frauenhaus mit Bruno Brom Probleme hatte», sagte Nick und drehte sich zu ihr. Doris grinste nur kurz und ignorierte Nick dann weiter.

«Sie haben trotzdem kein Recht, ihn rauszuschmeißen», sagte ich.

Doris hatte die erste Flasche ausgetrunken und öffnete die zweite an der Tresenkante. «Was glaubt ihr denn, warum wir ihn rausgeschmissen haben», fragte sie.

«Weil Brunos Brotzeit sexistisch ist?»

«Nein», sagte Doris, «dann müssten wir die Hälfte von die Leute hier rausschmeißen. Und disch zuerst, Brandt.»

«Mich etwa auch?», fragte Nick.

«Isch denke, du kennst den Antwort. Also, warum wir haben das gemacht?»

«Weil euch die ganze Show zu bürgerlich ist, vielleicht?»

«Falsch.»

«Weil ihr sie nicht versteht?»

«Nein, Arschloch. Deswegen bestimmt nicht.»

«Vielleicht weil ihr die Art von Publikum nicht im Haus haben wollt?»

«Nein, dann müssten wir die andere Hälfte von eusch auch rausschmeißen.»

«Weil Fleisch serviert wird», sagte Nick, «ich war von Anfang an dagegen!»

«Ach, hör doch auf immer mit dein Fleisch!»

«Weil wir Geld verdient haben?»

«Ganz kalt.»

«Weil ihr diesen Text mit dem Sexshopbesuch sexistisch fandet?»

«Der war sexistisch. Aber das war nicht der Grund.»

«Das habe ich mir gleich gedacht», sagte ich.

Doris trank die zweite Flasche aus und stellte sie auf den Tresen.

«Wir haben das gemacht, weil sie uns keine Wahl gelassen haben.»

«Versteh ich nicht», sagte Nick, aber Doris hatte ihr Gespräch mit uns beendet, sie ging in den hinteren Raum.

Als Tommi Rosso später kam, war die Kneipe fast voll.

«Wo ist denn dein Freund?», fragte ich.

«Von wem redest du?»

«Na, Tobias. Der Mann mit dem Wurfarm.»

«Ist er nicht auch dein Freund?»

«Unter Freunden, würde ich mal sagen, wirft man sich keine Flaschen an den Kopf.»

«Ach Brandt, jetzt steiger dich da bitte nicht rein.»

«Das war ein gezielter Wurf. Johnny hat geblutet wie ein Schwein.»

«Quatsch. Das war doch nur eine kleine Wunde.»

«Sein Trommelfell ist geplatzt!»

«Weißt du denn nicht, dass Tobias sich danach total um ihn gekümmert hat?»

«Das ist ja wohl das Mindeste. Tobias ist Arzt. Er hat einen Eid geschworen.»

«Na siehst du, da hast du ja doch was Gutes über ihn zu sagen. Die beiden verstehen sich wieder richtig gut. Tobias hat sich entschuldigt, Johnny hat ihm verziehen.

Kannst du natürlich nicht wissen, weil du ja mit den Brotzeitlern abhauen musstest.»

Ich spürte, wie sich meine Wut in Verzweiflung verwandelte. Die Biere, die ich seit Stunden in mich hineinschüttete, halfen nicht.

«Ich komme nicht klar damit, wie ihr die Brotzeitler hier rausgeschmissen habt», sagte ich.

«Wieso? War doch ein klarer Fall. Kein Fußbreit den Sexisten.»

«Mann, das war ein satirischer, ein *kritischer* Text über den Pornoladen am Rosenthaler. Verstehst du das nicht?»

«Doch. Natürlich», sagte Tommi Rosso und schüttete sich sein Bier in ein kleines Glas ein. Er war der Einzige, der das hier tat.

Die Tür öffnete sich, und Wenzel kam herein. Er war blass wie immer, seine runde Nickelbrille saß schief auf der speckigen Nase, aus seinem kurzgeschnittenen Kopfhaar lief der Schweiß. Er torkelte, versuchte aber zu überspielen, wie betrunken er war. Ich wusste, dass er, nach einer kurzen Phase der Abstinenz während der Schwangerschaft seiner Freundin Nele, wieder zu der Gewohnheit zurückgekehrt war, bei jeder kleinen Aufregung die Kräuterlikörbatterie in seinem Kleiderschrank zu konsultieren, und ich hatte ihn mehrfach davon zu überzeugen versucht, den Likör doch unten in der Küche auf den Tisch zu stellen, wo ihn alle sehen konnten. Aber der heimliche Konsum schien ihm einen besonderen Lustgewinn zu verschaffen. Als er Tommi Rosso sah, erschrak er und wollte umkehren, aber Konstantin versperrte ihm den Weg und stellte ihm ein Wasserglas mit Wodka vor die Nase.

«Ich weiß sehr wohl, was Satire ist», sagte Tommi Rosso, «und das war keine.»

«Ja, sorry», sagte ich, «ich hatte nicht den Eindruck, als hättet ihr überhaupt versucht, den Witz zu verstehen.»

«Wir haben genug gehört.»

«Was hätte denn dagegen gesprochen, den Text bis zum Ende zu hören?»

«Du scheinst den Text ja gut zu kennen.»

«Ich habe ihn heute Nachmittag beim zweiten Versuch gehört. Im *Café Zapata*.»

«Kanntest du ihn nicht schon vorher?»

«Woher soll ich ihn denn gekannt haben? Am Vormittag hat Beate Uhse gebrannt. Am Nachmittag wird der Text vorgestellt. Wann hätte ich ihn da lesen sollen?»

Tommi Rosso schwieg. Wenzel holte den letzten Tropfen aus seinem Wodkaglas, Konstantin polierte die Gläser, und Nick runzelte die Stirn.

«Beim Schreiben zum Beispiel.»

«Du glaubst - ihr glaubt - das ist doch lächerlich.»

«Du hast doch so einen schönen Computer auf deinem Schreibtisch. Und du schreibst doch, oder?»

Nick wurde wach. «Das stimmt, Brandt. Du hast doch damals diesen bekloppten Artikel über uns geschrieben. Das passt eigentlich.»

«Ja», sagte ich, «habe ich. Aber warum sollte ich deshalb die Texte für die Brotzeitler schreiben? Das ist doch kurios. Wozu?»

«Wirst du selbst am besten wissen. Auf jeden Fall

stand in diesem Text etwas, was die nur von einem von uns wissen können.»

«Und das wäre?», fragte Wenzel.

Tommi Rosso zog seine Prince-of-Denmark-Schachtel aus dem Stiefelschaft und zündete sich in aller Ruhe eine Zigarette an der Kerze an. «Dann sag mir doch mal», sagte er paffend, «woher die wissen, dass wir das waren.»

«Dass ihr was wart?»

«Du glaubst doch nicht, dass wir uns den Sexshop direkt vor unserer Tür gefallen lassen. Wir waren zuerst hier. Wenn Beate Uhse das respektiert hätte und an den Alex gegangen wäre, okay. Aber genau hier? Nein.»

«Ach so», sagte Konstantin, «das ist doch kein Geheimnis. War doch eh klar, dass das Leute von uns waren. Außerdem hättet ihr den Siedestab für die Buttersäure besser verstecken können. Der lag nämlich tagelang rum. In der oberen Küche.»

«Wir mussten das tun. Die Hausbesetzer im Friedrichshain haben schon Zeitungsläden entglast, nur weil da ein oder zwei Hustler-Hefte offen rumlagen. Wir sind ja schon zum Gespött geworden. Das Haus neben Beate Uhse.»

Ich überprüfte, ob die anderen im Raum uns nicht hören konnten, dann sagte ich: «Ich hoffe nur, ihr habt das Bekennerschreiben nicht wieder an meinem Computer geschrieben. Das bleibt nämlich an mir hängen. Weil ihr zu doof seid, die Spuren zu verwischen.»

«Genau», sagte Konstantin, «das Labor im Vierten, die Schreibwerkstatt bei Brandt. Immer schön den Verdacht auf andere lenken.»

«Wenn ihr was mitgekriegt habt, heißt das jedenfalls noch lange nicht, dass ihr uns verraten dürft!»

Konstantin schüttelte heftig mit dem Kopf, und ich sah immer noch keinen Grund, mich zu rechtfertigen.

«Was hat das damit zu tun?», sagte ich. «Warum musstet ihr die Bühne stürmen?»

«Das weißt du doch genau, Brandt. Du weißt doch, was noch im Text stand.»

«Nämlich?»

«In dem Text stand, dass wir das waren. Sie hätten uns verraten. Auf offener Bühne. Vor den ganzen Spießern aus dem Westen. Die hatten doch schon damit angefangen.»

«Mein Gott, das war ironisch gemeint!»

«Trotzdem lief es darauf hinaus, dass wir es gewesen sein sollen. Weißt du, was auf so eine Aktion steht?»

«Klar. Gefängnis. Und ich kann dir nicht versprechen, dass ich euch da besuchen werde. Ihr hättet die Frau fast umgebracht.»

«Das war so nicht geplant. Was bleibt die Tussi auch dadrin. Um ihre Edelpornos zu beschützen? Der Plan war: Räumung durch die großen Stinker, dann Feuer, wenn alles leer ist. Konnte doch keiner damit rechnen, dass die dadrin bleibt. Irgendwie ist die auch selber schuld.»

«Sie hätte tot sein können. Wir wissen nicht mal, wie es ihr jetzt geht.»

«Es geht hier um was Größeres! Da kannst du nicht auf jede Puffmutter Rücksicht nehmen.»

«Wenn das so ist», sagte ich, «dann steige ich hiermit

aus, aus der gemeinschaftlichen Haftung. Das war ein *Mordversuch.*»

«Brandt, du bist doch schon längst ausgestiegen. Du und dein kleiner Sancho Panza hier.»

Konstantin und Wenzel guckten sich an und verstanden nicht gleich, wer gemeint war.

«Ist Sancho Panza nicht ein Drink?», fragte Konstantin.

«Also noch mal, Brandt: Woher wussten die, dass wir es waren?»

Ich drehte die Anlage leise, damit es wirklich alle mithören konnten. «Dann sag es doch», schrie ich. «Sag doch offen, was du denkst, und versteck es nicht immer!»

«Wir sind im Kampf. In einer Kriegssituation. Gegen einen faschistischen Staat, der mit allen Mitteln gegen uns vorgeht! Da kann man nicht immer offen reden. Es ist in Ordnung, seine wahren Gedanken zu verbergen.»

«So ein Quatsch! Wir leben in keiner Nazidiktatur!»

«Was heute läuft, ist schlimmer als 33.»

«Ich kann es nicht mehr hören!»

«Mach die Musik wieder lauter.»

«Nein, erst sagst du, was du denkst! Es können ruhig alle hören!»

«Das willst du nicht, dass ich das sage.»

«Doch, Tommi. Sag es!»

«Du bist ein Spitzel, Brandt.»

Es war so ruhig, dass man das Knarren der Stiefel auf dem Dielenboden hörte.

«Der Spitzel im Haus, das bist du.»

Tommi Rosso fischte sich noch eine Bierflasche aus dem Kasten und verließ den Raum, das Glas in seiner

Hand, die Tür pendelte hinter ihm zu, dann war es wieder still.

Ich hatte das Gefühl, dass mich alle anstarrten, und das war wohl auch so. Nick und Wenzel schwiegen, Konstantin kramte hastig eine Kassette hervor und legte sie ein.

Langsam begannen die Gäste wieder miteinander zu reden. Konstantin hatte Tränen in den Augen, die er heimlich abzuwischen versuchte. Ich nahm ihn in den Arm.

«Ich will nicht, dass du ausziehst», sagte er. Ich schüttelte den Kopf und strich ihm dabei über die Stirn. Ich wusste aber, dass er recht hatte.

Wenzel ging hinter die Theke und holte die Wodkaflasche nach vorne. Nick räusperte sich und sagte, als Konstantin sich wieder etwas gefangen hatte: «Brandt – ich wollte mich noch bei dir entschuldigen.»

«Du bei mir?»

«Ja, wegen damals.»

«Was meinst du? Den Tag, als du dich hier eingeschlichen hast?»

«Nein, du weißt schon. Die Sexy-Affäre.»

«Warum entschuldigst du dich dafür?»

«Ich hätte das nicht tun dürfen.»

«Warum? Du hattest doch deine Gründe. Und es stimmt ja auch. Ich bin ein Sexist.»

«Das bist du nicht.»

«Warum kommst du gerade jetzt damit?»

Nick schluckte. «Ich hätte es schon viel früher machen müssen. Und jetzt ...»

Wenzel hatte sich endlich auf den Pegel getrunken, den er brauchte, um mit Fremden zu reden. «Er entschuldigt sich jetzt, weil er glaubt, dass du morgen weg bist.»

Nick widersprach nicht.

«Ich bin kein Spitzel. Das wisst ihr doch.»

«Kann schon sein», sagte Nick. «Dazu bist du doch viel zu klug, oder?» Er klang nicht sehr überzeugt.

«Vergiss bitte nicht, dass du mir noch zwanzig Mark schuldest», sagte Wenzel.

«Hab ich nicht vergessen.»

«Also, wenn du dann deine neue Identität bekommst und den Lottoladen in der Eifel. Vielleicht kannst du das vorher regeln.»

Nick brauchte eine Weile, bis er verstand, dass das ein Witz sein sollte. Dann lachte er, verhalten, und schaute sich um, ob noch andere da waren. Da die Wodkaflasche nun einmal auf dem Tisch stand, stellte Konstantin Gläser dazu und drehte die Musik wieder laut.

In dieser Nacht schlief ich, tief und traumlos, zum ersten Mal seit Monaten, ohne die halbwachen Grübelattacken im Morgengrauen, und rollte mich am späten Vormittag langsam von der Matratze. Wie ein Strauch, der, nachdem ihm das Wasser abgegraben worden ist, noch einmal besonders schön blüht, hatte ich mein Zimmer vor ein paar Monaten mit Liebe renoviert und eingerichtet, ich hatte die schwarzen Kabel, die die Metallsucher aus der Wand gerissen hatten, säuberlich nach oben gebogen und die offenen Stellen mit rosa und grünen Brokattüchern überhängt. Herz und Kraftzentrum meines Zimmers war ein schwarz gestrichenes Bücherregal aus Abfallholz, das mir die Mexikaner aus einer der Schöneberger Wohnungen mitgebracht hatten. Sie mischten sich in die Grabenkämpfe im Haus nicht ein und behandelten mich mit Respekt. Sie hatten mir sogar angeboten, gratis den Boden abzuschleifen, aber das wollte ich nicht. Die sauber abgehängten Wände, die vielen Bücher, der Schreibtisch mit dem Computer, und kein einziges revolutionäres Plakat, das Zimmer war schon so bürgerlich genug, und ich musste Kerstin oder Danuta immer wieder aufs Neue erklären, wozu ich Bücher, die ich schon gelesen hatte, noch aufhob, anstatt sie in den Häusern kursieren zu lassen.

Ich zog mich an und fuhr, wie früher jeden Tag, in den Westen. Dieses Mal lief ich stundenlang durch Kreuzberg, bis um achtzehn Uhr endlich der *Franken* aufmachte.

Als ich zum Haus zurückkam, war es dunkel. Die Bullen hatten den Rosenthaler Platz abgesperrt, schon wieder. Nicht offensiv, aber in voller Kampfmontur standen sie auf dem Bahnsteig und beobachteten die einfahrenden Züge. Das gleiche Bild vor dem Bäcker im Zwischengeschoss des U-Bahnhofs, grün uniformierte Polizisten mit weißen Helmen an den Gürteln. Als sie mich sahen, nahm einer sein Funkgerät und sagte etwas. Oben auf dem Rosenthaler Platz war keine einzige Wanne zu sehen, dafür weitere Polizisten, so wie immer, wenn sie auf Randale warteten, aber nicht sicher waren, wo sie beginnen würde. An der Einfahrt zum Haus war alles verbarrikadiert, den großen Container für den Bauschutt hatten sie vom zweiten Hof nach vorne gezerrt und quer gestellt, hinter der Lücke standen ein paar Leute mit schwarzen Tüchern vor dem Mund. Nur einer war wie üblich nicht vermummt, Johnny. «Bringt nichts», sagte er immer, «von mir wissen die sowieso alles.» Die Lücke war so schmal, dass nicht einmal zwei Personen nebeneinander hindurchgepasst hätten.

«Was ist denn los?», fragte ich.

«Hast du den Bullenstress nicht mitgekriegt? Wo warst du denn?»

«In Kreuzberg.»

In knappen Worten erzählte Johnny nun, wie die Bullen Doris, Tommi Rosso und Tobias abgefangen hatten, nicht im Haus, sondern auf der Straße. Die Bullen hätten genau gewusst, wann die drei das Haus verlassen würden. Doris habe bei ihrer Festnahme gebrüllt wie ein angeschossenes Tier, Tommi Rosso habe sich ganz ruhig abführen lassen, Tobias dagegen konnte sich losreißen, man habe gerade noch sehen können, wie er in den Imbiss am Park gelaufen sei, und der hatte ja einen zweiten Ausgang nach hinten raus. Auch wenn die Bullen nicht im Haus gewesen seien, sei das alles Provokation genug. Im Friedrichshain hätten schon ein paar Mülltonnen und ein alter Wohnwagen gebrannt, und es war noch nicht mal Nacht, auch in Kreuzberg würde es wohl zur Randale kommen, und das würden die Bullen sicher zum Anlass nehmen, Häuser zu räumen, so wie damals, vor der Schlacht um die Mainzer Straße. Die Frage war nur, woher die Bullen den Tipp hatten.

«Was wirft man den dreien denn vor?»

«Dumme Frage, Brandt. Die Beate-Uhse-Geschichte. Schwere Körperverletzung, Sachbeschädigung, Brandstiftung, Landfriedensbruch. Vielleicht sogar Mordversuch. Die Filialleiterin liegt immer noch auf der Intensiv. Behaupten die Bullen. Da kommen leicht zehn Jahre Knast zusammen. Außerdem Paragraph 129 a, weil die Sache im Haus geplant worden sein soll. Lächerlich.»

«Kann ja sein», sagte ich. Ich wollte mich durch den engen Durchgang zwängen, aber die Vermummten stellten sich vor mich.

«Ganz ehrlich, Brandt», sagte Nick jetzt, «ich glaube nicht, dass du ein Spitzel bist. Das hab ich auch vor den anderen so vertreten. Aber es wäre wirklich besser gewesen, wenn du da gewesen wärst.»

«Wieso das denn?»

«Sieht halt ein bisschen blöd aus, wenn du gestern Nacht Tommi Rosso beschuldigst, den Beate-Uhse-Laden angesteckt zu haben, und er beschuldigt dich, ein Spitzel zu sein, und dann verschwindest du, und ein paar Stunden später sind die Bullen da und verhaften die Leute, die du für die Täter hältst. Wo warst du denn?»

«Ich war in Kreuzberg. Saufen.»

«Kann jeder sagen.»

«Es gibt im *Franken* ein paar Leute, die mich gesehen haben.»

«Tolles Alibi.»

«Darf ich jetzt bitte rein?»

Nick und Johnny gaben den Durchgang frei, und ich lief alleine über den Hof, die Fenster hatten Augen, und keiner sagte hallo oder auch nur irgendetwas Gehässiges.

Ich wusste, es konnte sich nur noch um Stunden handeln, bis sie mich rauswerfen würden. Und ich wollte nicht, dass sie mich an Händen und Füßen vom Gelände trugen, wie wir es damals mit Thomas, dem Stricher, getan haben, oder sie mir ein Tribunal bereiteten, wie Martin, dem Speditionskaufmann.

Ich würde gehen, von selbst, so bald wie möglich.

Als ich die Tür zu meinem Zimmer öffnete, spürte ich gleich, dass da jemand war. Wie im Film, dachte ich, der Bankräuber öffnet die Tür, und der Kommissar sitzt im Dunklen in der Ecke und raucht.

Eine Stimme sagte: «Ich kann dir helfen, wenn du jetzt nicht schreist.»

Ich suchte hastig hinter mir den Lichtschalter, der lose an einem Kabel hing, und knipste ihn an. Aber es blieb dunkel.

«Ich hab die Birne rausgedreht.»

Ein Streichholz flammte auf. Tobias saß auf meinem Bett in der Ecke, im Schneidersitz.

«Lass das große Licht aus. Ich wollte dich nicht erschrecken. Ich hab eine Kerze gesucht, aber keine gefunden.»

Ich tat so, als hätte ich mich wieder gefangen. In Wirklichkeit zitterte ich am ganzen Körper. «Hinter den Büchern steht eine», sagte ich.

«Dacht ich mir doch, dass du eine hast.»

Tobias' Stimme war ganz anders als sonst. Sie klang warm und freundlich, professionell. Neben ihm stand seine Arzttasche, rotes Kreuz auf weißem Leder. Seine Hand ruhte darauf.

«Wie bist du hier reingekommen? Die Bullen haben alles abgesperrt.»

«Es gibt ein Fenster zum Park. Schon vergessen? Du hast es selbst in die Brandmauer geschlagen, und ich habe dir dabei geholfen.»

«Das ist im dritten Stock. Bist du die Wand hochgelaufen?»

«Vielleicht.»

«Was willst du?»

«Ich will dir helfen.»

«Dazu ist es zu spät. Ich ziehe aus.»

«Ich glaube nicht, dass du noch einen ordentlichen Umzug hinbekommst.»

«Ich bin kein Spitzel, und das weißt du.»

Tobias lachte.

«Ich weiß das. Aber die anderen nicht. Brandt, die Lage ist sehr viel ernster, als du glaubst. Die Bullen sind da auf was gestoßen. Was Größeres. Doris und Tommi Rosso stecken mit drin. Und solange die glauben, dass du sie verraten hast, bist du ernsthaft in Gefahr. Glaub mir.»

«So ein Unsinn. Wenn ich ein Spitzel wäre, würde ich mich doch ganz anders verhalten. Ich würde die Sache anheizen. So wie du und Tommi Rosso.»

«Ein Spitzel sieht niemals aus wie ein Spitzel. Und er verhält sich auch nicht wie ein Spitzel.»

«Tobias, das ist mir egal. Ich will nur noch meine Bücher zusammenräumen, morgen geh ich aufs Plenum und sage, dass ich weg bin.»

«So lange werden die nicht warten. Tommi Rosso und

Doris sitzen jetzt bei den Bullen und schweigen. 24 Stunden lang, dann müssen sie sie wieder rauslassen. Und dann kommen sie und machen dich fertig. Versteh doch: Sie wollen dir das Maul stopfen. Endgültig.»

«Hab ich keine Angst vor. Die haben doch gar nichts gegen mich in der Hand.»

«Während du in Kreuzberg saufen warst, haben sie hier dein ganzes Zimmer durchsucht. Du kannst es mir glauben: Es wäre besser, wenn du mit mir verschwindest. Ich kann dir helfen.»

«So. Wie denn?»

«Ich könnte dir jemanden nennen, mit dem du reden kannst.»

«Von den Bullen.»

«Ach was. Die Bullen haben keine Ahnung.»

«Dann also der Staatsschutz. Du warst beim Staatsschutz.»

«Wenn du wüsstest, was ich weiß, wärst du auch gegangen.»

«Ist mir egal. Hau jetzt ab, ich will in Ruhe packen.»

«Sei nicht dumm, Brandt. Selbst wenn du hier unbeschadet rauskommst, werden sie dich finden und fertigmachen.»

«Und wenn ich jetzt verschwinde, gelte ich für immer als Spitzel.»

«Sie haben deine Texte gefunden, Brandt. Tommi Rosso hat deinen gesamten Computer durchsucht.»

«Das sind Tagebucheinträge, Tobias. Und Gedichte. *Kunst*. Schon mal gehört?»

«Weiß ich doch. Aber du kennst Tommi Rosso. Der

glaubt, dass es Berichte an die Bullen sind. Und du hast von der Knarre geschrieben. Das hättest du nicht tun dürfen. Immerhin können auch die Bullen an deinen Computer.»

«Ich habe nur geschrieben, dass ich nicht glaube, dass ihr eine habt.»

«Ist doch nun wirklich das Gleiche.»

Tobias blickte für einen Sekundenbruchteil auf die Tasche, die neben ihm stand, gerade so lange, dass ich es im Kerzenlicht sehen konnte.

«Brandt, sie sind gerade dabei, deine Texte so zu montieren, dass sie sich wie Berichte lesen. Dann wollen sie sie hochkopieren, mit einem Foto von dir, und im ganzen Viertel Plakate kleben. Vorsicht, Spitzel. Der Mann, der sich Sebastian Brandt nennt, spioniert für Staatsschutz und Justiz. So in dem Ton. Kannst du dir ja vorstellen.»

«Das hat vor dem Plenum keinen Bestand. Es gibt so viele, die für mich aussagen können.»

«Es wird kein Plenum geben, Brandt, sie werden das Plakat kleben, und dann bist du geliefert. Dann kommst du hier nicht mehr lebend raus. Wir haben wenig Zeit. Vertrau mir, ich kann dir helfen.»

«Wieso sollte ich einem Spitzel vertrauen?»

«Nur weil ich mit denen geredet habe, soll ich ein Spitzel sein? Komm, Brandt, das ist doch unter deinem Niveau. Du würdest doch sogar mit den Faschos reden.»

«Ja, das würde ich, ihr aber schlagt erst zu, und dann fragt ihr. Ihr seid genauso geworden wie sie.»

Ich drehte mich um und ging durch den Wäscheraum. Tobias tat nichts, um mich aufzuhalten.

«Bleib kurz hier», rief ich ihm von der Treppe aus zu. «Ich will mich noch von ein paar Leuten verabschieden.»

Ich wollte nachsehen, ob Konstantin da war, aber in der großen Küche war niemand. Auf der Treppe traf ich Kerstin. Sie nahm mich sofort in den Arm und begann zu weinen. Gerade sie, meine Feindin. Weinte nun auf meinen Schultern.

«Ich kann dir nicht helfen, Brandt. Ich habe gesehen, was sie vorhaben. Du hast keine Chance.»

«Ich bin kein Spitzel.»

«Das weiß ich doch. Du bist ein Arschloch. Und ein Feigling. Aber ein Spitzel - nein.»

Ich wollte etwas sagen, aber Kerstin schüttelte nur mit dem Kopf. «Komm mit in mein Zimmer, da werden sie dich nicht suchen.»

Auf dem Hof hatte jemand eine Fackel aufgestellt. Die Hausbesetzer sammelten sich, Gemurmel drang nach oben.

Ich kannte Kerstins Zimmer nicht sehr gut, obwohl es nur zwei Stockwerke über meinem lag, ich hatte in den Jahren der Feindschaft nie gewagt, es zu betreten. Jetzt schob sie mich hinein, um mich vor den anderen zu verstecken. Das Zimmer war dunkel. Ich stolperte über einen Stuhl und ein paar hingeworfene Kleidungsstücke am Boden: «Setz dich hin», sagte sie. «Und sei leise.» Ich hörte nur ihren Atem. Wir sprachen nicht. Auf dem Hof war das Prasseln der brennenden Fackel zu hören, sonst nichts, ihr Licht reflektierte in den Scheiben und warf große Schatten auf die grauen Fassaden. Man hörte Leute durch die Stockwerke laufen und an die Türen schlagen.

«In Wirklichkeit ist Tobias der Spitzel», sagte ich, «wusstest du das?»

Kerstin legte ihre Hand auf meinen Mund und flüsterte: «Du musst ganz leise sein. Sie haben sich angewöhnt, auf Geräusche zu achten. Die schlaflosen Nächte üben das Gehör. Und die Balken sind so dünn und brüchig. Ich konnte, während ich wach lag, sogar hören, was in deinem Zimmer gesprochen wurde; und wer da war, hab ich am Klang der Stimme erkannt. Du hörst, ob sich zwei mögen oder misstrauen oder bedrohen. Selbst eine Lüge kannst du hören, durch zwei Wände hindurch.»

«Du hast meine Frage nicht beantwortet.»

«Ach Brandt, du musst nicht glauben, dass die Bullen einen Spitzel brauchen, um zu wissen, was im Haus los ist. Die Wanzen, die wir gefunden haben, haben sie mit Absicht dort hingesteckt, damit wir von den eigentlichen Abhöranlagen abgelenkt werden. Es genügt doch, in dem leeren Laden gegenüber eine Wärmebildkamera aufzustellen und ein paar Richtmikrophone, und die Erschütterungen im Haus zu messen. Das wird zusammengebracht mit den Fotos, die sie von uns auf den Demos machen, mit den Telefongesprächen, die sie abhören. Selbst wenn wir zum Gesundbrunnen fahren, um zu telefonieren, ist das doch superleicht zu kontrollieren. Aus den ganzen Informationen machen sie Profile, die viel genauer sind als alles, was ein Spitzel verraten kann. Ein Informant ist doch eine furchtbar altmodische Sache, der kann nur seine Sicht auf die Dinge weitergeben, und dann ist er im Haus verstrickt, vögelt mit den Leuten, die er beobachten soll, oder er verliebt sich, und du weißt nie, ob er nicht doch auf der anderen Seite ist oder irgendwann wechseln wird. Ein Spitzel ist ein Verräter. Er wird auch die verraten, die ihn bezahlen.»

«Tobias hat mir gesagt, dass er für den Staatsschutz arbeitet.»

«Ach Brandt, sei doch nicht so naiv. Selbst wenn er das sagt, kann es sein, dass er sich verstellt, um dich zu enttarnen. Ich glaube nicht, dass wir einen Spitzel im Haus haben. Du bist es nicht, sorry, Brandt, aber das Format hast du einfach nicht. Und Tobias ist es auch nicht. Der wäre intellektuell dazu vielleicht in der Lage. Aber beobachte ihn doch mal. Er hat doch ganz andere Interessen. Er provoziert immer so auffällig, dass er sich verdächtig machen würde, wenn er ein Spitzel wäre. Ein Spion verhält sich nicht wie einer.»

«Aber würde ein Informant im Haus nicht auch alles tun, um die anderen glauben zu machen, dass es ihn nicht gibt, dass es keinen Spitzel im Haus geben kann?»

«So, wie ich das gerade tue?»

«Genau, Kerstin. Woher weiß ich, dass ich dir trauen kann?»

«Ich verstecke dich vor dem Mob. Das sollte dich im Moment mehr interessieren.»

«Vielleicht versteckst du mich, um mich anzuwerben.»

«Das glaubst du doch selbst nicht. Wieso sollte ich einen Spitzel anwerben, von dem schon alle zu wissen glauben, dass er einer ist? Du bist verbrannt!»

Jetzt war die Meute vor Kerstins Zimmer angekommen. Die Tür war nur angelehnt, trotzdem trat einer vor und klopfte.

«Was willst du?», fragte Kerstin. Es war stockdunkel im Zimmer.

«Ach du bist das», sagte Nick. Er schien den Trupp anzuführen.

«Du musst vorsichtig sein», sagte er. «Brandt ist ein Spitzel, und er ist noch im Haus. Er hat Berichte geschrieben und sie an die Bullen weitergegeben, als Literatur getarnt. Ein Verräter, genau wie die Brotzeitler, die er gedeckt hat.»

«Und das glaubst du.»

«Na ja», sagte Nick. Er druckste etwas herum, weil die zu allem entschlossene Meute direkt hinter ihm stand und es ihm unangenehm war, sich jetzt und hier festzulegen. «Ich will jedenfalls dabei sein, wenn er gefunden wird», sagte er. «Um das Schlimmste zu verhüten.»

«Ich hab ihn nicht gesehen.»

«Sei vorsichtig. Er könnte gefährlich sein.»

«Brandt? Gefährlich? Das glaubst du?»

«Wir wissen ja nicht, wer er wirklich ist.»

«Meinst du, er ist so blöd, sich im Haus zu verstecken?»

«Schon gut, Kerstin. Grüß ihn einfach von mir, wenn du ihn siehst.»

Nick zog weiter, nach ein paar Sekunden hörte man ihn mit seinen Gehilfen den Dachboden absuchen.

«So», sagte Kerstin. «Jetzt müssen wir nur noch warten.»

Dann nahm sie mich sehr sanft in den Arm und zog mich zu sich. Wir legten uns nebeneinander auf die Seiten und fassten uns sehr vorsichtig an, erst an den Schultern und am Hals, dann im Gesicht. Mit den Fingerspitzen ertastete ich ihren Mund, ihre Nase und die Form ihrer Wangen. Die Schultern, die Arme, den Bauch und die Beine, was sich kein bisschen fremd anfühlte, sondern wie der nächste, natürliche Schritt. Ihr Körper war ganz anders, als ich mir ihn vorgestellt hatte, sie war so dünn und schmal und zerbrechlich, fast wie ein Kind. Wir mussten leise sein, damit uns die anderen nicht hörten.

Danach blieben wir nebeneinander liegen, ohne zu sprechen und ohne zu schlafen. Trotz der Dunkelheit konnte ich ihre Augen sehen, und ich spürte, wie ich ruhig wurde, so nah bei ihr.

Sechseinhalb Stunden später wurde es hell. Ich verließ das Haus, so wie ich es drei Jahre zuvor betreten hatte, durch die große Einfahrt zum Hof. Auf dem Rosenthaler Platz standen die Polizisten und taten, als wäre nichts. Sie ließen mich einfach gehen.

Ich danke Anna Maria Schneider, Julia Eichhorn, Ulrika Rinke, Marcus Gärtner, Tina Steffan, Ralf Strohschein, Birgit Kolboske, Anne Huffschmid, Larissa Boehning, Wolfram Mayer-Schuchard, Reimund Spitzer, Andrea Frey und meiner Tochter Kira.

André Kubiczek

Das fabelhafte Jahr der Anarchie

April 1990, die DDR löst sich auf. Die Älteren sind voll Sorge, die Jungen aber leben die Liebe und die Freiheit, genießen den freundlichen Ausnahmezustand. Im März fiel die Entscheidung für die Wiedervereinigung, im Juli wird die Währungsreform kommen. Die Zukunft mit ihren bürgerlichen Kategorien ist in diesen Tagen weiter entfernt als das Pleistozän. Ulrike und Andreas, ein junges Paar aus Potsdam, kehren der Stadt – enttäuscht vom Ausgang der ersten freien Wahlen – den Rücken und bauen in einem kleinen Dorf in der Niederlausitz an ihrem privaten Idyll: Sie renovieren, legen einen Garten an, schließen Freundschaft mit dem Schäfer und einem fahnenflüchtigen sowjetischen Soldaten. Sie sind frei für den Moment. Nur Ulrikes Bruder Arnd bringt hin und wieder Nachrichten aus der Realität mit – und vor allem Unruhe in den Ort. Als die nahe Kreisstadt sich für den Geldumtausch rüstet, geht einer der Bankcontainer in Flammen auf – und das fabelhafte, kurze Jahr der Freiheit für die Freunde zu Ende.

272 Seiten

«André Kubiczek weiß wie wenige Schriftsteller seiner Generation, wie man einer Geschichte Spannung verleiht.»

FAZ

MIX
Papier aus verantwortungsvollen Quellen
FSC® C083411

Das für dieses Buch verwendete Papier ist FSC®-zertifiziert.